Aristotelet, capite Congro quàm Serpenti similior: nam
non mirum autem si in Oceano lõgè maior euadat.
flaui quidam serpentes marini
nisi irritati, neminem lædunt. Quorum
Europæ iunctarum, dedit

U1076487

H.P. LOVECRAFT

CTHULHU MYTHOS IV

克苏鲁神话

IV

〔美〕H.P. 洛夫克拉夫特——著

姚向辉——译

上海文艺出版社

果麦文化 出品

It was a monstrous constellation of unnatural light, like a glutted swarm of corpse-fed fireflies dancing hellish sarabands. . . . The shaft of phosphorescence from the well grew brighter and brighter, bringing to the minds of the huddled men a sense of doom. . . .

Virgil Finlay (1914—1971), "Famous Fantastic Mysteries", Vol. 3, 1941

维吉尔·芬利（1914—1971），《著名奇妙奥秘》卷三，1941 年。

Almost nobody dances sober,

unless they happen to be insane.

- H.P.Lovecraft

CONTENTS

1927

CT-IV

星之彩
The Colour Out of Space

阿卡姆以西，峻岭毫无规律地绵延伸展，山谷里的幽深树林不曾遭受过利斧的戕害。有些峡谷阴暗而狭窄，树木倾斜成奇异的坡度，潺潺流淌的细流从未反射过一丝阳光。比较平缓的山坡上坐落着破败的多石农场，遍覆苔藓的低矮农舍永恒而阴郁地俯瞰埋藏于庞然山梁背后的新英格兰的古老秘密。但这些农舍都已人去屋空，粗大的烟囱崩裂坍塌，低垂的复斜屋顶底下，木瓦侧墙危险地向外凸出。

最初的居民早已迁走，外国佬也不喜欢住在这儿。法裔加拿大人尝试过，意大利人尝试过，波兰人来了又去。原因并不是能够被看见、听见或摸到的任何事物，而是人们想象中的某些东西。这地方会引发有害的想象，夜里也不会带来安宁的梦境。赶走外国佬的肯定就是这个，因为老阿米·皮尔斯从未向他们提起过他记忆中那段怪异时光中所发生的任何事情。老阿米的脑袋不对劲已经有好些年了，依然会谈论那段怪异时光的只有他一个人，事实上也只有他愿意开口；他之所以敢这么做，是因为他的住所非常靠近阿卡姆周围的开阔地带和通衢大道。

曾经有一条道路穿越峻岭和山谷，直接通往如今是焦野[1]的地方，但人们已经不再使用它，而是在远处新铺了一条通向南方的蜿蜒道路。旧路回归野地的怀抱，但你仍旧能在草丛中找到它的痕迹，即便以后新水库建成，半数洼地被淹没，部分痕迹无疑依然会存在下去。届时幽深树林将被伐倒，水面倒映天空，在阳光下泛起涟漪，焦野沉眠于蓝色的水底深处。那段怪异时光的秘密将成为最深奥的一个秘密，与古老海洋的隐秘知识和原始地球的全部秘密做伴。

我深入这些峻岭和山谷为新水库勘探地形，他们对我说这个地方很邪恶。他们在阿卡姆对我这么说：阿卡姆是一座古老的城市，充满了有关巫术的传说，因此我认为所谓的邪恶必定是几百年来老祖母压低声音讲给儿孙听的故事。“焦野”的名称在我看来非常怪异和夸张，我不禁思忖这么一个词语如何会融入清教徒人群的民间故事。后来我亲眼见到西面那个幽谷与山坡彼此交织的阴森地方，就不再惊异于除它自身的古老奥秘之外的一切事物了。我见到它的时间是上午，然而暗影永远在那里出没。树木生长得过于茂密，树干比新英格兰任何的健康树木都要粗壮。树木之间的晦暗小径弥漫着过度的寂静，潮湿的青苔和积累了无数年的腐殖质

1. 焦野（blasted heath），典出莎士比亚《麦克白》第一幕第三场：“为什么你们要在这焦野用这种预言式的称呼使我们止步？”弥尔顿在《失乐园》第一卷中引用：“好像被一阵天火烧了的橡树林和山上的松林，树顶枯焦，枝干光秃，却昂首挺立于焦野。”

使得地面过于柔软。

主要分布于旧时道路沿线的开阔地上能看见建在山坡上的农场；有些农场的全部建筑物都还耸立着，有些还剩一两幢没有倒塌，有些只余下孤零零的一根烟囱或行将被瓦砾填满的地窖。野草和荆棘耀武扬威，鬼鬼祟祟的野生动物在灌木丛中窸窸窣窣活动。躁动和压抑如雾霾般笼罩一切，虚幻和怪诞的感觉无处不在，就仿佛透视或明暗对比的某些关键要素发生了扭曲。难怪外国佬不愿留下，因为这不是一个适合安眠的好地方。它与萨尔瓦多·罗萨笔下的风景画大同小异，与恐怖故事中禁忌的版画如出一辙。

然而比起焦野，以上这些都算不了什么。我偶然间在一条空旷河谷的底部见到这个地方，第一眼就认出了它，因为不存在其他名称更适合这么一个事物，也不存在其他事物更适合这么一个名称。就仿佛诗人在目睹这个特定的场所后才生造出了这个词语。我望着它，心想，这肯定是一场大火的产物；那五英亩的灰色荒芜土地裸露在天空下，就像树木和草丛中被酸液侵蚀出的一大块秃斑，然而上面为何不再有新的植物生长出来呢？它大部分位于古老公路的北侧，但在另一侧也稍微侵占了一小块面积。想到要靠近那里，我产生了怪异的不情愿感，只是因为有公务在身才不得不穿越它。那块宽阔的土地上没有任何种类的植被，只铺着一层细细的灰色粉尘或灰烬，风似乎无论如何都吹不走它们。它周围的树木病恹恹的，发育不良，边缘地带有许多或立或躺的死树在

萨尔瓦多 罗萨，Salvator Rosa（1615—1613），《Monks Fishing》

逐渐朽烂。我快步走过那里，注意到右边有旧时烟囱和地窖坍塌后留下的砖块和石板，荒弃的水井张着黑洞洞的大嘴，凝滞的蒸汽和阳光的色调玩着怪异的把戏。相比之下，连它另一侧漫长而幽深的林间坡道都显得颇为令人愉快了。对于阿卡姆居民压低嗓门讲述的骇人传闻，我不再感到惊诧。附近没有房屋或废墟；即便在过去，这里也肯定是个孤独而偏僻的地方。黄昏时分，我不敢再次穿过那个不祥的地点，于是绕远路走南边的蜿蜒道路回城。我有几分盼望乌云能够聚集起来，因为头顶上那深邃虚空造成的某种怪异胆怯悄然爬进了我的灵魂。

傍晚，我向阿卡姆的年长居民打听焦野，以及许多人闪烁其词喃喃提到的“怪异时光”究竟是什么意思。然而我无法得到任何像样的答案，只有一点儿除外，那就是我连做梦也没想到这整个神秘事件竟然发生得如此晚近。它根本不是古老的民间传说，而是就来自议论者的有生之年。事情发生在十九世纪八〇年代，一家人失踪或被杀。议论者不肯说得太详细，全都告诉我别太在意老阿米·皮尔斯的疯狂故事，但第二天上午我还是去找了他。我听说他单独居住在一座摇摇欲坠的古老农舍里，农舍位于树林刚刚变得稠密的地方，那是个古老得令人恐惧的场所，已经开始微微散发出矗立太久的房屋特有的腐败气息。我坚持不懈地敲门，这才叫醒了年迈的老人，他拖着步子胆怯地出来开门，我看得出他并不乐于见到我。他不像我想象中那么虚弱，但他的视线以奇特的方式低垂，凌乱的衣着和白色的胡须让他显得非常憔悴和阴沉。我不知道该怎么引出他的那些故事，于是诡称找他是为了公务；我向他讲述我的勘探历程，针对那个地区提了些模棱两可的问题。先前我听说的情况误导了我，他实际上比我想象的更聪明和有教养，我没说几句，他对这个话题的了解就不亚于我在阿卡姆交谈过的任何一个人了。比起我在将要建设水库的区域认识的其他乡下人，他的反应截然不同。他不反对抹掉那几英里见方的古老林地和农田，虽说若是他的家不是落在日后的人工湖界外，他的看法或许就不一样了。他表现出的只有如释重负；为他一辈子徜徉其间的古老而幽深的山谷的毁灭而感到如释重负。“它们最好现在就淹到水底下去——最好从那段怪异时光之后就淹到水底下去。”说完这句开场白，他嘶哑的声音变得低沉，身体向前佝偻，右手食指颤巍巍地指指点点以加重语气。

接下来我听到了这个故事，他漫无边际地讲述，声音时而变得刺耳，时而压低成耳语，尽管时值夏日，我依然忍不住一次又一次发抖。我多次打断他散乱的叙述，从他对那几位教授的讲话鹦鹉学舌的记忆片段中拼凑出科学观点，在他的逻辑性和连续性断裂之处铺桥补全。等他讲完，我不再怀疑他的精神为何有点不太正常，而阿卡姆的居民为何不愿多说焦野的由来。我在日落前匆忙赶回旅馆，不愿让星星再出现于我头顶的开阔天空上；第二天，我返回波士顿辞职。我永远不会再次走进古老的森林和山坡构成的晦暗混沌之地，再次面对灰色焦野上残垣断壁旁张开黑色巨口的深井。水库很快就将开工，古老的秘密将安全地埋藏于幽深的水底。然而即便到了那个时候，我也不相信我会愿意在夜间造访那片乡村，至少不会挑选险恶群星映照天空的时辰；也没有任何理由能说服我尝一口阿卡姆城的新水。

老阿米说，一切都起源于那颗陨星。在此之前，自从女巫审判以后，那里没有过任何疯狂的民间传说，就连西边的树林也远远不如米斯卡托尼克河上的那座小岛让人害怕，据说小岛上有个怪异的石砌祭坛比印第安人更加古老，魔鬼就在那里开庭受觐。那些树林不闹鬼，在怪异时光之前，暮色尽管奇异，但并不可怕。然而就在那天正午，天上出现了白色的云团，空中传来一连串爆炸声，远处山谷里的树林中腾起一根烟柱。到了晚上，所有阿卡姆人都听说有一块巨石从天而降，嵌在纳鸿·加德纳家水井旁的地里。那幢房屋——纳鸿·加德纳家那幢整洁的白色房屋，周围环绕着肥沃的园圃和果树——所在之处就是未来的焦野。

纳鸿进城向人们讲述那块石头的事情，路上顺便造访阿米·皮尔斯的家。阿米那年四十岁，所有的离奇事情都牢固地铭刻在了他的脑海里。第二天上午，他和妻子还有三位从米斯卡托尼克大学匆匆赶来的教授前去查看自未知星空降落的怪异客人，他们很诧异地发现，它并没有前一天纳鸿所声称的那么大。在前院古老的井台旁，纳鸿指着比被犁起的地面和烧焦的草皮高出一截的棕色土墩说，它自己缩小了；但教授们说，石块不会自己缩小。石块持续不断地散发热量，纳鸿声称它在夜间发出微弱的光芒。教授们用地质锤试了试，发现它异乎寻常的柔软。事实上，它的柔软程度接近塑料。他们挖下而不是凿下一块样本，准备带回大学做进一步检验，随后从纳鸿家的厨房借了个旧水桶，因为即便是这么一小块，它也拒绝冷却下来。回城的路上，他们在阿米家歇脚，皮尔斯夫人注意到那块样本不但变小了，而且在桶底烧出了一圈痕迹，他们不禁陷入沉思。说真的，它本来就不大，也许取的样本比他们所认为的还要小一点儿。

第二天——这整件事情都发生于一八八二年六月——教授们怀着极大的兴奋再次出发。经过阿米家时，他们向他讲述了那块样本的种种异相，还有他们把它放在玻璃烧杯里，结果它自行消失得无影无踪。烧杯也不见了，他们称怪石对硅有亲和性。它在那个设施完善的实验室里有令人难以置信的表现：用木炭加热，它毫无反应，也不散发任何气体；在硼砂珠试验中[1]，它彻底不为所动；事实很快证明，它在实验室能够产生的一切温度下都绝对没有挥发性，连氢氧吹管的高温也不例外。放在锻砧上，它表现出极高的延展性；在黑暗中，它的发光性非常明显。它顽固地拒绝冷却，很快就让整所大学陷入一种真正的亢奋状态；加热后用

1. 熔珠试验的一种，是分析特定金属成分的传统试验，不同金属各有其特征性的硼砂珠颜色。

光谱仪观察，它呈现出的光带与普通光谱的任何已知颜色都迥然不同，学者们激动得难以喘息，满嘴都是新元素、奇特的光学特性和科学工作者在面对未知事物时往往会说的那些话。

尽管石块本身就很热了，但他们还是用各种各样的试剂做了坩埚试验。水，毫无反应；盐酸也一样；硝酸甚至王水遇到它刀枪不入的炽热表面只是嗤嗤作响，溅起液滴。阿米不太能够回忆起所有细节了，我按照通常的使用顺序复述，他认出了其中的部分溶剂。学者们使用了氨水和苛性钠、酒精和乙醚、令人作呕的二氧化硫和另外十几种化学品，尽管随着时间的流逝，样本的重量稳定地逐渐减少，温度也似乎稍微降低了一点儿，但溶剂中没有可见的变化能够证明它们对样本中的物质造成了任何影响。毫无疑问，这是一种金属。首先，它有磁性；浸泡在酸性溶液中，似乎会出现常见于陨铁中的魏德曼花纹的微弱痕迹。样本冷却到相当可观的程度后，实验在玻璃器皿中继续进行；他们在工作中将原始样本切割成许多碎块，下班时将它们装进一个玻璃烧杯里。第二天早晨，样本碎块和烧杯都消失得无影无踪，只在木架上放烧杯的地方留下了灼黑的印痕。

这些都是教授们在阿米家歇脚时告诉他的，他再次陪同他们去看那个来自星际的石头信使，但这次他妻子没有一起去。石块已经显著地缩小了，连最审慎的教授也无法质疑他们亲眼见到的事实。水井旁的棕色团块变得越来越小，四周出现了一圈空白，地面凹陷了下去；昨天它直径还有足足七英尺，现在连五英尺都不到了。石块依然炽热，学者们好奇地研究它的表面，用铁锤和凿子取下又一块更大的样本。这次他们挖得很深，撬开样本时，他们注意到那东西的内核并不均匀。

他们发现了嵌在金属物质中的一个彩色球状物的侧表面，其颜色类似于陨石的怪异光谱中的某些光带，几乎无法用语言形容，他们仅仅是通过类比才称之为“颜色”。它的质地颇为光滑，敲上去感觉很脆，而且是中空的。一名教授用铁锤使劲砸了一下，它炸裂了，发出清脆的砰然声响，但没有喷发出任何东西。球状物存在过的一切痕迹随着破碎而消失得无影无踪。它留下了一块直径约三英寸的球形空间，大家都认为，随着外层物质的逐渐损耗，他们很可能还会发现其他球状物。

这个猜测是错误的。他们钻孔取样，试图找到更多的球状物，最终却徒劳无功。学者们带着新采集的标本离开，它在实验室里表现得和昨天的先驱一样令人费解。除了质地近乎塑料、散发热量、具有磁性、微弱发光、在强酸中略微冷却、有着未知的光谱光带、在空气中持续挥发、攻击硅元素成分并导致共同湮灭，它没有表现出任何可供识别其成分的特征；试验做到最后，大学教授们被迫承认他们说不清它究竟是什么。它不属于这个地球，而是更广袤的外部世界的一部分，因此它被赋予了外部世界的性质，遵循的也是外部世界的法则。

当晚下了一场雷暴雨，第二天，教授们赶到纳鸿家，迎接他们的却是苦涩和失望。那块石头具有磁性，因而肯定拥有某种特别的电学性质，因为按照纳鸿的说法，它持续不断地“吸引闪电”。这位农夫在一小时内见到闪电六次击中前院的那道犁沟，雷暴雨过后，陨石消失得无影无踪，古老的井台旁只剩一个边缘参差的大坑，已经被塌陷的泥土填满了一半。挖掘没有得到任何结果，教授们只得接受陨石已经彻底消失的现实。如此失败不可谓不彻底，因此他们只得返回实验室，继续检测小心翼翼地保存在铅容器里并依然在持续消失的那块碎片。样本在一周后消失殆尽，教授们依然未能了解到任何有价值的情况。它消失得很彻底，没有留下任何残余物。过了一段时间，教授们甚至不敢确信他们真的曾经用清醒的眼睛见到了从外部世界无底深渊中逸出的一丝神秘痕迹，接触了来自其他宇宙和其他物质、作用力和实体所构成领域的独一无二的怪异使者。

阿卡姆的报纸大多由学院赞助，因此自然极为重视此事，纷纷派遣记者访问纳鸿·加德纳及其家人。波士顿至少有一份日报也派来了新闻记者，纳鸿很快成为当地的名人。他五十来岁，身材瘦削，生性亲切，与妻子和三个儿子住在山谷里那个怡人的农场里。他和阿米时常互相串门，两者的妻子也一样；认识了那么多年，阿米对他除赞许外别无二话。他似乎颇为自豪于他家吸引来的关注，接下来的几个星期，他开口闭口都是那块陨石。那年的七月和八月很热，纳鸿在横跨查普曼溪的十英亩牧场上辛苦地收割干草；运货马车咔嗒咔嗒作响，在阴凉的小路上压出深深的车辙。他觉得农活比前几年更加累人，年岁终究还是找上了他。

结果和收获的日子渐渐到了。梨和苹果慢慢成熟，纳鸿发誓说果园的收成前所未有的好。果实大得无与伦比，带着不寻常的光泽，见到丰收就在眼前，他多订购了一些橡木桶，用来盛放采摘下来的水果。然而，随着果实愈发成熟，迎接他的却是悲痛和失望，因为挂满枝头的漂亮果实尽是金玉其外，完全找不到适合入口的。梨和苹果的香甜味道中混入了某种鬼祟的苦涩和恶心的怪味，仅仅咬上一小口就会诱发长时间的反胃。甜瓜和西红柿也一样，纳鸿哀伤地发现今年的作物全都完蛋了。他很快将事情联系在一起，宣称陨石毒害了土壤，谢天谢地，还好其他的庄稼都种在道路旁地势更高的地方。

冬天来得很早，而且非常寒冷。阿米见到纳鸿的次数不如平时那么频繁，他注意到纳鸿总是显得忧心忡忡。他家里的其他人也一样，似乎变得沉默寡言，也不像从前那样定期去教堂或参加乡间各种社交活动。人们找不到这种拘谨或抑郁的起因，但纳鸿全家人都时常坦陈他们身体欠佳，还隐约感到不安。纳鸿本人说得比其他人更明确，他声称雪地里某些特定的脚印让他心神不宁。脚印本身只是红松鼠、白兔和狐狸在冬天留下的常见痕迹，然而阴郁的农夫宣称他在其性质和排列中看出了一些不太对劲的地方。他从没具体形容过，但似乎认为它们不符合松鼠、兔子和狐狸的典型解剖学特征和生活习性。阿米心不在焉地听着，直到一天夜里，他驾着雪橇从克拉克角镇回家，途中经过纳鸿的住所。明月高悬，一只兔子跑过路面，这只兔子的步幅特别大，阿米和他的马都不怎么喜欢。事实上，若不是缰绳足够结实，后者恐怕当场就逃跑了。从那以后，阿米开始重视纳鸿说的事情，琢磨加德纳家的狗为何每天早晨都畏畏缩缩、颤颤巍巍的，而且渐渐地连吠叫的精神都快没了。

二月，麦克格雷戈家的孩子从牧场山来这儿打土拨鼠，在离加德纳家不远的地方捕获了一只非常特别的样本。它的身体比例以难以描述的怪异方式发生了些微的改变，面部带着人们从未在土拨鼠脸上见到过的表情。孩子们吓得够呛，立刻扔掉了那东西，因此传到附近居民耳朵里的只有他们光怪陆离的描述。然而，马匹接近纳鸿家就会惊跳已经成了众所周知的事实，坊间传说诞生的全部要素正在快速成形。

人们信誓旦旦地说纳鸿家周围的积雪比其他地方融化得更快，三月初，克拉克角镇的波特百货商店里已经出现了敬畏的讨论。斯蒂芬·赖斯在早晨驱车经过加德纳家时，发现路对面树林旁的烂泥地里长出了臭菘。他从未见过臭菘能够长到这个尺寸，怪异的颜色更是无法用语言形容。它们形状极为骇人，散发出斯蒂芬这辈子都没闻到过的怪味，刺激得

★新闻标题：至少4个人声称亲眼目睹红眼睛的不明生物体

马直打响鼻。那天下午，几个人驱车去看反常的怪草，他们全都同意那种植物绝对不会在一个健康的世界里生根发芽。人们公开谈论去年秋天的变味果实，口耳相传的说法是纳鸿家的地里有毒素。毒素当然来自陨石，几名农夫想起大学教授们发现那块石头是多么奇异，于是告诉了更多人。

一天，教授们拜访了纳鸿，他们对荒唐传说和民间故事毫无兴趣，因此在做出结论时非常保守。植物确实有些奇怪，但臭菘的形状、气味和色泽本来就多多少少不太寻常。石块里的某些矿物质或许进入了土壤，但很快就会被雨水冲走。至于动物的脚印和惊吓的马匹——陨石这种罕见大象当然很容易引发如此的村野奇谈。正经人没必要在意这些荒诞的闲言，因为迷信的乡民什么都会说，什么都敢信。因此，教授们在那段怪异时光中自始至终都鄙夷地置身事外。只有一位学者在一年半后为警方分析两份土壤样本时回想起来，臭菘的怪异颜色很像陨石碎片在大学光谱仪中呈现出的不寻常光带之一的颜色，也像他们在来自天渊的石块中发现那个脆质球状物的颜色。那次分析的样本刚开始也呈现出相同的奇特光带，但后来失去了这种性质。

纳鸿家周围的树木提早发芽，入夜后会在风中不祥地摇曳。纳鸿的次子撒迪厄斯那年十五岁，发誓说没有风的时候树木同样会摇曳，但就连爱嚼舌根子的人也不愿采信。然而，空气中自然充满了不安的感觉。加德纳全家都养成了竖着耳朵谛听的习惯，但他们说不清听见的究竟是什么声音。谛听的行为起初不过是意识半溜号时的产物。不幸的是，这种时刻一周比一周来得频繁，到最后成了众所周知的说法："纳鸿家的人都不太对劲。"早春的虎耳草长出来了，它们带着另一种怪异的颜色，与臭菘的颜色不尽相同，但显然有所联系，也同样见所未见。纳鸿采了一些花朵带去阿卡姆，拿给《公报》的编辑看，然而此人只是居高临下地写了一篇打趣的文章，有礼貌地揶揄乡下人的阴郁恐惧。纳鸿犯的错误是他向这位感官麻木的城里人讲述时，将疯长的巨大黄缘蛱蝶的怪异表现和虎尾草联系在了一起。

四月给村野居民带来了某种疯狂，他们开始弃用经过纳鸿家的道路，最终导致这条路被彻底荒置。起因是植物。所有果树都开出颜色诡异的花朵，院子里的多石土壤和相邻的牧场长出奇特的植被，只有训练有素的植物学家才能将其与本地的固有植物区系联系在一起。除了草皮和树叶的绿色，哪儿也看不见健康而正常的其他颜色，病态而隐晦的原色组成的混乱斑驳如棱镜分光结果的杂色却比比皆是，地球上已知的色彩中找不到它们的位置。荷兰马裤花[1]成了险恶之物，血根草以其变态本色肆意生长。阿米和加德纳一家认为大部分颜色有一种熟悉得令人心悸的感觉，让人想起陨石里那个脆质球状物的颜色。纳鸿耕种了那十英亩的草场和高处的田地，但没去碰住宅周围的土地。他知道再怎么费劲都无济于事，只希望夏季的怪异植物能吸净土壤里的毒素。他做好了面对一切坏事的准备，也习惯了身边有什么声音等着被听见的感觉。邻居拒绝接近他家自然对他造成了影响，但对他妻子的影响更加严重。孩子们每天都去上学，因此情况尚可；但流言依然让他们感到恐惧。撒迪厄斯是个特别敏感的少年，遭受的折磨也最严重。

五月，昆虫进入活动期，纳鸿家成了嗡嗡飞行和蜿蜒爬行之物构成的噩梦。大多数昆虫的形态和行为似乎都异乎寻常，夜间出没的生活习性更是违背了纳鸿往日的全部经验。加德纳家入夜后开始留神警惕——漫无目标地朝任意一个方

1. 即兜状荷包牡丹，因花朵形状而有此俗名。

向张望，寻找他们自己也说不清的某些事物。到了这时，他们全都承认了撒迪厄斯对树木的说法是正确的。第二个注意到这个情况的是加德纳夫人，她在窗口望着月光下一棵枫树的肿胀枝条。树枝确实动了，而且当时没有风。肯定是树液造成的。这里生长的所有东西现在都变得怪异。不过，做出下一个发现的并不是纳鸿家的成员，对于周遭变化过于熟悉麻痹了他们的感官。一位腼腆的风车销售员从波士顿来到本地，他对村野传说一无所知，在夜里驱车经过纳鸿家，一眼就看见了他们未能注意到的东西。他在阿卡姆讲述的故事成了《公报》上的一篇短文，包括纳鸿在内的所有农夫这才知道。那天夜里很黑，车上灯光昏暗，但山谷里有个农场周围的黑暗却没那么浓重，听到他的叙述，人人都知道那只可能是纳鸿家。黯淡但确实存在的某种辉光似乎存在于从草皮到树叶和花朵在内的所有植物器官之中，在某个瞬间，靠近谷仓的院子里似乎有一小团分离的磷光在鬼鬼祟祟地摇动。

草皮目前似乎还没遭殃，牛群在房屋附近的草场上自由走动，然而临近五月末，牛奶开始变质。纳鸿于是把牛群赶到高处去，问题随即消失。没过多久，草皮和树叶的改变就连肉眼也能看清楚了。它们显出一种高度特殊的松脆特性，颜色也从青绿变成灰白。现在只剩下阿米还会去他家做客，但次数也变得越来越少。待到放暑假的时候，加德纳一家事实上与世界断绝了来往，只是偶尔请阿米替他们去城里办些杂事。他们的身心健康都在令人费解地恶化，加德纳夫人发疯的消息传开时，没有人感到惊讶。

这件事发生在六月，陨石坠地一周年前后，可怜的女人嘶喊着说空气中有一些她无法描述的东西。她的胡话里连一个特指的名词都没有，只有动词和代词。东西在挪动、在变化、在扑腾，耳朵在聆听不完全是声音的脉冲。什么东西被取走了——从她身上被吸走的……某种不该存在的东西，附着在她身上，非除掉不可。入夜后没有任何东西固定不动……墙壁和窗户不断变形。纳鸿没有送她去县精神病院，而是让她在家里游荡，只要她别伤害自己和其他人就行。即便她的表情发生变化，他也没有采取任何行动。但后来孩子们开始害怕她，她对撒迪厄斯做怪相，他险些被吓昏，于是决定把她锁在阁楼上。到了七月，她不再说话，四肢着地爬行，七月行将结束时，纳鸿有了个疯狂的念头：她在黑暗中会微微发光，和他明明白白地见到的附近植物的情形一样。

在此之前不久，马匹发生了惊逃。某种东西在夜间唤醒了它们，令其在马厩里嘶吼和踢腾，闹出的响动非常可怕。似乎没有任何办法能让它们安静下来，纳鸿只得打开马厩门，它们像受到惊吓的林鹿一样四散奔逃。他花了一个星期才寻回全部四匹马，找到它们的时候，它们都变得难以驾驭，毫无用处了。马匹的脑子里出了什么问题，为了它们好，他不得不开枪逐一将其打死。纳鸿向阿米借了一匹马来运送干草，却发现这匹马不肯靠近谷仓。它畏缩、惨叫、呜咽，最后他只好把它赶进院子，男人们自己出力气把沉重的货车推近干草棚以便装卸。另一方面，植物全都变得灰白和松脆，就连颜色曾经无比怪异的花朵如今也变得灰白，结出来的果实色泽发灰，尺寸显小，而且缺乏味道。紫菀和一枝黄开出灰色的变形花朵，前院的玫瑰、百日菊和蜀葵都怪诞得亵渎神圣，纳鸿的大儿子泽纳斯干脆砍光了它们。奇异的肿胀昆虫也在那段时间前后死亡，连放弃蜂巢、迁居树林的蜜蜂也不例外。

到了九月，全部植物都迅速崩解成灰白色的粉末，纳鸿担心树木会在土壤肃清毒素之前死去。他妻子不时会发出一阵阵恐怖的尖叫，他和孩子们的神经永远紧绷。他们开始避开其他人，开学之后，孩子们也没有回校。然而还是阿米，他们罕有的访客之一，首先意识到井水不再适合饮用。它有一种邪恶的味道，不完全是臭味也不完全是咸味，阿米建议他的朋友去高地另挖一口井，直到土壤恢复正常。但纳鸿无视他的警告，因为到了这个时候，他对怪异和令人不快的事物已经变得麻木。他和孩子们继续使用有怪味的水源，没精打采、机械地喝水，吃他们烹饪不得法的贫乏餐食，做着费力但无用的单调杂活，过着漫无目标的生活。全家所有人都体现出某种顽固的听天由命的感觉，就好像一只脚已经踏入了另一个世界，在无名的卫士行列之间走向必然而熟悉的厄运终点。

九月的一天，撒迪厄斯去打井水，然后就发疯了。他拎着提桶去，却空手回来，尖叫着挥舞手臂，时而迸发出一阵痴狂的傻笑，时而压低声音说什么“底下有颜色在移动”。一家疯了两个实在很糟糕，但纳鸿这时候表现得很勇敢。他让男孩乱跑了一个星期，直到撒迪厄斯磕磕绊绊伤到了自己，于是他把男孩关进阁楼上的另一个房间，而男孩的母亲就待在走廊对面的房间里。两人隔着上锁的房门互相尖叫，那情形非常恐怖，在小默温心中尤其如此，他认为他们在用某种不属于地球的可怕语言交谈。默温的想象力变得丰富得可怖，自从和他最要好的哥哥被关起来之后，他越来越烦躁不安。

几乎与此同时，牲畜开始大量死亡。家禽变成灰白色，死得非常迅速，切开后发现肉发干且散发恶臭。猪肥胖得异乎寻常，随即出现令人作呕、谁也无法解释的变化。猪肉自然毫无用处，纳鸿终于无计可施了。没有一位乡村兽医愿意接近他家，阿卡姆城里的兽医公开承认无能为力。猪的皮肤变得灰白和松脆，在死前崩解为碎块，眼睛和拱嘴的形态出现了奇特变异。这个情况非常令人费解，因为纳鸿家从未喂它们吃过变质的植物。母牛随后也出事了。它们的某些部位甚至整个身体会怪异地萎缩或变瘪，极其可怖的崩溃或解体也屡见不鲜。到了最终阶段——结果往往是死亡——它们的身体也会变得灰白和松脆，与猪的情况如出一辙。不存在下毒的可能性，因为所有事例都发生在上锁和无外力干涉的牲口棚里。啮齿类动物也不可能通过啃咬传播病菌，因为地球上有什么动物能穿过如此严实的屏障呢？只可能是某种天然疾病在作祟，然而何种疾病能制造出如此结果就无从猜测了。收获季节来临，他们家没有任何动物还存活，家畜和家禽都死了，狗也跑了。狗一共有三只，在一天夜里消失得无影无踪，再也没有回来过。五只猫走得比狗还要早，但它们的离去几乎无人在意，因为老鼠似乎已经从纳鸿家绝迹，更何况只有加德纳夫人把这些优雅的猫科动物当宝贝看待。

十月十九日，纳鸿跌跌撞撞地闯进阿米家，带来了骇人的消息。死神找上了被关在阁楼房间里的可怜虫撒迪厄斯，而且以某种无法描述的方式降临。农场背后有一块围起来的家族墓地，纳鸿在那里挖了个坟，让他发现的东西入土为安。房间里的东西不可能来自外部，因为带栏杆的窗户和上锁的房门都完好无损，而房间里的惨状与牲畜棚里的情况完全相同。阿米和妻子尽可能地安慰这位悲恸的男人，但同时也心惊胆战。无情的恐怖魔物似乎依附在加德纳一家和他们触碰过的所有东西上，他们家的一名成员出现在屋子里就仿佛从无名和无可名之领域吹来的一股气息。尽管一百万个不情愿，但阿米还是送纳鸿回家了，然后尽量安慰歇斯底里哭泣的小默温。泽纳斯不需要安慰。他近来渐渐地除了盯着天空什么都不做，父亲叫他干什么他就干什么，阿米认为这样的命运反而是一种福气。默温的尖叫时而引来阁楼上的微弱回应，阿米用眼神询问纳鸿，纳鸿解释说他妻子已经非常虚弱了。夜幕临近，阿米总算设法脱身，因为当植物开始微弱发光、树木即便没有风也若有若无地暗自摇曳时，就连友谊也无法让他继续留在那个地方。阿米的想象力并不丰富，这对他来说实在非常幸运。尽管如此，他的精神还是遭受了些许的扭曲；然而假如他能够将身边所有的不祥之兆联系在一起并进一步思考，他必然会无可避免地陷入完全的疯狂。他在暮色中匆忙赶回家，疯女人和崩溃孩童的尖叫声在耳畔可怖地回响。

三天后的清晨时分，纳鸿冲进阿米家的厨房，尽管主人不在，他还是结结巴巴地说出了又一个绝望的故事，而皮尔斯夫人只能战战兢兢地听着。这次出事的是小默温。他失踪了。昨天深夜他带着风灯和提桶出去打水，再也没有回来。他这几天一直失魂落魄，几乎不知道自己在干什么，还朝着所有东西尖叫。他出去后，院子里传来了一声惊恐的喊叫，但等父亲跑到门口，男孩已经不见了。他看不到男孩的风灯的亮光，男孩本身也无影无踪。当时纳鸿以为风灯和提灯也不见了，但天亮后，彻夜在树林和田地里寻找儿子的纳鸿回到家里，却在井边发现了一些非常奇怪的东西。有一团被压扁并看似部分熔化的铁块，那无疑是风灯的残骸；它旁边是一个扭曲的桶身和一截弯曲的铁环，两者都半熔化了，看起来曾经是提桶的组成部分。情况就是这样。皮尔斯夫人吓呆了，阿米回家后听说这番变故，也猜不出个所以然来。默温不见了，去告诉附近的居民毫无意义，他们现在躲着加德纳家的所有人走。去告诉阿卡姆市的人同样没用，他们喜欢嘲笑一切。撒迪厄斯不在了，现在默温也不见了。某些东西在悄然潜行，等待着被看见、摸到和听见。纳鸿迟早也会消失，若是他走得比妻子和泽纳斯更早，他希望阿米能帮忙照看他们。这必然是某种天罚，但他想不出究竟是为什么，因为据他所知，他在上帝的道路上向来行得正坐得端。

接下来的两周，阿米没有纳鸿的任何消息。他担心朋友会不会遇到了意外，于是克服恐惧，前去拜访加德纳家。粗大的烟囱没有冒出袅袅青烟，来访者顿时害怕起来，最坏的情况或许已经发生。整个农场的面貌让人惊骇——灰白色枯萎的草皮和树叶覆盖地面，藤蔓变得松脆，从古老的外墙和山墙上脱落，光秃秃的大树向十一月的灰色天空张牙舞爪，其中蕴含着某种蓄意的刻毒，阿米没来由地觉得这种感觉来自树枝倾斜角度的细微变化。不过纳鸿还活着。他很虚弱，躺在天花板低垂的厨房里的一张躺椅上，但意识清醒，能够向泽纳斯发出简单的指令。房间冷得能冻死人。见到阿米冻得直打哆嗦，主人用沙哑的声音喊叫，命令泽纳斯再拿些木柴来。是的，此时最需要的莫过于木柴了，因为宽大的壁炉里空空如也，没有生火，刺骨寒风顺着烟囱刮进房间，吹得炉灰四处飞扬。纳鸿随即问阿米，新添的木柴有没有让他舒服起来，阿米终于意识到发生了什么。最结实的绳索终究也有断裂的一天，悲恸再也无法侵入这位不幸农夫的脑海了。

阿米巧妙地提问，但对泽纳斯失踪一事始终没能问出个所以然来。“在井里——他生活在井里——”精神恍惚的父亲只会这么说。来访者的脑海里忽然闪过一个念头，不知道纳鸿发疯的妻子怎么样了，于是改变询问的方向。“娜比？咦，她就在这儿啊！”可怜的纳鸿这么答道。阿米立刻明白过来，他只能自己去看个究竟了。他把胡言乱语但没有伤害性的纳鸿留在躺椅上，取下挂在门口钉子上的钥匙，沿着嘎吱作响的楼梯爬向阁楼。阁楼上非常憋闷，散发着恶臭，无论从哪个角落都听不见任何声音。他看见了四扇门，只有一扇锁着，他用钥匙圈上的钥匙挨个尝试。第三把钥匙打开了锁，阿米摸索了好一会儿，终于推开了那扇低矮的白色房门。

窗户很小，粗糙的木栏杆又挡住了一半光线，因此房间里非常暗，阿米看不见铺着宽幅木板的地面上有什么东西。恶臭浓烈得令人无法忍受，他不得不退到另一个房间里，让可呼吸的空气灌满肺部，然后重新回来。他走进房间，看见角落里有个黑乎乎的东西，凑到近处，他看得更清楚了，随即尖叫起来。就在他尖叫的那个瞬间，他觉得一团乌云短暂地遮住了窗户，半秒钟后，他觉得某种可憎的气流擦身而过。怪异的颜色在眼前舞动，若不是此刻的恐惧已经令他麻木，他肯定会想到陨石里被地质锤砸碎的球状物和当年春天萌发的病态植物。然而此刻他脑子里只有面前这个亵渎神灵的畸形怪物，荼毒了少年撒迪厄斯和牲畜的无可名状的厄运显然也找上了它。关于这个恐怖之物，最可怕之处是它一方面在非常缓慢和明显地移动，另一方面还在持续不断地崩解。

阿米不肯向我详细描述这个场景，但角落里的东西没有作为会移动的物体再次出现在他的叙述之中。有些细节不能提及，出于基本人性做出的事情有时候会受到法律的严惩。我明白他没有把那个活物留在阁楼房间里。扔着那么一个能够移动的物体不管，这无疑是极为残忍的行为，会让任何一个有担责能力的人遭受永世的折磨。换了是普通人而不是一位感觉迟钝的农夫，大概会当场昏厥或发疯，但阿米神志清醒地走出那扇低矮的房门，把该受诅咒的秘密锁在身后。现在还有纳鸿需要处理。他必须给纳鸿吃东西，照顾他，送他去一个能够医治他的地方。

阿米开始走下暗沉沉的楼梯，听见底下响起"砰"的一声。他甚至觉得他听见了被忽然掐断的一声尖叫，随即惊恐地回想起在阁楼恐怖房间里与他擦身而过的那团湿冷蒸汽。他的喊叫和侵入惊醒了一个什么样的魔物？难以解释的恐惧让他停下脚步，仔细去听楼下传来的其他声音。毫无疑问，底下有沉重的拖拽声，有某种邪恶和不洁的生物吸吮黏腻液体时发出的最可憎的怪声。他的联想能力被刺激到狂热的巅峰，无法解释地想到了他在楼上见到的景象。敬爱的上帝啊！他不小心闯进了一个何等可怕的噩梦世界？他不敢向前走也不敢往回走，只能站在逼仄楼梯的黑暗转弯处瑟瑟发抖。此时场景的每个微小细节都烙刻在他的脑海里。那些声音，大难临头的惊恐预感，黑暗、狭窄楼梯的陡峭坡度——仁慈的主啊！……视野范围内，所有木制品都散发着微弱但不容置疑的辉光，无论是楼梯、墙板、裸露的板条还是房梁！

就在这时，室外传来了阿米那匹马的惊恐嘶鸣声，紧接着是哒哒的马蹄声，说明它发狂般地逃跑了。片刻之后，马带着马车跑出了听力所及的范围，撇下惊恐的男人在黑洞洞的楼梯上猜测究竟是什么惊吓了马匹。然而这还不算完，外面又传来了另一种声音。某种液体泼溅的声音——水——肯定是那口井。他把马（名为“英雄”）留在井附近，没有拴缰绳，肯定是马车的车轮扫到井圈，把一块石头碰了下去。惨白色的磷光依然在可憎的古老木料中闪烁。天哪！这幢屋子太古老了！大部分修建于一六七〇年之前，复斜屋顶也不晚于一七三〇年。

楼下传来清晰而微弱的刮擦地板的声音，阿米攥紧他在阁楼里为了以防万一而捡起来的沉重木棍。他慢慢地鼓起勇气，走完剩下的几级台阶，勇敢地走向厨房。但他没有走完这段路，因为他要寻找的东西已经不在厨房里了。它主动来找他了，而且以某种方式依然活着。它究竟是爬出来的，还是被某种外部力量拖出来的，阿米无从分辨，但死神已经找上了它。最终的变故发生在过去半小时内，而崩溃、褪色和解体早就开始了。那具肉体松脆得恐怖，干枯的碎片如鳞片般剥落。阿米不敢触碰，只能惊恐地望着曾经是一张脸的扭曲怪相。“怎么了，纳鸿——到底怎么了？”他嗫嚅着问道，那开裂而鼓胀的嘴唇勉强吐出最后的答案：

"没怎么——没怎么——颜色——它灼烧——冷，而且湿——但它灼烧——它活在井里——我见过它——某种烟——就像今年春天的花朵——井到夜里会发光——撒迪和默温和泽纳斯——所有活物——吸走所有活物的生命——在那块石头里——它肯定是从那块石头里来的——毒害了这整片地方——不知道它想要什么——大学那些人从石头里挖出的那个圆东西——他们砸碎了它——就是那种颜色——一模一样，就像花朵和植物——它们肯定还有更多的——种子——种子——它们会生长——这个星期我第一次见到它——肯定靠泽纳斯变得强壮了——他是个大小子，充满生命——它打垮你的精神，然后让你——燃烧你——在井水里——你说得对——邪恶的水——泽纳斯再也没从井那儿回来——没法离开——拖着你——你知道有东西要来了，但没用——泽纳斯被抓走后，我又见到了它——阿米，娜比在哪儿——我的脑子不好用了——不知道我有多久没喂过她了——要是我们不当心，它就会抓走她——只是颜色——有时候快到晚上，她脸上就会出现那种颜色——它灼烧，它吸食——它来的地方和这儿不一样——一个教授这么说的——他是对的——当心，阿米，它做的事情不止吸走生命——"

纳鸿的话到此为止。他之所以说不下去了，是因为他的身体彻底塌陷了。阿米用一块红色方格桌布盖住剩下的遗骸，跑出后门，冲进野地。他顺着山坡爬上十英亩的牧场，从北边那条路穿过树林踉踉跄跄地回到家里。他不敢经过惊走他那匹马的水井。他在房间里隔着窗户看它，发现井圈上没有缺少石块。马车被马拽走时没有撞坏任何东西——激起水花的是其他什么东西——它对可怜的纳鸿做了可怖的事情后跳进了水井……

阿米回到家里，发现马早就拉着马车回来了，他妻子因此担惊受怕。他安慰了她一番，但没有仔细解释，立刻出发前往阿卡姆，报告当局加德纳一家已经不在了。他没有讲述任何细节，只说纳鸿和娜比死了，而撒迪厄斯的身故本已为当局所知，他说死因就是杀死家畜的同一种怪异疾病。他还称默温和泽纳斯都失踪了。阿米在警察局接受了大量盘问，最后不得不领着三位警官去加德纳家的农场，同行的还有验尸官、法医和治疗过生病牲畜的兽医。他去得非常不情愿，因为下午行将结束，他恐惧夜幕降临那个被诅咒地方的时刻，唯一能够安慰他的是有好几个人陪着他。

六个人乘一辆双马马车，跟着阿米的马车，于下午四点左右抵达遭受厄运折磨的农场。尽管这些警官对血腥恐怖的景象早已司空见惯，但阁楼房间里和红色格子桌布覆盖的东西依然让他们动容。农场呈现出的灰色荒凉面貌本身就够可怕了，但两具崩解而死的尸骸却超越了一切界限。没有人能够长久地看着它们，就连法医也承认没多少可供检验的。当然还可以分析标本，因此他忙着采样——两小瓶尘状物最终送到大学实验室，在那里出现了完全难以解释的情况。两件样本在光谱仪中都发射出未知的光谱模式，其中有多种令人困惑的光带与去年怪异陨石产生的结果相同。发射如此光谱模式的性质在一个月内消失殆尽，剩余的尘状物仅由碱性磷酸盐和碳酸盐构成。

假如阿米知道他们打算就在当时当地开展工作，他肯定不会把井的事情告诉他们。日落时分越来越近，他急着想离开，所以忍不住紧张地偷看吊水杠杆旁的石头井沿，一名警察问他是怎么回事，他承认纳鸿害怕井底下的什么东西，害怕到他甚至没考虑过要去井里找默温和泽纳斯的程度。他这么一说，他们也就必须排空和勘测井底了，于是阿米只好哆嗦着等在一旁。他们一桶接一桶舀起发臭的井水，倒在边上泡湿的土地上。他们厌恶地闻着井水的气味，最后搅起来的恶臭熏得他们不得不捂住鼻子。这工作不如他们想象的那么费时费力，因为井水异乎寻常的浅。至于他们发现了什么，这里就没必要说得太详细了。默温和泽纳斯确实都在底下，残缺不全，而且遗骸只剩下了骨架。井里还有处于类似状态的一头小鹿和一条大狗，另有数量可观的小动物的骨头。最底下的软泥和黏液疏松得难以解释，还冒着气泡。一个人带着一根长杆借助摇把降下去，发现长杆在井底淤泥里插到任何深度都不会碰到任何固体的阻碍。

黄昏开始到来，他们从屋里取来风灯。确定从井里无法得到更多的发现之后，所有人来到室内，在古老的会客室里商量，幽灵般的残月洒下暗淡的光线，断断续续地照着外面荒芜的灰色土地。他们坦然承认这起案件让人摸不着头脑，找不到可信的共同因素将所有的情况联系在一起，这些情况包括植物的怪异形态、牲畜和人类共患的未知疾病、默温和泽纳斯在腐臭井底难以解释的死亡。是的，他们都听说过流行乡野的传闻，但无法相信所有已发生的事情违背了自然定律。毫无疑问，陨石毒害了土壤，但人和动物即便从未食用从这片土壤种出来的东西也会得病，这就是另一码事了。是因为井水吗？非常有可能。分析井水是个好主意，但什么样的疯病能让两个男孩都跳进井里呢？他们的行为异常类似，遗骸表明两者都遭受了灰白松脆死神的侵袭。为什么所有东西都变得灰白和松脆呢？

验尸官坐在俯瞰整个院子的窗口，他首先注意到了水井附近的辉光。夜幕已经完全降临，可憎的土地上似乎到处都在微微发光，强度超过了若有若无的月光，这种新出现的亮光颇为清晰和明确，似乎是从黑色深坑底下射上来的，有点像柔化后的探照灯光芒，排水时积出的诸多水坑反射出模糊的辉光。辉光呈现出一种怪异无比的颜色，所有人都聚集在窗口。这时阿米吓得跳了起来，因为幽魂般的瘴气中，那怪异的光芒蕴含的颜色对他来说并不陌生。去年夏天，他在陨石里那个可怖的脆性球状物上见过；今年春天，他在癫狂的植物上见过；仅仅是今天上午，在发生了无可名状之事的恐怖阁楼房间里，他认为他在有栏杆的小窗上见过。它在那里闪耀了半秒钟，随即有一股湿冷可憎的蒸汽从他身边掠过——然后那颜色中的某物就抓住了可怜的纳鸿。纳鸿在临终前是这么说的——说它就像那个圆球和那些植物。紧接着院子里马匹惊逃，井里传来溅水声——而此时此刻，水井正在向夜空喷吐着同样魔性色泽的苍白而险恶的光芒。

在此我不得不称赞阿米的心智有多么机敏，因为即便在如此紧张的时刻，他还在思索一个从根本上说具有科学性的问题。他忍不住纳闷，那股蒸汽是白天他在对着上午天空打开的窗户前见到的，现在的磷光雾气是夜晚在黑色的焦枯土地背景上见到的，但两者给他造成的印象却完全相同。这不对劲，违反了自然法则，他想到遭难的朋友临终前说出的可怕话语："它来的地方和这儿不一样……一个教授这么说的……"

拴在路旁两棵枯萎小树上的三匹马，忽然开始疯狂地嘶鸣和踢腾。车夫想出去安抚一下，但阿米用颤抖的手按住他的肩膀。"别去，"他压低声音说，"这事情里有很多我们不明白的。纳鸿说有东西住在井底下，会吸走你的生命。他说肯定是去年六月从陨石里我们都见过的那个圆球里长出来的。吸取和灼烧，他说，只是一团颜色，就像这会儿外面的那种光，你几乎看不见，也说不出那究竟是什么。纳鸿认为它以所有活物为食，变得越来越强大。他说他上周见到了它。它肯定来自天上什么遥远的地方，就是去年大学里的教授说陨石来的那个地方。它的构造和存活方式都和咱们这个上帝的世界完全不一样。它来自我们之外的世界。”

他们犹豫不决地停下了脚步，井里射出来的光芒越来越强，拴着的马越来越狂躁地踢腾和呜咽。那真是一个可怕的时刻：这幢被诅咒的古老房屋本身的恐怖气氛，屋后柴棚里放着四具怪异的遗体——两具来自屋内，两具来自井底，前院淤泥深处射出的未知而邪恶的虹色光柱。阿米一时冲动拦住车夫，忘记了那团湿冷的有色蒸汽在阁楼房间里擦身而过后，他并没有受到伤害，然而他这么做也未必有什么不对。没有人知道外面的夜色下正在发生什么。尽管来自异界的渎神怪物迄今为止还没有伤害过神志尚未被削弱的人，但谁也无法说清它到了这个最终时刻会做出什么。云雾半掩月亮的夜空下，它似乎正变得越来越强大，表现出了格外显著的目的感。

窗口的一名警察忽然短促而尖厉地惊呼出声。其他人望向他，随即循着他的视线向上看，来到他曾经漫无目标扫视的眼神被虏获的地方。不需要开口交谈了。村野流言中的争议内容不再存有任何争议之处，正是因为此刻的事情，在场的所有人后来都压低声音赞同，绝对不会在阿卡姆谈论这段怪异时光。有必要先做个说明，当晚的那个钟点连一丝风都没有。尽管事后过了好一会儿刮起大风，但当时绝对没有风。连苟延残喘的灰白色枯萎嵩芥的干枯叶梢和停在屋外的马车车顶的垂穗都纹丝不动。然而就在如此紧张而邪异的寂静之中，院子里所有树木的光秃枝杈却动了起来。它们病态而痉挛似的抽动，像癫痫发作一般朝被月光照亮的云朵张牙舞爪，在有毒的空气中虚弱地抓挠，仿佛黑色的树根下有什么地底的恐怖魔物在蠕动和挣扎，通过看不见的怪异连接牵动了枝杈。

一连好几秒钟，所有人都无法呼吸。这时一团乌云经过，遮住了月亮，抓挠枝杈的剪影暂时消失。众人齐声惊呼，畏惧让他们压低了嗓门，但每个人喉咙里出来的声音几乎相同，而且都很沙哑。然而恐惧并没有随着剪影一起消失，接下来的一瞬间同样可怕，在更浓重的黑暗中，他们看见在树顶的高度有数以千计的微弱而渎神的细小光点，它们出现在每一根树枝的末端，就像圣艾尔摩之火或圣灵降临节落在使徒头顶上的火苗。违背自然的光芒聚集成怪诞的群落，仿佛饱餐后的食尸萤火虫在被诅咒的沼泽上空跳起来自地狱的萨拉班德舞；它们的颜色正是阿米已经熟悉和恐惧的那种无可名状的入侵异色。与此同时，从井里射出的磷光光柱变得越来越亮，众人挤作一团，脑海里不禁出现了末日感和反常感，磨灭了他们正常头脑能够形成的任何景象。光芒不再是向外照射，而是喷涌而出。无名之色以无形之流冲出井口，向上径直淌向天空。

兽医颤抖着走到门口，放下沉重的门闩。阿米同样在颤抖，他希望让其他人注意到树木正变得越来越亮，但控制不了嘴里发出的声音，只能拉住别人指给他们看。马匹的嘶鸣和踢腾变得极为令人恐惧，但俗世间的任何奖赏都无法鼓动躲在旧屋子里的那些人出去看哪怕一眼。随着时间的推移，树木的亮光越来越强烈，躁动的枝杈越来越趋向与地面垂直。吊水杠杆的木料这时也在发光，一名警察愣愣地举起手，指着西面石墙附近的木棚和蜂窝。它们同样开始发光，但来访者停在一旁的马车似乎还没有受到影响。紧接着，道路的方向传来骚乱的噪声和嗒嗒的蹄声，为了看得更清楚一些，阿米熄灭了房间里的照明灯，他们意识到那两匹狂躁的灰马挣断了拴住它们的小树，拉着马车逃跑了。

震惊让几个人不再缄默不言，他们尴尬地交头接耳。“它在附近的一切有机生物上蔓延。”法医喃喃道。没人搭理他，下井勘察的男人揣测说，肯定是他的长杆在井底搅起了某些无形之物。“太可怕了，”他又说，“井根本没有底。只有软泥、气泡和潜伏着某种东西的不祥感觉。”阿米的马还在外面的路上刨地和震耳欲聋地嘶吼，它的主人用微弱的颤音嗫嚅着说出他杂无头绪的想法，几乎被马弄出的声音淹没。“它从那块石头里来……它在底下越长越大……它捕食所有活物……它靠吸食活物的精神和肉体过活……撒迪和默温，泽纳斯和娜比……纳鸿是最后一个……他们都喝了井水……它靠他们变得强大……它来自天外，和这儿不一样的一个地方……现在它要回家了……”

话音未落，未知颜色的光柱忽然闪耀得愈加强烈，奇异的线条渐渐编织成某种形状，至于那形状，不同的人有着不同的描述。可怜的“英雄”被拴在那儿，突然发出了他们无论是在此之前还是之后都没有听到过的马匹能够发出的声音。低矮的会客室里，众人用力捂住耳朵，阿米在惊恐和恶心中从窗口转开。言辞无法形容当时的情形——等阿米再次望向窗外，只见到那头不幸的动物毫无动静地躺在劈裂车轴之间洒满月光的地面上。他没有再去看“英雄”，直到第二天众人合力埋葬了它。但此刻他来不及哀悼，因为几乎与此同时，一名警探无声地招呼其他人去看近在身边的这个房间里的恐怖之物。灯光熄灭以后，他们清楚地看见微弱的磷光弥漫在整个房间里。铺着宽幅地板的地面在发光，碎呢地毯在发光，小格窗的窗框也在发光。磷光在裸露在外的角柱上高低蹿动，在橱柜和壁炉架周围闪耀，侵染了每一扇门和每一件家具。磷光每分每秒都在变得越来越强烈，直至情况变得毋庸置疑：健康的活物必须离开这幢房屋。

阿米赶着他们从后门离开，顺着小径穿过田地，跑向十英亩的牧场。他们像梦游般走得趺趺撞撞，谁也不敢向后看，直到爬上远处的高地。还好有这条小径，令他们感到庆幸，因为他们不可能从屋前越过那口井逃跑。他们经过磷光闪烁的牲畜棚和柴房，经过遍布节瘤、轮廓扭曲的发光果树，这已经够糟糕的了，谢天谢地，那些扭曲得最可怖的枝杈都位于树顶。走过查普曼溪上的乡间小桥时，漆黑异常的乌云遮住了月亮，他们只得从那里摸索着爬上开阔的草场。

他们转身眺望山谷和谷底深处的加德纳家，见到了极端恐怖的景象：树木、建筑物，甚至尚未彻底变成象征死亡的松脆灰色的野草和牧草，整座农场都闪耀着那些可憎的未知混合颜色。树枝全都向天空伸展，顶端燃烧着污秽的火苗，同样邪恶的火焰像溪流一样流淌，在房屋、牲畜棚和柴房的梁木周围鬼祟爬行。这俨然是富塞利[1]幻想的景象，凌驾于一切之上的是狂暴的无定形光焰，来自井底的神秘毒素构成了不受维度限制的异类彩虹——它们在沸腾，触摸，舔舐，延展，闪烁，拉伸，险恶地泛起气泡，遵循某种来自宇宙、难以辨识的色彩法则。

就在这时，那可憎的东西毫无预兆地垂直射向天空，像一枚火箭或一颗流星，没有留下任何尾迹，在云层中打出一个规则得奇异的圆洞，随即消失得无影无踪，众人甚至来不及惊呼或喊叫。他们永远也不可能忘记这一幕，阿米茫然地望着在头顶闪烁的天鹅座α星，未知色彩就在那里融入了银河。紧接着，山谷里传来的劈裂声将他的视线迅速拉回了地上。仅仅是劈裂声，木头破碎和断裂的声音，而不是多位同行者信誓旦旦声称听见的爆炸声。然而结果是一样的，在一个斑斓如万花筒的狂暴瞬间，从遭受厄运和诅咒的农场里爆发出一团非自然的火花和物质构成的闪耀灾祸，照得适逢其会的几个人眼前一阵模糊，这团东西喷向天顶，其中的色

1. 亨利·富塞利（1741—1825），生于瑞士的英国画家，风格怪诞恐怖。

彩和怪异碎片都是我们这个宇宙必须坚决排斥的事物。它们跟随已经消失的巨型可憎之物的脚步，穿过正在快速重新凝聚的云雾，一秒钟之后同样消失得无影无踪。在其后和其下，只有众人不敢回去查看的沉沉黑暗。周围的风势越来越大，漆黑的刺骨寒风像是从星际空间直吹而来。冷风呼啸嘶吼，疯癫而狂躁地鞭笞田野和扭曲的树木，没过多久，这几个瑟瑟发抖的人意识到，无论等待多久，月亮也不会重新露面来照亮纳鸿家剩下的残骸了。

他们过于惊恐，甚至不敢揣测究竟发生了什么，七个人哆哆嗦嗦地沿着北边的道路走向阿卡姆。阿米比另外几位同伴的情况更糟糕，他恳求他们不要直接回城，而是先送他回到自家厨房里。他不愿独自在黑夜中从大路穿过风声呼啸的树林回家。这是因为他比其他人多体验到了一种震撼，沉甸甸的恐惧永远压在他的心头，接下来的许多年里他甚至不敢提起。暴风肆虐的山顶上，其他人呆呆地望着道路的方向，只有阿米扭头看了一眼黑暗笼罩的凄凉山谷，他命运多舛的朋友直到不久前还居住在那里。他看见远处那个遭灾的地方有什么东西有气无力地升起来，随即又沉下去，落回了巨大的无定形恐怖魔物射向天空之处。它只是某种颜色，但不是我们这个天地间的任何颜色。阿米认出了那种颜色，知道最后那点虚弱的残余物肯定还潜伏在井底，从此他再也无法正常地生活了。

阿米再也不愿接近那个地方。自从恐怖之事发生，时间已经过去了半个多世纪，他一次也没有去过那里，等新水库蓄水淹没焦野，他会打心底里感到高兴。我同样应该感到高兴，因为每次经过那口废弃水井时，阳光在井口附近改变颜色的样子都让我感到厌恶。我希望水位永远保持得足够高，但即便如此，我也永远不会喝它。我不认为以后我还会再造访阿卡姆乡间。第二天上午，与阿米一起去的那些人里有三位返回现场，在阳光下查看废墟的情况，然而事实上剩下的东西并不多。除了砌烟囱的砖块、地窖的石板和一些零散的无机物或金属垃圾，只有那口禁忌水井的井圈。他们拖走并埋葬了阿米那匹马的尸体，将马车还给阿米，现场的一切生命都消失了。留在原处的是五英亩怪异的灰色尘土荒漠，从此以后再也没长出过任何东西。时至今日，它在天空下蔓生，宛如酸液在树林和田地中侵蚀出的一块秃斑，只有极少数的大胆之人，不顾乡野传说前去查看，并将其命名为“焦野”。

乡野传说自然传播得十分怪异。假如城里人和大学里的化学家产生足够的兴趣，分析一下那口废弃水井里的水或似乎无法被风吹散的灰色尘土，传说也许还会变得更加怪异。植物学家也该研究一下长在焦野边缘地带的矮化植物群，确认乡间的一个说法是否正确：枯萎病正在以一年大约一英寸的速度逐渐蔓延。人们说附近春天里的牧草颜色不太对劲，野生动物会在冬天的浅雪上留下怪异的脚印。焦野上的积雪似乎总是不如其他地方那么厚。这个汽车时代所剩无几的马匹走进那死寂山谷就变得焦躁不安，猎人靠近被灰色尘土污染之处就无法依靠他们的狗了。

据说那里也会对精神造成很不好的影响。纳鸿被夺去生命后，出现问题的人越来越多，他们往往缺乏逃离此处的力量。意志坚定的乡民纷纷搬离附近地区，只有异邦来客才会尝试在破败的旧农舍里生活。但就连他们也待不下去，你有时候不得不琢磨，他们祖国那些有关呢喃魔法的疯狂和怪诞的传说究竟赋予了这些人什么样的洞察力。他们声称夜里做噩梦，梦中光怪陆离的世界极为恐怖，那块阴森领域的面貌自然也会促使病态的想象力作祟。旅客在那些幽深山谷里无法摆脱某种怪异的陌生感，艺术家描绘这些无论是肉眼还是灵魂都看不透其秘密的密林时会战栗不已。在阿米向我讲述他的遭遇之前，我曾单独步行经过那里，当时我的感受也让我本人觉得诧异。黄昏降临时，我隐约希望阴云在天空中聚拢，因为有某种因深邃虚空而产生的奇特胆怯感悄悄爬进了我的灵魂。

请不要征求我的意见。我不知道——就这么简单。我能询问的只有阿米一个人，因为阿卡姆的居民都不肯谈及那段怪异时光，见过陨石和颜色奇特的球状物的三位教授都已辞世。球状物不止那一个——这一点儿可以肯定。有一个汲取了足够的营养，设法离开了地球；或许还有另外一个，它没来得及跑掉。毫无疑问，它依然待在井底——每次见到瘴气蒸腾的井圈之上的情形，我总觉得阳光有什么地方不对劲。

乡民说枯萎病每年向外伸展一英寸，因此直到现在或许依然存在某种生长或哺育。不过另一方面，无论那是什么样的恶魔幼种，它都必须附着在其他东西上，否则它早就迅速蔓延开了。它会依附在那些向天空张牙舞爪的树木的根系上吗？如今流传在阿卡姆的传说之一就是某些肥壮的橡树会在夜里以不应有的方式发光和移动。

只有上帝才知道它究竟是什么。就物质的角度而言，我认为阿米描述的东西应该是气态的，但这种气体遵循的法则不属于我们这个宇宙。它不是我们天文台的望远镜和感光板观测到的行星与恒星结出的果实。它不是其运动和维度能够被我们的天文学家测量或认为广阔得无法测量的天空的气息。它只是一种来自太空的颜色，一个令人恐惧的信使，来自超越了我们所知的整个大自然的无定形无限界领域，来自只需在我们惊惶的眼睛前打开超宇宙黑色深渊便足以使得我们大脑眩晕、身体麻痹的国度。

我不太相信阿米会有意识地向我撒谎，我不认为他的故事像镇民事先警告我的那样，完全是一个狂人的疯癫呓语。恐怖之物乘着那块陨石来到了峻岭和山谷之中，某些恐怖之物依然留在那里，尽管我不清楚去留两者的比例若何。水库放水会让我感到高兴，同时我希望阿米不要遭遇什么不幸。他见过太多次那东西，而那东西的影响过于凶险。他为什么一直没能够搬走？纳鸿的临终遗言他记得非常清楚——“没法离开……拖着你……你知道有东西要来了，但没用……”阿米是多么好的一位老人啊，等水库开始施工，我必须写信给总工程师，请他密切关注阿米。我非常不愿将他想作一个灰色、扭曲、松脆的畸形怪物，而这样的画面在我脑海中挥之不去，搅扰我每晚的安眠。

The Terrible Old Man
可怖的老人

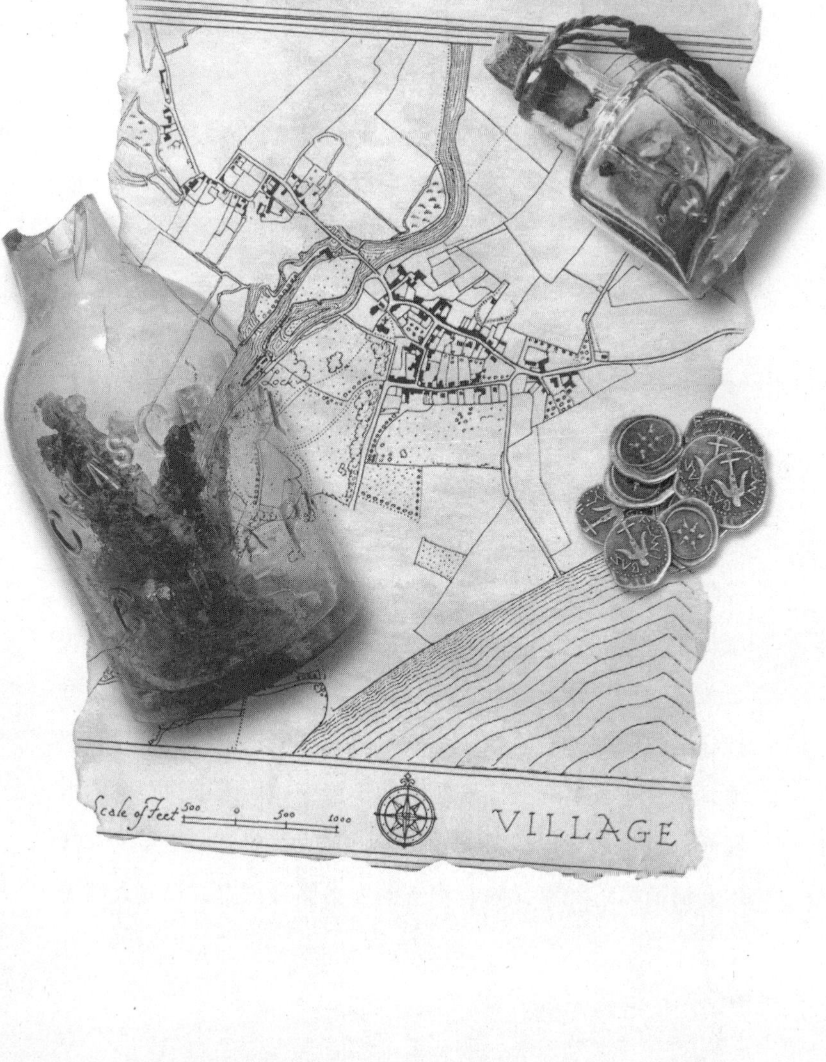

可怖的老人 | The Terrible Old Man

拜访那位可怖的老人是安吉洛·里奇、乔·查奈克和曼纽尔·席尔瓦的主意。这位老人单独居住在离大海不远的船街的一幢非常古老的屋子里，据说极为有钱又极为虚弱。如此情形对里奇、查奈克和席尔瓦这几位职业人士来说实在太有吸引力，因为他们从事的营生正是堂堂正正的入室抢劫。

尽管几乎可以确定老人在那发霉的古老住宅里藏匿了无可估量的财富，但金斯波特的居民对可怖的老人有着诸多的看法和说法，足以让里奇先生及其同伙这类绅士对他敬而远之。事实上，他是个非常奇怪的人，据闻风华正茂时曾是东印度公司一艘快速帆船的船长，现在老得让人忘记了他曾经年轻过，避世使得很少有人知道他的真名。他古旧的房屋疏于管理，前院虬结的怪树之间摆放着一些奇特的大块石头，它们以怪异的方式排列着，形似某些不为人知的东方神庙里的偶像。有些孩子喜欢嘲笑可怖老人的白色长发和胡须，怀着恶意用石子打碎他家的小格窗，后来因为石像的出现而再也不敢靠近；另一些年纪比较大、好奇心更重的人偶尔会悄悄摸近他家，隔着积灰的窗格偷窥室内，那些人则受到了另一些事物的惊吓。他们声称，老人家底层一个空荡荡的房间里摆着一张桌了，上面放着许多古怪的瓶子，每个瓶子里都用绳索像钟摆一样悬着一小块铅。他们声称可怖老人对那些瓶子说话，用杰克、刀疤脸、长腿汤、老西乔、彼得斯和埃利斯大副之类的名字称呼它们，每当他对一个瓶子说话，瓶子里的铅制小摆锤就会以特定的方式振荡，像是在回应他。见过高大瘦削的可怖老人与瓶子交谈的人都不愿再次见到他。然而安吉洛·里奇、乔·查奈克和曼纽尔·席尔瓦不是金斯波特本地人，他们属于种族混杂的新一代移民，尚未融入新英格兰式生活和传统的迷人圈子，他们看着可怖的老人，见到的只是一个步履蹒跚的没用老头，离了节瘤拐杖就没法行走，无力的瘦弱双手颤抖得让人怜悯。他们以自己的方式对这个不受欢迎、众人见之远避、狗碰到了都吠叫不已的孤独老人感到抱歉。然而生意就是生意，这是一位非常虚弱的老人，他在银行里没有户头，反而用两个世纪前铸造的西班牙金银钱币在村庄商店里购买生活用品，对于将灵魂奉献给这个职业的劫匪来说，这实实在在既是一种诱惑又是一项挑战。

里奇、查奈克和席尔瓦三位绅士选择四月十一日夜间登门拜访。里奇先生和席尔瓦先生准备与可怜的老先生面谈，查奈克先生开一辆有篷的汽车守在船街上屋主地界的高耸后墙的门口，等待他们和想必为数不少的贵金属收获。为了避免在警察意外打扰时费神费力地解释，全套计划必须始于不动声色，终于掩人耳目。

三位冒险家按照事先的安排分头出发，以防之后受到任何恶毒的怀疑。里奇和席尔瓦两位绅士在老人住所的船街正门前会合，尽管他们不喜欢月光穿过虬结树木正在发芽的枝杈照在上漆石像上的样子，但两人除了无聊的迷信念头还有更重要的事务要思考。

为了让可怖老人对于他藏匿财宝的地点毫无保留地和盘托出，恐怕他们不得不采取一些令人不快的措施，因为年迈的海船船长都是出了名的固执和乖戾。然而另一方面，他非常衰老和虚弱，登门的访客却有两位。里奇和席尔瓦两位绅士在说服不爱开口的人变得健谈这方面很有经验，一位虚弱和极其衰老的长者的叫声很容易就能被堵在嗓子眼里。于是，两人走向亮着灯的一扇窗户，听见可怖老人幼稚地和装着小摆锤的瓶子交谈。他们戴上面具，彬彬有礼地敲响饱经风霜的橡木门板。

对于查奈克先生来说，等待似乎格外漫长。船街老人住所的后门旁，他在带篷的汽车里焦躁不安地扭来扭去。他的心肠软得异乎寻常，预定的动手时间过后，古老房屋里响起的骇人惨叫声让他感到非常厌恶。他难道没有告诉同伙，要尽可能温和地对待这位可怜的老海员吗？遍覆常青藤的高耸石墙上开着一扇狭窄的橡木小门，他非常紧张地望着这扇门。他不停看表，琢磨他们为何迟到。难道是老人在吐露财宝藏匿之处前就死去了，他们因此不得不仔细翻查？查奈克先生不喜欢在这么一个地方的黑暗中等待太久。很快，他听见门里的步道上响起了柔和的脚步声或敲打声，随后有人轻轻拨动生锈的门闩，他看见狭窄而沉重的门向内打开。附近只有一盏暗淡的路灯，他在苍白的光线中瞪大眼睛，想看清同伙从阴森矗立于背后的险恶老屋中搬出了什么样的猎物。然而他见到的并不是期待中的东西，出现在门口的并不是他的同伙，而是可怖老人静静地拄着他那根节瘤拐杖，满脸骇人的笑容。查奈克以前从未注意过老人的眼睛是什么颜色，但现在他看清楚了：黄色。

即便是小事也能在小镇上掀起可观的波澜，因此金斯波特的居民从春天到夏天一直在谈论那三具无法辨别身份的尸体。潮水将它们冲上岸，它们身上有着无数恐怖的割伤，被糟蹋得不成样子，像是遭受过无数只皮靴的残忍践踏。有些人甚至提到了一些琐碎小事，例如在船街发现了一辆被遗弃的汽车，还有夜里失眠的镇民听见了特别不似人类发出的嚎叫声，很可能出自流浪动物或候鸟。然而可怖老人对这些无聊的乡村流言毫无兴趣。他生性缄默，一个人像他那样衰老和虚弱，往往会变得加倍缄默。另外，他是一位经历过风霜的海船船长，在他早已被忘却、遥远的年轻时代，肯定见识过成百上千更加激动人心的事情。

The Thing on the Doorstep
门外之物

– I –

是的，我确实把六颗子弹打进了我最好的朋友的脑袋里，然而本人依然想通过这份陈述证明我没有杀害他。起初，人们会称我为疯子，比我在阿卡姆精神病院的单间里射杀的那个男人更加疯狂。未来，我的部分读者会衡量每一段叙述，将其与已知的事实联系在一起，然后扪心自问，在直面那恐怖之物的证据也就是门阶上的那东西之后，我怎么可能再去相信其他的可能性。

促使我行动的是一些癫狂的传说，在此之前，我在它们之中也只看到了疯狂。即便到了今天，我也时常问自己，我会不会受到了误导，究竟有没有发疯。我不知道答案，然而关于爱德华和阿塞纳丝·德比，其他人同样有怪异的事情想要诉说，而冷漠迟钝的警察绞尽脑汁也无法解释最后那场恐怖的拜访。他们勉强编造出一套理论，将事情归咎于被解雇的仆役的品位低劣的恶作剧或威胁，但他们从心底里知道，真相其实要可怕无数倍，可怕到令人难以置信。

因此，本人必须在此声明，我没有杀害爱德华·德比。事实上，我为他复了仇，还为世间清除了一头骇人魔物，假如它生存下来，就会向全人类释放出无法用语言形容的恐怖。临近我们日常道路之处潜藏着阴暗的黑色区域，邪恶的灵魂偶尔会在两者之间开辟出通道。每当这种时刻，知情者就必须不顾一切后果地发动攻击。

我从小就认识爱德华·皮克曼·德比。他比我小八岁，非常早熟，因此在他八岁我十六岁的时候，我们就有了数不清的共同话题。他是我见过最杰出的博学少年，七岁时他写出的诗歌阴郁而怪诞，近乎病态，令他身边的家庭教师无比震惊。他受到的私人教育和娇惯下的避世生活与他的早慧或许有一定的关系。他是家中的独子，有器官虚弱的问题，溺爱他的父母因此惶恐不安，总是把他牢牢地拴在身边。他们不允许他在没有护士陪同的情况下单独出门，他极少有机会能够不受约束地和其他孩童玩耍。凡此种种，无疑促使这个孩子的内心变得奇特和诡秘，想象力成了他寻求自由的唯一途径。

总而言之，他年幼时就拥有了庞杂而怪异的广博知识。尽管我比他年长，但他流畅写出的作品虏获了我。当时我偏好怪诞离奇的艺术风格，我在这个比我年幼的孩子身上发现了罕见的相投志趣。潜藏在我们对黑暗和奇异之物的共同爱好背后的，无疑是我们所居住的这座古老、衰败、隐约令人恐惧的小城：受到女巫诅咒、有着诸多民间传说的阿卡姆，它松垮沉降的复斜式屋顶挤挤挨挨，乔治王时代风格的栏杆风化崩裂，在阴森呢喃的米斯卡托尼克河的河畔沉郁盘踞了几个世纪之久。

随着时间的流逝，我的兴趣转向建筑学，遂放弃了为爱德华那些恶魔般的诗歌绘制图册的想法，但我们的亲密友情并没有丝毫减损。小德比的奇特天赋得到了惊人的发挥，十八岁那年，他宛如噩梦的诗歌汇集成册，以《阿撒托斯与其他恐怖》之名出版，顿时引起轰动。他与臭名昭著的波德莱尔式诗人贾斯汀·杰弗里保持密切的通信联系，后者是《独石子民》的作者，于1926年造访匈牙利一个声名狼藉的险恶村庄后，在一所疯人院里惨叫着死去。

由于从小娇生惯养，德比在自理和世俗事物方面堪称低能。他的健康状况早已好转，然而过度关怀的父母将他养出了幼儿般依赖他人的习惯，因此他从不一个人旅行、独立做决定和承担责任。他还小的时候就不难看出，他不可能胜任商业世界或职场的斗争，还好家族财富让他不至于陷入悲惨的处境。随着他长大成人，他依然保留了很有欺骗性的少年面貌。他金发蓝眼，有着孩子般的清爽长相；他尝试留胡须，可惜他的胡须稀少得难以辨认；他的声音柔和而轻快；他饮食无度，从不锻炼，得到的却是青少年的那种圆胖，而不是中年人的大腹便便。他个子很高，若不是羞怯使得他远离人群，显得像个书呆子，他英俊的脸蛋会让他成为一位引人瞩目的风流绅士。

德比的父母每年夏天带他出国，他很快从表面上把握住了欧洲人的思想和表达方式。他类似爱伦·坡的天赋越来越倾向于颓废派，艺术家的其他感性和渴望也在他内心逐渐被唤醒。那时候我们有过大量的探讨。我从哈佛毕业，在波士顿一位建筑师的事务所研习，结婚，最终回到阿卡姆执业。家父出于健康原因已经迁居佛罗里达，于是我住进了盐场街的祖宅。爱德华几乎每晚登门拜访，我逐渐将他当作了家里的一名成员。他按门铃或叩门环时有他独特的节拍，后来发展成了某种暗号，因此吃过晚饭，我总是等待着熟悉的三声轻快的叩击，稍作停顿之后又是两声。我去他家就没这么频繁了，但每次去的时候，看着他持续增加的藏书里那些晦涩的大部头，我总会感到几分嫉妒。

德比的父母不允许他离开身边，因此他在阿卡姆上了米斯卡托尼克大学。他十六岁入学，三年内完成课程，主修英语和法语文学，除数学和科学外成绩优异。他极少和其他学生打交道，但经常羡慕地看着那些"胆大妄为"或"波希米亚式"的群体——他学习他们肤浅的"俏皮"语言和毫无意义的讥讽姿态，希望自己有胆量尝试他们可疑的行为。

然而他实际上去做的却是几乎癫狂地投身于隐秘的魔法知识，米斯卡托尼克大学图书馆在这个方面无论以往还是现在都名闻遐迩。过去他只停留在幻想和怪异事物的表面，如今他深深地一头扎进了真正的符号和秘语的世界，它们是奇异的古老过往给子孙后代留下的指南或谜题。他的读物包括可怖的《伊波恩之书》、冯·容茨的《无名祭祀书》和阿拉伯疯人阿卜杜拉·阿尔哈萨德的禁忌著作《死灵之书》，但他没有告诉父母他读过这些东西。爱德华二十岁那年，我的独子出生了，我用他的名字给儿子起名为爱德华·德比·厄普顿，他为此感到颇为喜悦。

二十五岁时，爱德华·德比已是一位知识渊博的学者和颇为著名的诗人及幻想家，但由于缺乏与外界的联系和承担的责任，他的作品缺乏创意，过于书卷气，拖累了他在文学方面的成长。我大概是他最亲密的朋友——我发现他在至关重要的理论话题方面堪称取之不竭的宝藏，而他依赖我在他不想和父母讨论的事务方面提供建议。他依然单身，更多是因为羞怯、惯性和父母的过度保护，而不是个人倾向；他与社会的交往也仅限于最浅薄和例行公事的表面程度。战争开始后，健康问题和难以改变的羞怯让他留在了家里。我应征在普拉茨堡服役，但没有去大洋彼岸。

时间继续流逝。爱德华三十四岁时，他母亲去世了，奇特的心理疾病使得他在之后的几个月丧失了行为能力。他父亲带他去欧洲，他似乎没费多少力气就从困境中摆脱出来。后来他仿佛产生了某种怪诞的兴奋感觉，就好像他部分挣脱了某些看不见的束缚。尽管人近中年，但他开始和大学里较为“激进”的群体混在一起，参加了一些极其狂野不羁的活动——有一次还被狠狠地敲诈了一笔（钱是我借给他的），以免他父亲知道他出现在某个特定的场合。口耳相传的流言称米斯卡托尼克那个疯狂的群体极不寻常，甚至有人提到黑魔法和彻底超出可信范围的行径。

–II–

爱德华三十八岁时认识了阿塞纳丝·韦特。按照我的判断，她那年二十三岁，在米斯卡托尼克大学念中世纪玄学的特别课程。我一位朋友的女儿曾在金斯波特的霍尔中学见过她，从此一直尽量远离她，因为她有着奇特的名声。她肤色黝黑，身材娇小，相貌出众，只是双眼过于突出。她的表情中有某些因素让高度敏感的人感到陌生。然而，让普通人对她避之不及的主要是她的血统和言论。她是印斯茅斯韦特家族的一员，阴森的传说一代又一代地笼罩着破败、半荒弃的印斯茅斯镇及其居民。有传闻称他们在一八五〇年前后做了某种可怖的交易，还提到这个衰落的捕鱼港口的古老家族中有某种怪异的“非人”因素——只有老一辈的北方乡下人才会编造出这些故事，并怀着发自肺腑的敬畏感反复讲述。

阿塞纳丝的情况更加不堪，因为她是伊弗列姆·韦特的女儿——她出生时他已经步入老年，而她不知名的母亲总是戴着面纱。伊弗列姆住在印斯茅斯镇华盛顿街一幢半腐朽的宅邸里，见过那地方的人（阿卡姆的居民只要有可能就尽量避开印斯茅斯）宣称它的阁楼窗户永远被木板钉死，夜幕降临时屋内有时会传出怪异的声音。老人盛年时以才华横溢的魔法研究者而闻名，传言称他能随心所欲在海面掀起或平息暴风雨。我年轻时见过他一两次，当时他来阿卡姆的大学图书馆查阅某些禁忌著作，他仿佛野狼的阴沉面容和铁灰色的缠结胡须让我心生厌恶。他死时精神失常，而且情形颇为古怪，不久后他女儿（在遗嘱中指定校长成为她名义上的监护人）进入霍尔中学读书，然而她向来病态地意欲效仿父亲，有时候看上去可怖地与他相像。

爱德华与她越走越近的消息传开之后，我那位女儿与阿塞纳丝·韦特同校的朋友复述了很多怪事。根据传闻，阿塞纳丝在学校里总是摆出魔法师的姿态，也似乎真的能够制造出一些令人极为困惑的奇迹。她声称她能呼唤暴风雨，但她看似成功的事例通常被归结为某种不寻常的预测技能。所有动物明显地厌恶她，她能用右手的一些特定动作让任何一条狗嚎叫。她屡次显示出她掌握了对一名少女来说非常特殊和令人震惊的知识和语言。她用难以解释的睨视或眼神就能让同学感到害怕，她会从如此处境中释放出令人厌恶和充满激情的讽刺情绪。

然而最非同寻常的还是她对其他人造成的影响，这项能力有许多事例可供佐证。毫无疑问，她是一名天生的催眠术士。她用奇异的方式盯着一名同学，往往就能让后者体验到交换人格的独特感觉——对方似乎短暂地进入了魔法师的身体，从半个房间之外望着她真正的躯体，而自己眼神呆滞的双眼向外突出，流露出某种陌生的表情。阿塞纳丝时常就意识的本质和意识相对物质躯壳——至少是相对物质躯壳的生命循环——的独立性做出疯狂的断言。不过，最让她愤懑不平的是她竟然不是一个男人。她深信男性的大脑拥有某些独一无二、深远广大的宇宙力量。她宣称，给她一颗男性的大脑，她对未知权能的掌握不但可以媲美父亲，更能够凌驾在他之上。

爱德华在学生宿舍的一场所谓“知识分子”聚会上认识了阿塞纳丝，第二天来找我的时候，他除了阿塞纳丝就找不到其他的话题了。他觉得她充满意趣，学识广博，这是最吸引他的一点儿，除此之外，她的外表也让他心醉神迷。我从未见过那位年轻女士，只模糊记得一些有关她的说法，但我知道她是什么人。德比如此迷恋她让我感到极为惋惜，但我没有说任何话来让他泄气，因为阻拦反而会让愚痴之火愈加旺盛。爱德华说他不会向父亲提起她。

接下来的几周，我从德比那儿听到的话几乎都和阿塞纳丝有关。其他人现在也都注意到了爱德华人到中年的忽然开窍，不过大家都同意他一点儿也不像他真实年龄应有的样子，陪伴在他那位古怪的女神身旁显得格格不入。尽管他四体不勤、自我放纵，但只是小腹稍微隆起，脸上更是找不到一丝皱纹。阿塞纳丝则恰恰相反，由于时常聚精会神地运用意志力，因此早早地就长出了鱼尾纹。

在这段时间里，爱德华带着那个姑娘来见我，我立刻发现他的兴趣绝对不是单方面的。她总是目不转睛地看他，流露出近乎捕猎者的气质，我感觉到他们已经亲昵得难舍难分。事后不久，老德比先生来拜访我，我一向敬佩和尊敬这位长者。他听说了儿子的新伙伴的传闻，从“那小子”嘴里打探出了全部的情况。爱德华打算娶阿塞纳丝，甚至已经在城郊物色住处了。这位父亲知道我对他的儿子有着巨大的影响力，他想知道我能否帮忙破坏这段不明智的孽缘，然而令人懊悔的是，我对他表露了我的顾虑。现在的问题不是爱德华的意志力过于薄弱，而是那女人的意志力过于强大。长不大的孩子将依赖对象从父辈形象转移到了一个更强大的新形象身上去，对此我们全都无能为力。

一个月后，他们举行了婚礼——根据新娘的要求，由一名太平绅士[1] 主持。老德比先生接受了我的建议，没有表示反对。他、我的妻子、我的儿子和我参加了简短的仪式，其余的宾客都是大学里疯狂的年轻人。阿塞纳丝买下了高街尽头乡间的克劳宁希尔德老宅，在搬进去之前，他们计划去印斯茅斯做一次短途旅行，将三名仆人、一些书籍和家居用品带到新家。爱德华和他父亲恐怕都没想到，阿塞纳丝之所以想在阿卡姆定居，而不是返回她永久性的故乡，主要是出于她希望接近大学、大学图书馆和大学里的“知识分子”群体

1. 由政府委任民间人士担任维持社区安宁和处理简单法律程序的职衔，源于英国。

的个人意愿。

蜜月过后，爱德华来拜访我，我觉得他的相貌有了细微的改变。阿塞纳丝说服他剃掉了留不长的胡须，但变化还不止这些。他看上去更加严肃和心事重重了，近乎发自肺腑的哀伤表情取代了习惯性的孩子气噘嘴的反叛模样。我有些困惑，不知道应该喜欢还是厌恶这个变化。当然了，此时的他比从前更像个正常的成年人。婚姻或许是一件好事，依赖对象的转变或许是个开端，最终能改掉他不成熟的倾向，让他能够独立自主地承担应有的责任。他是一个人来的，因为阿塞纳丝非常繁忙。她不但从印斯茅斯带来了大量的藏书和器物（提到小镇的名字，德比不禁战栗），克劳宁希尔德老宅和庭院的修缮也到了收尾阶段。

她在小镇上的家使他感到颇为不安，但家里的某些物品让他了解了一些令人惊诧的事实。有了阿塞纳丝的指引，他在隐秘知识的领域内进展迅速。她提出的某些实验非常大胆和激进——他不认为他能够随便描述——但他对她的力量和意图有信心。那三名仆人都很怪异，其中有一对老得难以置信的夫妇，他们曾服侍过伊弗列姆，偶尔以神秘莫测的口吻提起他和阿塞纳丝的亡母；还有一名肤色黝黑的年轻村姑，她的五官明显畸形，身上似乎总是散发着鱼腥味。

–III–

接下来的两年，我和德比见面的次数越来越少。熟悉的三下接两下的叩门声经常会时隔两周才响起一次。就算他来拜访我——或者我去拜访他，但次数越来越稀少——他也不怎么愿意探讨有意义的话题。他曾经喜欢极为细致地描述和讨论他对神秘学的研究心得，现在却变得闪烁其词，而且尽量避免提及他的妻子。自从结婚之后，她衰老得很厉害，说来奇怪，现在她看起来是两人里比较年长的那一位了。她脸上带着我这辈子见过的最聚精会神的坚决表情，整体面貌似乎有了某种朦胧而难以界定的可憎感觉。我的妻子和儿子同样注意到了这一点儿，于是渐渐断绝了和她的来往。爱德华在一个孩子气发作的缺心眼时刻承认，她对此感到万分庆幸。德比夫妇偶尔会外出长时间旅行，表面上声称去的是欧洲，但爱德华有时会转弯抹角地透露，实际上去了更加不为人知的地方。

第一年过后，人们开始议论爱德华·德比的变化。这仅仅是闲谈时的话题，因为变化纯粹是心理性的，但往往会提到一些很有意思的要点。人们注意到，爱德华有时候会做出完全不符合他多年来散漫天性的表情和事情。举例来说，以前他不可能驾驶车辆，现在人们偶尔会见到他开车进出克劳宁希尔德老宅的车道，他开的是阿塞纳丝那辆马力强劲的帕卡德轿车，驾驶手法相当娴熟，处理交通堵塞时的技术和决断力完全不符合他以往的个性。在这种时候，他似乎总是刚从旅程中归来或者即将开始一段旅程——没人能够猜测他去的是什么地方，但他似乎特别喜爱经过印斯茅斯的那条公路。

说来奇怪，他的改变似乎并不令人愉快。人们说每逢这种时刻，他看上去特别像他妻子或老伊弗列姆·韦特本人——也可能这种时刻过于罕见，因此显得违背自然。有时候，在出发后几个小时，他会没精打采地斜躺在汽车后座上回来，开车的明显是雇来的司机或机修工。另外，在他日益稀少的参与社交活动的场合中（我不得不说，也包括他来拜访我的时候），他表现出的面貌以他以往那个优柔寡断的形象为主，不负责任的幼稚态度甚至比从前更加明显。随着阿塞纳丝的面容逐渐老去，除了上述那些例外的时刻，爱德华的面容事实上放松到了不成熟得夸张的地步，只偶尔有一丝从未有过的哀伤或谅解的神情在脸上掠过。这个事实委实令人困惑。另一方面，德比夫妇几乎从气氛欢快的校园圈子中消失了——据说不是出于他们自身的厌恶，而是因为他们目前的研究甚至让最铁杆的颓废主义者都感到震惊。

他们的婚姻进入第三年，爱德华开始公开向我提及某种恐惧和不满。他会语焉不详地说事情“走得太远了”，会阴郁地提到“挽救他的身份”的必要性。刚开始我对这些言论置之不理，但后来我开始谨慎地盘问他，因为我想起我朋友的女儿曾说过阿塞纳丝在中学里对其他女生施加的催眠影响，学生们会觉得进入了她的躯体，在房间另一侧望着自己。我的盘问似乎让他既警觉又感激，他立刻嘟囔着说回头要和我认真地谈一谈。

就在这个时期，老德比先生去世了，后来我对此感到非常庆幸。爱德华极为难过，但还没有到失魂落魄的地步。自从结婚后，他和父亲见面的次数少得令人惊愕，因为他关于家庭联系的重要情感全都凝聚在了阿塞纳丝身上。有人说他在噩耗面前显得冷酷无情，尤其是看到他开车显得愈加得意扬扬和大胆狂妄之后。他想搬回老德比的住所，但阿塞纳丝坚持待在克劳宁希尔德老宅里，她已经完全适应了那儿的生活。

没过多久，我妻子从一位朋友那里听说一件怪事。尚未与德比夫妇断绝来往的人屈指可数，她这位朋友就是其中之一。她去高街尽头拜访德比夫妇，见到一辆车风驰电掣般驶出车道，开车的是爱德华，他的表情充满自信，笑容几近傲慢。她按响门铃，那个令人反感的村姑说阿塞纳丝也出去了，但她在离开时偶然抬头望向楼上，在爱德华家图书室的一扇窗户里瞥见一张脸飞快地缩了回去——这张脸上的表情含着痛苦、挫败、愁闷和绝望，情绪强烈得超过了语言的形容能力。那张脸属于阿塞纳丝，考虑到她平时颐指气使的模样，此刻的对比尤其令人难以置信。然而，拜访者信誓旦旦地说，那个瞬间从那双哀伤、惶恐的眼睛里向外看的无疑是可怜的爱德华。

爱德华的来访变得稍微频繁了一些，他转弯抹角的暗示有时也会落到实处。尽管我们生活在几百年来为传说故事所萦绕的阿卡姆，但他吐露的内容依然令我无法相信，而他说出这些隐秘故事时的真诚和虔信却让我不得不担忧他的神志是否正常。他说到在荒僻地点召开的可怖集会；说到缅因森林深处的庞然废墟，宽阔的楼梯通往蕴含暗黑秘密的深渊；说到复杂的怪异角度，经过它们就能穿透不可见的墙壁，进入空间和时间的其他领域，还说到骇人的人格交换，通过它可以探索遥远和禁忌的地点、其他星球以及不同的时空连续体。

他偶尔会展示一些令我完全摸不着头脑的物品，希望能借此证明他的疯狂说法——这些物品有着难以捉摸的色彩和无法理解的质地，与我在世上听闻过的任何东西都毫无相似之处，其诡异的曲线和表面不符合我能想象的任何用途，也不存在我能理解的任何几何线条。他说这些物品“来自外部世界”，而他妻子知道该如何弄到它们。有时候他会隐晦地提到——总是畏惧而模棱两可地压低声音说——与老伊弗列姆·韦特有关的事情，爱德华年轻时曾经在大学图书馆见过他几次。他从未明确地说清这些暗示，但事情似乎与某些特别恐怖的怀疑有关：那个老巫师是否真的死了，无论是从精神层面还是肉体层面来说。

德比时常说到一半忽然停下，我猜测阿塞纳丝或许能够在远处探测到他在说什么，通过某些心灵感应的手段截断他的话头——她曾经在中学里展示过类似的能力。我敢肯定她疑心爱德华在向我透露消息，因为随着时间一周一周过去，她尝试用语言和蕴含最难以解释的能力的眼神阻止他来拜访我。他来见我变得越来越困难，因为尽管他会假装要去其他的地方，但看不见的力量会阻挡他的行动，让他暂时忘记自己的目的地。他的拜访通常会选择阿塞纳丝离开的时候——按照他某次奇特的说法："在她自己的身体里离开的时候。"仆役在监视爱德华的出入情况，因此事后她总是会得知真相，但她似乎觉得不适合采取过于激烈的手段。

–IV–

八月里的一天，我接到来自缅因州的那份电报，当时德比已经结婚三年多了。我有两个月没有见过他，只听说他出去"办事"了。据称阿塞纳丝与他同行，但有些眼尖的人传闲话称他们家楼上拉着双层窗帘的窗户里有人影。他们还监视仆役购买的生活用品。我接到的电报来自车桑库克镇的治安官，他说有个衣衫褴褛的疯子跌跌撞撞地跑出树林，满嘴癫狂的胡话，尖叫着要我保护他。这个人是爱德华——他只能回忆起自己的名字和我的姓名住址。

车桑库克靠近缅因州最荒凉、最幽深和最原始的森林地带，我疯狂地开了一整天的车，穿过壮丽奇异但令人生畏的风景，总算赶到那里。我在镇上的牢房里找到德比，他的状况在狂躁和冷漠之间摇摆不定。他立刻认出了我，并朝着我如洪水般喷吐毫无意义、几乎不连贯的话语。

“丹——上帝怜悯我！修格斯的深坑！走下六千级台阶……可憎之物中最可憎的……我就不该允许她带我去，然后我发现我在那儿……咿呀！莎布-尼古拉斯！……怪形从祭坛上升起，那里有五百个人在号叫……戴兜帽的东西哀叫：‘康莫格！康莫格！’——那是老伊弗列姆在巫团里的秘密名字……我在那里，她保证不会带我去的地方……一分钟前我还被锁在图书室里，然后我就在她带着我的躯体来的地方了——这是个彻底渎神的地方，邪恶的深坑，暗黑领域从此处开始，警卫在守护大门……我看见一个修格斯——它改变形状……我受不了了……我再也受不了了……她再让我去那儿我就杀了她……我会杀了那个灵魂……她、他、它……我要杀了它！我要用我的双手杀了它！”

我花了一个小时安抚他，他最后终于平静下来。第二天，我在村里给他找了些像样的衣服，带着他返回阿卡姆。他在狂躁的歇斯底里发作中耗尽了力气，一路上总是沉默不语。但车开过奥古斯塔的时候，他开始阴沉地喃喃自语——就好像见到城市激起了什么不愉快的回忆。他显然不愿回家，考虑到他似乎对妻子产生了一些怪异的幻觉——无疑来自他亲身体验过的某些催眠折磨——我认为不回家对他大概比较好。我决定让他在我家住一段时间，不管阿塞纳丝会因此如何心生不快。然后我会帮他想办法离婚，因为心理上的一些因素无疑正在让这场婚姻杀死他自己。我们回到开阔的乡野之中，德比的喃喃自语逐渐停息，我让他在我身旁的乘客座上打瞌睡休息。

我们在日落时分疾驰穿过波特兰，喃喃自语重新开始，这次比先前更加清晰。我仔细听着，听到了有关阿塞纳丝的一连串彻底疯狂的昏话。毫无疑问，她在蚕食爱德华的健康神志，因为他围绕着她编织了一整套荒谬的幻觉。他喃喃自语称，他此刻的困境仅仅是一整个漫长的序列中的一个。她正在逐渐控制他，他知道有朝一日她将再也不会放手。即便是现在，她也只在迫不得已的时候才会放开他，因为她还无法长时间控制他。她时常使用他的身体去无可名状的地点，参加无可名状的仪式，把他留在她的身体里，锁进楼上的房间——但有时候她会失去控制，他会发现他忽然回到自己体内，身处某个遥远而恐怖的未知地点。有时候她会重新控制住他，有时候却做不到。他屡次被扔在我找到他的那种地点……他每次都必须自己从遥远的地方想办法回家，找到愿意帮忙的人开车送他一程。

最可怕的是她每次控制他的时间越来越长。她想成为一个人，想成为一个完整的人类，这就是她控制他的原因。她感觉到他有着敏锐的大脑和虚弱的意志力。有朝一日她会把他挤出去，带着他的躯体消失，成为和她父亲一样的伟大魔法师，留下他在她那个甚至不完全属于人类的女性躯壳里徒叹奈何。是的，他已经知道了印斯茅斯血脉的真相。他们与来自海洋的怪物混血交配——太可怕了……而老伊弗列姆，他知道那个秘密，为了活下去，他年迈时做了一件骇人的丑恶事情……他想永生……阿塞纳丝会成功的——以前已经有过成功的范例了。

听着德比的唠叨，我扭头仔细打量他，以证实早些时候得到的他有所改变的印象。说来矛盾，他的体格似乎比以前更好了——更强壮，发育更完善，懒散习性产生的病态孱弱已经毫无踪影。就好像他在娇生惯养的生活中第一次积极而认真地锻炼起了身体，我认为是阿塞纳丝的魄力逼迫他一反常态地踏上了运动和警觉的道路。然而他的精神却陷入了可悲的状态，因为他会嘟嘟囔囔地说各种稀奇古怪的胡话，这些胡话与他妻子、黑魔法和老伊弗列姆有关，还有一些甚至能够令我信服的秘密。他反复提到几个名字，我以前翻阅过一些禁忌典籍，因此认出了这些名字，某种神话学上的一致性和令人信服的连贯性贯穿了他的奇谈怪论，其中的线索时常使得我不寒而栗。他一次又一次地停顿，像是在积蓄勇气，好最终揭露出什么恐怖的真相。

“丹，丹，你不记得他了吗——那双狂乱的眼睛和他从不变白的蓬乱胡须？他有一次盯着我看，我永远也不会忘记。现在她也这么看我。我知道为什么！永生的方法——他在《死灵之书》里找到了。我还不敢告诉你究竟是哪一页，等我敢了，你去读一读就会明白。然后你会知道到底是什么吞噬了我。转移，转移，转移，不断转移——躯壳到躯壳到躯壳——他想要永生不死。生命的辉光——他知道该如何打破联系……即便躯体死去，它也会继续闪耀一段时间。我会给你提示，也许你能猜到。听我说，丹——你知道我妻子为什么费尽心思也要傻乎乎地反手写字吗？你见过老伊弗列姆的手稿吗？想知道见到阿塞纳丝潦草写下的某些笔记为什么会让我发抖吗？

“阿塞纳丝……真的存在这么一个人吗？他们为什么都隐约相信老伊弗列姆的肚子里有毒药？吉尔曼一家为什么会低声议论他尖叫时的声音——就像个惊恐的孩子？他发疯以后，阿塞纳丝把他关在软垫墙壁的阁楼房间里，那儿曾经关过另一个人。被关在那里的是老伊弗列姆的灵魂吗？谁把谁关了起来？他为什么花了好几个月寻找一个头脑好但意志力薄弱的人？他为什么咒骂说他只有女儿而不是儿子？告诉我，丹尼尔·厄普顿——那座恐怖的屋子里发生了何等恶魔般的交换，渎神的怪物任意摆布他心思单纯、意志力薄弱、半人类的后代？他做到了永久性的转变吗——她到最后也会这么对待我吗？告诉我，为什么自称阿塞纳丝的怪物在放松戒备时笔迹会不一样，你分辨不出是它在写字还是……”

这时怪事发生了。德比胡言乱语的音调突然升高，变成尖细而高亢的号叫，随即戛然而止，发出近乎机械咬合的咔嗒声。我想到他在我家里时的另一些时刻，他忽然停止向我托付秘密——我不由得想象阿塞纳丝用精神力量发射了某种不为人知的心灵感应波，强迫他闭上嘴巴。然而这次的情况完全不一样，我感觉比以往恐怖无数倍。我身旁的这张脸一时间扭曲得我几乎认不出来了，某种震颤的动作传遍他的整个身体——就仿佛所有的骨头、器官、肌肉、神经和腺体都在自我重新调整，适应另一组截然不同的心境、另一套相互作用的应力和另一个人格。

超乎寻常的恐怖究竟因何而起，我无论如何也说不清。但厌恶和反胃的感觉席卷而来，完全吞没了我——彻底的陌生和异常感使得我四肢僵硬，无法动弹——我抓住方向盘的手变得虚弱无力。我身旁的那个人似乎不再是我交往了一辈子的老朋友，而是从外太空入侵而来的畸形怪物——某种未知而险恶的宇宙力量汇聚出的该受诅咒的可憎焦点。

我的软弱只维持了一瞬间，但我的同伴旋即抓住方向盘，强迫我和他交换位置。暮色已经深重，波特兰的灯火早就远得看不见了，因此我几乎看不清他的面容。然而他眼睛里的光芒却非同寻常，我知道他现在肯定处于那种奇异的亢奋状态之中——与他平时的样子迥然不同——许多人都注意到过他的这个样子。性格懒散的爱德华·德比竟会对我指手画脚，抢夺我正握在手中的方向盘——这个人从不强出风头，也从没学习过驾驶——这种事听起来堪称荒谬、难以置信，但这恰恰就是此刻正在发生的事情。他沉默了好一会儿，而我深陷于难以解释的恐惧之中，庆幸他没有说话。

借着比迪福德镇与索科镇的灯光，我看见了他抿紧的嘴唇，眼睛里的寒光让我不寒而栗。大家说得对——他看上去确实可憎地酷似处于类似情绪中的他妻子和老伊弗列姆。我当然理解人们为何讨厌这些情绪——它们无疑蕴含着一些违背自然的、恶魔般的东西，他那些荒谬胡话使得我愈加深刻地感受到了其中的险恶元素。这个人，我与其交往了一辈子的爱德华·皮克曼·德比，已经变成了一个陌生人——来自黑暗深渊的某种入侵者。

直到开上一段漆黑的道路，他才开口，说话的声音在我听来完全陌生，比我熟悉的那个声音更加深沉、坚定和果决，口音和咬字也都不一样了，让我隐约、模糊和颇为不安地想到了一些我说不清道不明的事物。我觉得这个声音里有一丝非常深邃和发自肺腑的讥讽，不是德比向来喜欢的那种浮夸做作、毫无意义的伪讥讽——浮于表面的所谓“世故”——而是某种更加冷酷、根本、有渗透性的潜在邪恶。镇定自若如此迅速地取代了惊恐的喃喃自语，这让我感到非常诧异。

“希望你能忘记我先前的发作，厄普顿。”他说，“你了解我的精神状况，我想你能够谅解我的这种时刻。当然了，非常感谢你送我回家。

“另外，无论我说了什么关于我妻子的疯话——还有关于其他所有事情的疯话——你同样必须忘记。这是在我那个领域内过度钻研的结果。我喜爱的哲学充满了怪异的概念，精疲力竭之后，头脑就会把幻想炮制成各种各样的现实念头。接下来我打算休息了，你大概会有一段时间见不到我，请你不要因此而怪罪阿塞纳丝。

“这趟旅程有点奇怪，但实际上非常简单。北部森林里有些印第安人的遗迹——立石之类的东西，意味着肯定有大量的民间传说，阿塞纳丝和我正在追溯那些东西。搜索的过程很艰苦，我似乎有点昏头了。等我回到家里，我必须叫人去取我的车。放松一个月，我就能够恢复正常。”

我不记得我在对话中都说了什么，因为我这位伙伴异乎寻常的陌生感占据了我的整个意识。随着时间一分一秒过去，难以捉摸的巨大恐惧越来越强烈，到最后我几乎癫狂地盼望这趟旅程能够尽快结束。德比没有提出要把方向盘还给我，朴茨茅斯和纽伯里波特在车窗外掠过的速度让我感到庆幸。

来到主干道通向内陆避开印斯茅斯的路口，我有点担心驾车者会选择经过那个可憎小镇的荒凉沿海公路。还好他并没有，而是飞快地穿过罗利和伊普斯威奇，驶向我们的目的地。我们在午夜前抵达阿卡姆，发现克劳宁希尔德老宅的灯还亮着。德比下车时匆匆忙忙地又说了声谢谢，我怀着怪异的解脱感独自驾车回家。真是一场可怕的旅程——我说不清具体为什么，因此显得更加可怕——德比说他将会有很长一段时间无法与我见面，我对此并不感到难过。

–V–

接下来的两个月充满了流言蜚语。人们说见到德比时他越来越多地处于那种新出现的亢奋状态，而阿塞纳丝极少在她为数寥寥的访客面前出现。爱德华只来找过我一次，他开着阿塞纳丝的轿车（他按照先前说的，从缅因州取回了这辆车）短暂地拜访我，拿走了他以前借给我的几本书。他处于新的精神状态之中，停留的时间只够说几句无关痛痒的客套话。在这种状态之下，他显然不会和我讨论任何话题，我注意到他按门铃时甚至忘了用他习惯的三下接两下信号。与那天夜里在车上的时候一样，我隐约感觉到了某种难以解释但无比深刻的恐惧，因此他匆匆告辞反而使得我产生了极大的解脱感。

九月中，德比离开了一个星期，过着颓废生活的大学生群体提到此事时会露出心领神会的表情，暗示他去面见了一位恶名昭彰的异教领袖，此人不久前被英国驱逐出境，在纽约设立了他的教派总部。就本人而言，我无法将从缅因州开车回来的那段怪异旅程赶出脑海。我亲眼看见的转变对我造成了深刻的影响，我一次又一次情不自禁地尝试解释这件事情，还有它为什么会在我心中激起极度恐怖的情绪。

然而最怪异的流言与克劳宁希尔德老宅里的啜泣声有关。那个声音似乎属于一位女性，一些比较年轻的人觉得听上去很像阿塞纳丝。这个声音每次出现都相隔很久，有时像是被暴力打断般戛然而止。人们讨论过是否要组织调查，然而有一天阿塞纳丝出现在街道上，愉快地与许多熟人打招呼寒暄，为她最近不见踪影而道歉，顺便提到一位从波士顿来的客人在他们家精神崩溃和歇斯底里发作，人们也就打消了这个念头。没人见过那位客人，但阿塞纳丝的现身使得大家无话可说。可是，新的传闻称有一两次是个男人的声音在啜泣，情况就变得愈加复杂了。

十月中旬的一天傍晚，正门上响起了熟悉的三下接两下的敲门声。我亲自开门，见到爱德华站在门阶上，我立刻注意到今天的他恢复了以往的人格，从车桑库克回来的那趟恐怖旅程之后，我还没有见过他这个样子。他的脸在抽搐，表情怪异地混合了恐惧和得意，两者似乎等量齐观，我在他背后关上门，他鬼鬼祟祟地扭头张望。

他步履蹒跚地跟着我走进书房，向我要了杯威士忌，以镇定他的神经。我忍住没有询问，而是耐心等待，直到他愿意开口为止。最后，他用哽咽的声音吐露了一些事情。

“阿塞纳丝走了，丹。昨晚仆人出去之后，我们长谈了一场，我逼着她保证不再蚕食我。当然了，我有一些——一些神秘学的防护手段，我从未告诉过你。她必须罢手，但非常生气，愤怒得让人害怕。她收拾好行李就去纽约了——径直出门，赶八点二十去波士顿的班车。我猜人们会说闲话，但我无能为力。你别告诉别人我们有什么不愉快，就说她长途旅行做研究去了。

“她有一群可怕的仰慕者，她多半会去和其中的某一个待在一起。我希望她能去西面，并和我离婚——总之我逼着她保证与我保持距离，不来招惹我。太恐怖了，丹——她盗用我的躯体——把我挤出去——囚禁我。我放低姿态，假装配合，但必须随时警惕。假如我足够谨慎，就能够策划反抗，因为尽管她能读懂我的心思，但读得并不清晰或细致。对于我的整套计划，她只能觉察到某种反抗的情绪——而她一向认为我对她毫无办法。从没想到过我也有可能胜过她……但我有一两个管用的符咒。”

德比扭头张望，又喝了几口威士忌。

“今天上午，那些该死的仆人回来后，我和他们结清工钱，结果闹得很难看，他们问这问那不肯罢休，最后还是走了。他们是她的同类，印斯茅斯人，和她狼狈为奸。希望他们能够放过我——我不喜欢他们离开时大笑的样子。我必须尽可能把父亲的仆人全找回来。我很快就要搬回去了。

“我猜你肯定认为我疯了，丹——但在阿卡姆的历史上应该能找到一些蛛丝马迹，证明我以前告诉你的——还有我即将告诉你的——都是真话。那天从缅因州开车回家的路上，你亲眼看见过一次那种转变，当时我正在说阿塞纳丝的事情。她抓住我，把我从自己的躯体里赶出去就是那样子。对于那趟旅程，我最后的记忆是我鼓足勇气，想告诉你阿塞纳丝是个什么样的女魔。然后她抓住我，一转眼我就回到了家里——我的图书室里，那些该死的仆人把我关在那儿——

我置身于那个恶魔的躯体里……它甚至不属于人类……你要知道，你用车送回家的是她——窃取我身体的一条贪婪恶狼……你肯定看得出区别！”

德比停了下来，我不禁战栗。是的，我确实看到了区别——然而我能接受如此疯狂的一个解释吗？但这还不算完，我心烦意乱的客人越说越离奇了。

“我必须拯救自己——丹，我必须！她打算在诸圣日彻底占据我的身体——他们在车桑库克以北的地方举行魔筵仪式，祭祀能够让一切固定下来。她打算永远占据我的身体……她会变成我，而我变成她……永远……来不及了……我的身体会永远变成她的……她会变成一个男人，一个完整的人类，她的心愿将会实现……我猜她会把我一脚踢开——杀死她以前的躯体，连同被困在里面的我，该死的她，她以前也做过这种事——她、他或它以前也做过啊……”

爱德华的面容扭曲得骇人听闻，他凑到令我感到不适的近处，声音压低得近乎耳语。

“你肯定明白我在车里暗示的是什么——她根本不是阿塞纳丝，而是老伊弗列姆本人。我一年半以前就有所怀疑，而现在确实知道了。她放松戒备时的笔迹证明了这一点儿——有时她随手写下的字条上，字体与她父亲的笔迹完全相同，一笔一画地相同——有时她会说一些只有伊弗列姆这种老人才会说的话。他感觉到死亡临近时和她交换了身体——他只找到她这么一个既有合适的大脑又意志力足够薄弱的人——他永远占据了她的身体，就像她几乎占据我的身体那样，然后毒死了他强迫她进入的那具旧身体。你难道没有几十次地见到老伊弗列姆的灵魂从那个女魔的眼睛向外窥视……在她控制我的身体时，从我的眼睛向外看吗？”

耳语者气喘吁吁，停下来调整呼吸。我一言不发，等他再次开口，声音变得比较正常了。我心想，这个人应该进精神病院治疗，但我不愿意承担送他去的责任。希望时间能够发挥效力。我看得出他再也不想涉足那些病态恐怖的神秘学知识了。

“以后我会告诉你其他的事情——现在我必须好好休息一下。我会告诉你她领着我接触到了什么样的禁忌恐怖之物——那是万古岁月的恐怖，即便到今天还在某些不为人知的角落里滋生，由怪诞可怕的祭司维持它们的生命。有些人知道任何人都不该知道的关于宇宙的知识，能够做任何人都不该做到的事情。我曾经深陷其中，但已经结束了。假如我是米斯卡托尼克大学的图书馆管理员，今天就会烧了那部该诅咒的《死灵之书》和其他著作。

“但她现在抓不住我了。我必须尽快搬出那幢该死的屋子，回到家里住下。假如我需要帮助，我知道你肯定会帮助我。那些魔鬼般的仆人，你知道……还有，万一人们刨根问底想知道阿塞纳丝的情况。我不能把她的地址告诉他们……另外还有一些研究者团体——某些异教，你明白的——他们也许会误解我们的分手……他们中的部分人有一些怪异得该诅咒的念头和方法。要是发生什么，我知道你肯定会支持我——尽管我必须告诉你很多会让你震惊的事情……”

那天晚上，我让爱德华住下，睡在一间客房里，到了早晨，他显得平静多了。关于他搬回德比家祖宅的事情，我们讨论了一些可行的安排，我希望他不要浪费时间，立刻做出改变。第二天晚上他没有出现，但接下来的几周我和他频繁见面。我们尽量不提怪异和不愉快的事情，只商讨如何翻修德比家的老宅子，还有今年夏天爱德华答应过与我儿子和我一同旅行度假的细节。

我们只字不提阿塞纳丝，因为我看得出这个话题特别让他心烦意乱。尽管流言四起，但就住在克劳宁希尔德老宅的那个怪异家庭而言，那些流言没什么新鲜的。然而有一件事使得我不太高兴，德比的银行经理有一次在米斯卡托尼克俱乐部说漏了嘴，他声称爱德华定期向印斯茅斯寄出支票，收款人是摩西·萨金特、阿比盖尔·萨金特和尤妮斯·巴伯森。那几个面目可憎的仆人似乎在敲诈爱德华，但他没有对我提起这件事。

我希望夏天快点到来，等我正在哈佛念书的儿子放假，我们就可以带爱德华去欧洲了。我很快就注意到，他恢复得并不像我希望的那么迅速。他喜悦的时候不多，往往还带着一丝歇斯底里，而恐惧和抑郁的侵袭又过于频繁。十二月，德比家祖宅完成修缮，但爱德华总在拖延，不肯搬家。尽管他憎恨甚至害怕克劳宁希尔德老宅，但另一方面又怪异地成了它的俘虏。他似乎无法着手拆卸家具，想出各种各样的理由来推迟行动。我向他指出这个问题，他表现出难以言喻的害怕。他父亲的老管家和另外几位回归的家族仆人一起待在那儿，有一天他告诉我，爱德华时常在家里翻箱倒柜，尤其是在地下室里，在他看来非常奇怪和不健康。我怀疑阿塞纳丝是不是写了什么令人烦恼的信给他，但管家说从没收到过有可能来自她的信件。

–VI–

圣诞节前后的一天晚上，德比在拜访我时精神崩溃了。我将话题引向明年夏天的旅行，他突然尖叫，从椅子上一跃而起，露出震惊和无法控制的恐惧表情——这种惊恐和厌恶强烈到了极点，只有噩梦中最阴暗的深渊才有可能如此冲击一个神志健全的人。

“我的大脑！我的大脑！上帝啊，丹——它在拉扯——从外部——敲打——抓挠——那个女魔——就是现在——伊弗列姆——康莫格！康莫格！——修格斯的深坑——咿呀！莎布-尼古拉斯！孕育万千子孙的黑山羊！……

"火焰——那火焰……超越肉体，超越生命……在地下……啊，上帝！……"

我拖着他坐回椅子上，给他灌下几口烈酒，他的癫狂逐渐过去，变成呆滞和冷漠。他没有反抗，但嘴唇动个不停，好像在自言自语。我很快意识到他这是在尝试和我说话，于是弯下腰，把耳朵凑到他嘴边，捕捉那微不可察的声音。

"……又来了，又来了……她在尝试……我早该知道的……什么也阻挡不了那股力量；距离不行，魔法不行，死亡也不行……它一遍遍地来，主要在夜里……我无法离开……太恐怖了……天哪，上帝，丹，要是你和我一样知道它有多么恐怖就好了……"

等他瘫软下去，失去知觉，我用枕头垫起他的身体，让他陷入正常的睡眠。我没有请医生来，因为我知道医生会怎么评价他的精神状态，我希望在我的能力范围内给他一个自愈的机会。他在午夜醒来，我扶他上楼睡下，但天亮后我发现他已经走了。他无声无息地自己开门出去。他的管家打电话告诉我，他回家后焦躁不安地在图书室里踱来踱去。

在此之后，爱德华的情况急转直下。他没有再次拜访我，但我每天都去探望他。他总是坐在图书室里，视线茫然，带着某种正在倾听什么的反常感觉。有时候他说话符合逻辑，但话题尽是些琐碎小事。只要提到他遇到的麻烦、他以后的打算和阿塞纳丝，他就会陷入狂乱。他的管家说他到夜里会产生可怕的痉挛，他迟早会在那种情况下给自己造成伤害。

我与他的私人医生、银行经理和律师长谈之后，最终请医生带着两名专家同僚去见他。才提了几个问题，他就开始剧烈而可悲可叹地浑身痉挛——当天晚上，一辆囚车将他挣扎不已的可怜躯体送进了阿卡姆精神病院。我被指定为他的监护人，每周探望他两次——听见他狂乱的尖叫、可怕的耳语和恐怖而单调地重复：

"我必须那么做——我必须那么做……它会抓住我……它会抓住我……在底下那里……底下那里的黑暗中……母亲，母亲！丹！救救我……救救我……"

我禁不住潸然泪下。

至于他康复的希望有多大，没人能够下定论。然而我尽量保持乐观。假如爱德华能够出院，那他必须要有个家，于是我将他的仆人安顿回德比家的祖宅，一个神志健全的人肯定会选择住在那里。我无法决定该如何处理克劳宁希尔德老宅以及那些复杂的设施和难以解释其用途的收藏品，于是暂时按原样放着不管，请德比家的女佣每周去一次打扫主要的几个房间，吩咐烧锅炉的工人每逢这种日子就生火取暖。

最后的噩梦在圣烛节[1]之前降临，其先兆是一丝虚假的希望曙光，真是既残忍又讽刺。一月末的一天上午，精神病院打电话给我，称爱德华忽然恢复了理性。他们说他的记忆连续性受到了严重损伤，但神志无疑是清楚的。他当然必须再留院观察一段时间，但这个结论几乎不容置疑。假如一切正常，他一周后就能重获自由。

我匆忙赶去，喜悦如洪水般淹没了我，一名护士带我走进爱德华的病房，我却困惑地愣在了那儿。病人起身迎接我，向我伸出手，露出礼貌的笑容。然而我立刻注意到，他表现出的是与其本性格格不入的那个奇异的亢奋人格——我曾经隐约觉得这个干练的人格令我恐惧，而爱德华发誓称那是他妻子侵入他身体的灵魂。他有着同样的锐利眼神——与阿塞纳丝和老伊弗列姆无比相似；开口说话时，我在他的声音里觉察到了相同的冷酷且无所不在的讥讽——那种根本性的讥讽，散发着强烈的邪恶气息。五个月前，就是这个人开着我的车在黑夜中疾驰。自从那次短暂的拜访后，我没再见

1. 二月二日，基督教节日。

过他，当时他忘记了他一贯的门铃信号，在我内心掀起了朦胧的恐惧情绪——此刻他使得我的内心再次充满了模糊的亵渎神灵的陌生感和无尽的无法言喻的丑恶感。

他笑容可掬地说起出院的安排，尽管他近期的记忆中存在一些明显的断层，但我依然无话可说，只能赞同。但另一方面，我感觉到发生了某种极其错误、难以解释的反常事情，其中有着我无法形容的恐怖之处。我面前是个神志健全的人，但他真的是我认识的那个爱德华·德比吗？假如不是，那么他是谁或什么，而爱德华在哪里？它应该获得自由还是被关起来……或是应该从地球上彻底被消灭？这个生物无论说什么，都潜藏着一丝深入骨髓的讥讽味道——仿佛阿塞纳丝的眼睛给“以特别严密的看管为条件提前获得自由”这种话增加了几分特别而令人困惑的嘲笑感觉。我肯定表现得非常令人难堪，能够及时脱身让我感到庆幸。

那天和接下来的一整天，我绞尽脑汁思考问题。究竟发生了什么？从爱德华脸上那双陌生的眼睛向外窥视的是个什么样的灵魂？除了这个可怕的晦涩谜题，我无法思考任何事情，同时也放弃了从事日常工作的全部努力。第二天上午，医院打电话称患者恢复正常后情况稳定，到傍晚时分，我濒临精神崩溃——我承认我陷入了这样的状态，尽管其他人会发誓说它给我后来的幻觉涂上了色彩。关于这一点儿，我无话可说，然而本人的疯狂并不能解释明摆着的所有证据。

—VII—

第二天傍晚后的夜里，赤裸裸的终极恐怖降临了，用我永远也无法摆脱的阴森惊恐牢牢禁锢住我的灵魂。它始于午夜前的一通电话。全家起来接电话的只有我一个人，我睡意蒙眬地拿起书房里的听筒。电话那头似乎没有人，但就在我即将挂断、回到床上的那一刻，我的耳朵捕捉到了电话那头有一丝极其微弱、疑似语声的响动。是有人在非常困难地试图说话吗？我竖起耳朵，觉得我听见了某种类似液体鼓泡的怪声——“咕噜……咕噜……咕噜”——它们奇异地让我联想到口齿不清、难以理解的词语和音节区隔。我叫道：“是谁？”但得到的回答依然是“咕噜——咕噜……咕噜——咕噜”。我只能假定那种怪声是机械发出的，然而又觉得有可能是设备故障，电话能接收声音却无法送出。我补充道：“我听不清。你最好挂断，打给查号台。”我立刻听见另一头把听筒搁在了叉簧上。

如我所说，这件事发生在临近午夜之时。后来追溯通话，发现电话是从克劳宁希尔德老宅打来的，然而那天离女仆去打扫卫生还有足足半周时间。我应该稍微提一下他们在那幢屋子里发现了什么——一个偏僻的地下储藏室被挖得乱七八糟，脚印，泥土，匆忙搜刮过的衣橱，电话上令人困惑的痕迹，被笨手笨脚地使用过的文具，还有附着在所有东西上的恶臭。警察，可怜的傻瓜，自以为是地得出可笑的推论，还在搜捕那些被解雇的邪恶仆人——这几天闹得满城风雨，他们却消失得无影无踪。警察认为这是一起因积怨而起的可憎的报复事件，之所以会把我卷进来，是因为我是爱德华最好的朋友和人生导师。

白痴！——警察难道以为那几个粗野的小丑能模仿那个笔迹？难道以为他们能造成后来的事情？他们为什么会对曾经属于爱德华的那具躯体的改变视而不见？至于我，我现在相信了爱德华·德比告诉我的所有事情。在超越生命边缘之处存在一些我们无从想象的恐怖事物，人类的邪恶刺探偶尔会召唤它们进入我们的感知范围。伊弗列姆——阿塞纳丝——那个恶鬼召唤了它们，令它们吞噬了爱德华，现在正在吞噬我。

我敢确定我是安全的吗？那些力量在物质形态消亡后依然存活。第二天下午，我从虚脱状态中恢复过来，恢复了行走和连贯说话的能力，我立刻前往疯人院开枪打死了他，这既是为了爱德华好，也是为了整个世界，然而在火化他之前，我敢确定我是安全的吗？他们将尸体保存起来，准备由各方面的医生来做什么愚蠢的检验——但我说必须火化他。他必须被火化——我打死的那个人根本不是爱德华·德比。假如他没有发疯，那我就要发疯了，因为下一个很可能会轮到我。然而我的意志力并不虚弱，我知道那些恐怖之物正在啃噬我的意志力，但我不会听凭它被瓦解。一个生命——伊弗列姆、阿塞纳丝和爱德华——现在是谁？我不会允许它将我挤出我的身躯……我绝不会和疯人院里那具被子弹打死的尸体交换灵魂！

请允许我用连贯的语言讲述最后的那段恐怖经历。我不想多说警察固执地熟视无睹的细节——快到凌晨两点的时候，高街上至少有三名行人见到了那个矮小畸形、散发恶臭的东西，还有在某些地方发现的单独的脚印。我只会告诉你，凌晨两点钟，门铃和敲门声惊醒了我——门铃和敲门声两者皆有，迟疑不定地交替着，虚弱而绝望，每一次响起都试图使用爱德华三下接两下的旧暗号。

我从酣睡中被惊醒，意识顿时陷入混乱。德比在门外，而且记得以前的暗号！那个新人格不记得……难道是爱德华忽然恢复了正常？然而他为什么会表现得如此紧张和焦急？医院提前释放了他，还是他自己逃出来了？我套上睡袍，跑下楼，心想：也许他恢复原本的自我导致了狂躁和暴力，院方撤销了释放他的决定，他因而在绝望中逃脱，寻求自由。但无论发生了什么，他现在又是以前那个爱德华了，我一定要帮助他！

我向着榆树掩映下的黑暗打开门，一阵恶臭得令人无法呼吸的怪风熏得我险些倒地不起。我在反胃中呛咳，一时间几乎没有看见门阶上那个弯腰驼背的矮小身影。叫门暗号是爱德华的，但这个臭气熏天的侏儒怪人是谁？爱德华怎么会有时间躲起来？我开门前仅仅一秒钟他才按过门铃。

来访者身穿爱德华的一件大衣，下摆几乎碰到地面，袖筒卷起来，但还是盖住了他的双手。他头上的软呢帽拉得很低，一条黑色围巾遮住整张脸。我摇摇晃晃地向前迈步，那条人影发出我在电话里听到过的那种仿佛液体涌动的声音——“咕噜……咕噜……”——同时把一大张写得密密麻麻、用长杆铅笔刺穿的纸塞给我。病态和无法形容的恶臭依然让我感到天旋地转，我抓住那张纸，借着门口的灯光尝试阅读。

毫无疑问，那是爱德华的笔迹。然而他都已经在能按门铃的地方了，又为什么要费神费力写字呢？而这个笔迹为什么如此拙劣、粗糙和颤抖呢？我在暗淡的光线下什么也分辨不出来，于是慢慢退回门厅里，矮小的怪物机械而笨拙地跟着我，但在内门的门口停下了。这个奇特的信使的恶臭真是骇人听闻，我希望（谢天谢地，并非徒劳！）妻子千万别醒来，下楼遇到它。

我开始读那张纸上的文字，感觉膝盖越来越软，最后眼前一黑。等醒来的时候，我躺在地上，那张该诅咒的纸依然攥在我因恐惧而吓得僵直的手里。

丹——

去精神病院杀了它。消灭它。那不再是爱德华·德比了。她抓住了我——它是阿塞纳丝——她已经死了三个半月。我说她走了是在撒谎。我杀了她。我必须这么做。事情发生得很突然，但当时家里只有我和她两个人，而我在我自己的身体里。我看见一个烛台，抢起来砸烂了她的头部。否则她会在诸圣日永远占据我的身体。

我把她埋在地下最远的储藏室里，用几个旧箱子压住，清除了全部痕迹。第二天早晨，仆人有所怀疑，但他们有自己的秘密，因此不敢报警。我打发他们回家，但天晓得他们——还有那个异教的其他人——会怎么做。

有一段时间，我以为我逃脱了，但后来又感觉到有东西在拉扯我的大脑。我知道那是什么——我应该知道得很清楚的。像她那样的一个灵魂——或者更确切地说，伊弗列姆那样的一个灵魂——已经能够在某种程度上脱离身体，死亡后只要肉体还没消亡就能继续存在。她在侵蚀我——强迫我和她交换身体——抢夺我的身体，把我塞进被我埋在地下室的尸体中。

我知道将要发生什么——所以我才会突然崩溃，被送进疯人院。然后它来了——我发现自己在黑暗中无法呼吸——

我在阿塞纳丝腐烂的肉身之中，我亲手把它埋在地下室里的那些箱子底下。我知道她肯定在精神病院我的身体里——永久性的，因为诸圣日已过，即便她没有亲临现场，祭祀仪式同样能起作用——她神志健全，即将被释放，前去威胁整个世界。我绝望极了，我不顾一切地用双手挖出一条路，爬了出来。

我已经腐烂得不能说话了——我无法打电话告诉你——但我还可以写字。我会想办法走出家门，把这份最后的遗言和警告送到你手上。假如你还重视这个世界的安宁与平静，那就请你杀了那个魔鬼。确保尸体被火化。要是你做不到，它就会永远活下去，从一个身体转移到另一个身体，我也不知道它会做出什么事。请远离黑魔法，丹，那是恶魔的行当。永别了——你一向是我的挚友。警察愿意相信什么你就告诉他们什么吧——万分抱歉，我不得不把你拖进这件事里。用不了多久，我就会永远安息——这个身体快要支撑不住了。希望你能读到这封信。请你杀了那个怪物——务必杀死它。

你忠诚的，艾德

我醒来以后才读完这封信的后半截，因为我看到第三段就昏了过去。我看见和闻到堆在门口被暖风吹着的那团东西，再次昏了过去。那个信使早已没了动静，丧失了意识。

管家的神经比我的更加坚强，第二天早晨，门厅里的情形没有让他昏过去。他打电话叫来警察。警察来的时候，我已经被搀扶上楼休息，但那个——那堆东西——还在它昨晚瘫倒在地的原处。他们用手帕捂住口鼻。

他们事后在爱德华那些乱七八糟的衣服里找到的是已经大部分液化的可怖肉体。还有骨头和被砸烂的颅骨。与牙医记录对比之后，警方确认那是阿塞纳丝的颅骨。

The Picture in the House
古屋怪画
TO THE MOST
HIGH AND MIGHTIE
I don't want to be here
I don't want to be anything
anywhere at all

热衷于恐怖事物的人们总是来往于怪异而偏僻的地点。他们热爱的是普托莱迈达的地下坟窟，是噩梦国度的石刻陵墓。他们在月光下爬上莱茵河畔古堡废墟中的高塔，蹒跚走下亚洲被遗忘城市的散落巨石背后遍布蛛网的黑暗阶梯。他们出没于被其视为圣地的密林野岭之中，他们逗留于无人荒岛的险恶石柱周围。在真正的恐怖事物鉴赏家眼中，难以用语言形容的骇人事物带来的新鲜刺激是他们存在的主要目的和证据，他们最珍视的莫过于新英格兰偏远林区的古老而孤独的农舍；因为魔力、荒僻、怪诞和无知这些黑暗要素在那里融合一体，构成了最完美的可憎事物。

在一切景象之中，最可怕的无疑是那些远离道路、未经油漆的小木屋，它们通常盘踞在杂草丛生的潮湿山坡上，或者倚靠着巨大的露头岩石。它们已经盘踞或倚靠了两百多年，在此期间，藤蔓胡乱攀爬，树木伸展变粗。它们现在几乎隐藏在肆意生长的绿色繁茂枝叶和宛如裹尸布的阴影之中，只剩下小格窗依然令人惊骇地向外瞪视，仿佛在致命的昏迷中无意识地眨眼——昏迷缓和了它们对不可言说之物的记忆，从而避免陷入疯狂。

一代又一代的怪异子民居住在这些房屋里，世界从未见过与他们类似的人。他们的祖先被阴森而奇异的信仰迷住心灵，遭受族人的驱逐，来到荒野中寻求自由。在那里，征服种族的子嗣确实脱离了同族人的束缚，却在自己意识造出的阴郁幻觉前俯首畏缩，成了它可悲可叹的奴隶。他们背弃了文明的启迪，清教徒坚韧的意志力转向怪异的渠道；他们与世隔绝，病态地自我抑制，在无情的大自然之中挣扎求生；他们冰冷的北国血脉中来自远古史前的某些黑暗而鬼祟的特性逐渐侵蚀他们。这些人信奉必要的实用性和苛刻的世界观，罪孽使得他们丧失了美丽。他们和所有凡人一样会犯错，在寻找隐匿之处时将他们刻板的教条置于一切之上，因此他们渐渐地越来越少使用他们所隐匿的事物，品位也愈加低劣。只有偏僻林区那些死寂、沉睡、瞪视的屋舍能够诉说从往昔暗藏至今的全部秘密。而它们也不乐意开口，不情愿摆脱帮助它们遗忘的倦怠情绪。有时你会不禁觉得，拆除这些小屋反而是慈悲为怀，它们必定也时常梦想着如此的结局。

一八九六年十一月的一个下午，我被迫躲进了这么一座被时间折磨得形销骨立的建筑物，那场大雨寒冷彻骨，任何形式的遮蔽都好过淋雨。我已经在米斯卡托尼克河谷旅行了一段时间，沿途从居民那里搜集宗谱资料。由于我选择的路线偏僻、迂回而困难重重，因此为了方便起见，尽管时节已近严冬，我还是选择了骑自行车来代步。此时我发现自己走在一条看似荒弃的道路上，选择这条路是因为它是前往阿卡姆的捷径。暴风雨降临时，我所在的位置远离任何村镇，视野内没有能够躲雨的地方，只有一幢令人嫌恶的古老木屋在岩石山丘脚下的两棵落光了树叶的大榆树之间用它朦胧的窗户向我眨眼。尽管屋子与残存的道路还有一段距离，但从我第一眼瞥见它，就产生了不愉快的印象。实话实说，正常的建筑物不会如此狡诈和令人心悸地注视行路人，而本人在宗谱研究的过程中听闻了不少一个世纪前的传说故事，使得我对这类场所心存偏见。然而大自然的力量过于巨大，慑服了我的顾虑，我毫不犹豫地骑着自行车爬上杂草丛生的山坡，向着那扇显得既诱人又诡秘的紧闭大门而去。

不知为何，我理所当然地以为屋子已被主人遗弃，然而随着我的接近，我渐渐不敢确定了：尽管小径确实被野草遮没，但它作为道路的本质却保留得未免太好，以至于无法断言它是否真的彻底废弃。因此，我没有尝试开门，而是抬手敲门，内心有些战栗，又不太能够说清原因。我站在充当门阶的遍覆苔藓的粗糙石板上，望向身旁的窗户和头顶上的气窗，注意到它们尽管陈旧、被风吹得哗哗作响、尘土积得几乎不透光，但玻璃并没有破碎。看起来，这座建筑物尽管与世隔绝，年久失修，却依然有人居住。然而，我的敲门没有引来任何回应，再三尝试后，我试了试锈迹斑斑的门闩，发现门没有上锁。打开门，里面是个小小的前厅，墙上的石膏已经剥落，从门里飘来一股微弱但格外可憎的气味。我推着自行车进去，转身关上门。前方是一条狭窄的楼梯，侧面有一扇很可能通向地窖的小门，左右两侧通往底楼房间的门都关着。

我把自行车靠在墙上，打开左手边的房门，走进一个天花板低矮的小房间，两扇积灰的窗户以暗淡的光线提供照明，房间里只摆放着极少几件极为原始的家具。这里似乎是某种会客室，因为房间里有一张桌子、几把椅子和一个巨大的壁炉，壁炉架上的一口古董座钟正嘀嗒行走。房间里还有为数寥寥的书籍和文件，由于光线昏暗，我无法立刻分辨出书籍的标题。使得我产生兴趣的是这里每一个可见的细节都散发着无处不在的古旧气息。这个地区的大多数房屋里都有不少传承自过去的物品，然而此处的古老感觉却完整得堪称怪异，因为我看遍了整个房间，也没有找到任何一件晚于内战时代的物品。假如装饰不是如此简陋，这里在收藏家的眼中大概就是天堂。

随着我扫视这个奇异的房间，先前被房屋的阴郁面貌激起的厌恶感变得愈发强烈。令我恐惧或憎恶的究竟是什么，我无论如何也难以分辨。然而此处整体气氛中有某些东西让我想到亵渎神灵的年代、令人不快的野蛮和应该被遗忘的秘密。我不愿坐下，于是走来走去查看引起注意的各种物品。首先激起我好奇心的是一本中等尺寸的书，它摆放在桌上，看上去极其古老，我惊讶于竟然能在博物馆或图书馆之外见到这么一本书。它用皮革和金属配件装订，保存状况堪称完美，出现在如此简陋的一幢屋子里真是太不寻常了。我打开它，翻到标题页，心情变得愈加惊诧，因为这是一本罕见的珍品：皮加费塔的刚果地区见闻录，根据水手洛佩兹的笔记用拉丁文写成，一五九八年出版于法兰克福。我曾多次听说这部杰作的存在，德布雷兄弟为它绘制了怪异的插图，因此我一时间忘记了心中的不安，沉浸在翻阅面前这本书的欲望之中。书里的雕版画确实很有意思，完全根据想象和粗略的描述绘制而成，黑种人被画成拥有白色的皮肤和高加索人的五官。若不是一件异常琐碎的小事屡次刺激我疲惫的神经，复活了我不安的感觉，我恐怕得有好一阵子都不会合上这本书。让我烦恼的仅仅是这本书顽固地一次次打开在第十二幅版画上，它描绘的是安其克食人王国一家肉铺里的可憎景象。如此微不足道的小事竟然能激起我强烈的反应，我不得不为自己感到羞愧，然而它始终令我惶恐不安，尤其是我将它和旁边几段讲述安其克美食的文字联系在一起之后。

我转向身旁的书架，查看上面稀稀落落的藏书：一本十八世纪的《圣经》；一本年代相仿的《天路历程》，书里有一些光怪陆离的木刻画，由年鉴编纂者以赛亚·托马斯出版；一本朽烂而沉重的科顿·马瑟的《基督的美洲伟绩》，另外几本书显然也同样古老——这时楼上的房间响起了清晰可辨的脚步声，完全吸引了我的注意力。刚开始我诧异得无法动弹，因为我先前敲门没有引来回应，随后我立刻得出结论：脚步声的主人肯定刚从酣睡中醒来。听见嘎吱作响的楼梯上传来了脚步声，我就没那么惊讶了。脚步声很沉重，又似乎蕴含着某种古怪的谨慎特质，使得我特别不喜欢。先前走进这个房间后，我关上了房门。外面暂时寂静下来，那个人很可能在查看我的自行车。我听见有人拨弄门闩，眼看着镶窗格的房门再次徐徐打开。

门口站着一个男人，他的外貌太不寻常了，若不是受到良好教养的束缚，我肯定会大声尖叫。这幢屋子的主人很老，留着白胡子，衣衫褴褛，相貌和体格激起了程度相同的讶异和尊重。他至少身高六英尺，尽管散发着年迈和贫困的气息，但健壮和力量的感觉也不遑多让。他的胡须一直长到了面颊上，将整张脸几乎遮得严严实实。白发因为年事已高而变得稀疏，垂下来落在高耸的额头上，但他的面色异乎寻常的红润，也不像预想中那样满脸皱纹。他的蓝眼睛有点充血，视线却难以解释的锐利和灼人。这个人若不是衣衫褴褛得可怕，看上去肯定相貌堂堂，能给人留下深刻的印象。然而，尽管他的面容和体型都很不凡，衣衫褴褛却显得他令人不快。他穿的到底是什么，我无从分辨，因为在我眼里就是一堆碎布裹着一双沉重的高筒靴，而他的肮脏超出了文字的形容能力。

这个人的样子和他激起的本能恐惧，让我做好了迎接敌意的准备。然而他却打个手势请我落座，用微弱而尖细的声音问候我，声音里充满了犹如奉承的尊敬和仿佛巴结的好客。他使用的方言很怪异，是北佬土话的一种极端形式，我以为它早就消亡了。他在我对面坐下，准备和我交谈，我必须仔细琢磨才能明白他的意思。

“给大雨逮住了，您是不是？”他开腔道，“还好您离屋子很近，而且还知道进来躲一躲。咱估摸咱是睡熟了，否则准会听见——咱不如从前那么年轻了，现如今一打瞌睡就醒不来。您怎么跑这么远来了？自打阿卡姆的驿站被砍掉，咱就没见过几个人走这条路。”

我说我要去阿卡姆，为我无礼地闯进他的住所道歉，他继续说了下去。

“很高兴见到您，年轻的先生——这附近很少能见到新面孔，这些年也没什么能让咱高兴一下啦。猜您是打波士顿来的，是不？咱没去过那儿，但见到城里人还是认得出来的——八四年那会儿咱这儿有个城里人当地区教师，可他突然辞职走了，没人再见过他——”说到这儿，老人吃吃笑个不停，我问他笑什么，他没有解释。他的脾气似乎非常好，但从外貌不难猜到他有着种种怪癖。他以近乎狂热的亲切语气絮絮叨叨说了好一会儿，我这才想到要问他怎么会拥有皮加费塔的《刚果王国》这么罕见的一本书。它对我造成的影响还没有散去，我在提到它时感受到了某种犹豫。尽管从见到这幢屋子第一眼起，难以形容的恐惧就在我内心稳定地积累，然而在好奇心面前终究还是败下阵来。这个问题似乎并不令人尴尬，我不禁松了一口气，因为老人毫无保留、口若悬河地回答了它。

“噢，那本讲非洲的书？埃比尼泽·霍尔特船长六八年换给咱的，他死在了战场上。”埃比尼泽·霍尔特这个名字引发的某种情绪让我猛地抬起头。我在宗谱调查时碰到过这个名字，但肯定不是在内战后的任何记录之中。我心想，不知道屋子的主人能不能为我正在进行的工作提供什么帮助，决定等会儿碰到机会就问问他。他继续说了下去。

“埃比尼泽在塞勒姆的一条商船上工作了好些年，每到一个港口就会捡点好玩的或奇怪的东西。这个好像是他在伦敦弄到的——他喜欢在小店里买东西。那天咱去山上他家里卖马给他，就这样看见了这本书。咱喜欢书里的图画，于是他把书交换给咱。真是一本奇怪的书——来，让咱戴上眼镜——”老人在浑身的破布里摸索，取出一副肮脏的眼镜，眼镜古老得令人惊叹，有着小小的八角形镜片和精钢制作的框架。他戴上眼镜，向桌上的旧书伸出手，怜爱地翻动书页。

“埃比尼泽能读懂一点儿——这是拉丁文——但咱不行。咱请两三位教师读给我听，还有帕松·克拉克，他们说他淹死在池塘里了——你认得出这上面写的都是什么吗？”我说我能看懂，帮他翻译了全书开头之后的一个段落。就算我弄错了什么，他也不够博学，因此无法纠正我。我告诉他的英语版本让他快乐得像个孩子。他靠得离我很近，让我很不舒服，但无法在不冒犯他的情况下躲开。这个无知的老人会如此幼稚地喜爱一本他读不懂的书里的图画，我感到有些好笑，不禁怀疑起了他到底能看懂多少装点房间的那几本英语书籍。发现他是个头脑简单的普通人消除了大部分我先前感觉到的难以描述的忧惧，我微笑着听屋子的主人继续絮絮叨叨讲述：

“真是奇怪啊，这些图画能让一个人胡思乱想。比方说前面的这一张。您有没有见过这样的树木，巨大的叶子上上下下翻腾？还有这些人——他们不可能是黑人——太奇怪了。有点像印第安人，对吧，虽说出现在非洲。这儿有些动物，看着像猴子，或者半猴半人，但咱从没听说或见过像是这个的东西。”他指着一个奇形怪状的生物说，若是让我来形容，它有点像一条龙，却长着鳄鱼的头部。

“不过现在让咱给您看点最好的东西——在这儿，中间的地方——”老人的口齿变得有点含混，眼睛里的光芒愈加明亮。他哆哆嗦嗦的双手尽管比先前更笨拙了，却依然能够胜任翻书的任务。书几乎自动翻到了描绘安其克食人王国肉铺的第十二幅版画，就仿佛有人经常查阅这一页似的。不安的感觉卷土重来，但我没有表现在脸上。这幅画有一个特别怪异的细节，那就是画家将非洲人画得像白人——挂在店铺墙上的肢体和腰臀肉块令人毛骨悚然，手持利斧的屠夫与人类的尸块更是骇人的格格不入。然而我有多么厌恶这幅景象，屋子的主人就有多么喜爱它。

“您觉得这个怎么样——没见过这样的东西吧？咱第一次看到的时候就对埃伯·霍尔特说：‘这东西太刺激了，能让你热血沸腾！’咱在《脚本》上读到屠杀——比方说残杀米甸人——咱就会东想西想，但见不到具体的画面。在这儿你能清清楚楚看见他们做那些事——咱琢磨着这是有罪的，但咱们不都是生来就有罪吗？——那个人被剁碎，每次咱看见都浑身发痒——咱看着他眼睛都转不开了——看见屠夫在剁他的脚了吗？他的脑袋搁在台子上，一条胳膊在脑袋旁边，另一条在案板旁边的地上。”

老人在令人震惊的狂喜中絮絮叨叨讲述，他戴着眼镜的多毛面颊上的表情变得无可名状，然而他的音调并没有升高，反而沉了下去。我已经不知道我此刻究竟是什么情绪了。先前感受到的全部恐惧突然激烈而鲜活地扑向我，我知道我对这个紧靠着我的古老而可憎的怪物的厌恶变得无比强烈。毋庸置疑，他疯了，至少有一部分精神变态了。此刻他几乎在耳语，沙哑的声音比尖叫更加可怖，我听得不寒而栗。

“就像咱说的，真是奇怪，这些图画能让你胡思乱想。您知道吗，年轻的先生，咱就坐在这儿看着它。自打咱从埃伯那儿拿到这本书，咱就总在看它，尤其是星期天听帕松·克拉克戴着他那顶大号假发咆哮的时候。有一次咱试着做了点有意思的事情——哎呀，年轻的先生，您别误会——咱只是在宰羊去集市卖之前看了图画——看完以后，宰羊变得有意思多了。”

老人的音调变得极其低沉，声音不时微弱得不可分辨。我听着雨声，听着雨点敲打污秽的小格窗的哗哗声，注意到对这个季节来说很不寻常的隆隆雷声在逐渐接近。一道非常亮的闪电划过，雷声震得脆弱的房屋从地基开始晃动，但低声说话的老人似乎充耳不闻。

“宰羊确实更有意思了——但您知道，那并不怎么让人满足。真是奇怪，欲望能怎么样地刺激你——您敬爱万能的上主，年轻人，别告诉任何人，但咱向上帝发誓，那张图画开始让咱渴求咱无法饲养也不能购买的食物——哎呀，您坐好了，您有什么烦恼吗？——咱什么都没做，只是琢磨要是咱做了会怎么样——人们说吃肉能造血健体，赋予你新的生命，所以咱就琢磨啊，要是吃下更像他的肉，会不会就能活得更加长久——”他的耳语到此为止。打断他的不是我的恐惧，不是迅速增强的暴风雨——不久后若是我睁开双眼，见到的会是荒野中一片还在冒烟的焦黑废墟——而是一件非常简单但异乎寻常的小事。

那本打开的书放在我和他之间，那幅图画令人厌恶地面对上方。就在老人压低声音说出“更加长久”的那一刻，我听见了细微的液体泼溅声，某种东西落在翻开书本的泛黄纸页上。我以为是从屋顶漏下来的雨水，然而雨水不是红色的。一小团泼溅开的红色液体在安其克食人王国的肉铺上闪闪发亮，恐怖的雕版画立刻变得鲜活起来。老人看见它，还没等我的恐惧表情让他不得不住嘴，他就停了下来；他看见它，立刻抬头望向他一小时前离开的那个房间的地面。我顺着他的视线望过去，见到老旧的天花板的松脱灰泥上有一大片不规则的猩红色湿斑，就在我看着它的时候，它似乎还在扩大。我没有尖叫，也没有动弹，只是闭上了眼睛。片刻之后，一道或几道巨大的雷霆落下来，摧毁了那幢该诅咒的屋子和它无可言说的秘密，带给我唯一能够拯救我的心灵的礼物：湮灭。

THE MUSIC OF ERICH ZANN

埃里希·泽恩的音乐

我以最细致的态度查阅了这座城市的各种地图，却没有能够再次找到奥赛尔路。这些地图不只包括现在的版本，因为我知道名称会随着时代变迁。与此相反，我深入挖掘这座城市的所有古物，亲自探索每一个区域，考察了任何一条有可能对应于我曾经以奥赛尔路之名熟识的街道。尽管我付出了如此努力，令人痛心的事实却依然如故：我无法找到那幢房屋、那条街道，甚至那个地点，然而我这个学习玄学的大学生曾经在那里度过了几个月的穷困生活，每日聆听埃里希·泽恩的音乐。

我的记忆支离破碎，对此我并不觉得奇怪；因为我的健康——无论是肉体还是精神方面——都在我寓居奥赛尔路的那段时间里受到了严重的侵扰，但我清楚记得我从未带我为数寥寥的朋友中的任何一位去过那里。我无法再次找到这个地方的事实既怪异又令人困惑，因为从大学步行去那里顶多只要半个小时，种种异常特性将它与其他地方区分开来，任何人只要去过就不可能轻易忘记。即便如此，我却从没遇到过曾经见过奥赛尔路的其他人。

奥赛尔路在一条黑暗河流的对岸，河两边全是砖石结构、窗户肮脏的高耸仓库，一座黑乎乎的笨重石桥横跨河面。河岸边永远暗影憧憧，就仿佛邻近工厂排放的浓烟永久性地遮蔽了阳光。这条河还散发着我在其他任何地方都没闻到过的恶臭，这一点儿或许也能帮助我找到那个地方，因为只要我闻到了就一定会立刻认出来。桥另一侧的街道都很狭窄，铺着鹅卵石，地上有轨道；穿过这些街道，地势开始抬升，刚开始还算平缓，但来到奥赛尔路之处就陡峭得难以置信了。

我从未见过像奥赛尔路这么狭窄和陡峭的街道。它几乎是一道悬崖，向所有的交通工具关上大门，有几段甚至完全由台阶构成，它终结于遍覆常青藤的一面高墙。铺地的材料并不规则，有时候是石板，有时候是鹅卵石，有时候是裸露的土地，灰白色的植物在那里挣扎求生。房屋都很高，砌着尖屋顶，古老得无法想象，发疯般地向后、向前或向左右倾斜。偶尔有两幢隔街相望的房屋都向前倾斜，几乎在街道上空相接，搭成一座拱门。它们当然挡住了绝大多数射向地面的光线。有几座天桥从头顶越过，连接街道两侧的房屋。

那条街道的居民给我留下奇特的印象。刚开始我以为是由于他们全都沉默寡言，但后来觉得其实是因为他们都非常老。我不知道我为什么会住在这么一条街道上，但我搬到那里去的时候是身不由己。我在许多贫穷的地方居住过，总是因为缺钱而被扫地出门，直到最后我找到了奥赛尔路那幢摇摇欲坠的老屋，由瘫痪在床的布朗多看管。它是从街首数起的第三幢屋子，也是整条街上最高的一幢。

我的房间在五楼，这一层只住了我一个人，因为这幢屋子没几个人居住。住进来的那天夜里，我听见尖顶下的阁楼传来了奇异的音乐，第二天我向老布朗多打听，他说楼上住了一位演奏维奥尔琴[1]的德国老人，那是一位古怪的哑巴，登记时自称埃里希·泽恩，晚上在一个廉价剧场的乐队里演奏。他还说泽恩从剧院回来之后，喜欢在夜里拉琴，因此老人才会选择顶楼那个与外界隔绝的独立房间，它只有一扇开在山墙上的小窗，整条街只有站在那里，视线才能越过道路尽头的高墙，见到另一侧的下坡路和开阔的风景。

就这样，每天夜里我都会听见泽恩的演奏，尽管吵得我无法入眠，他的音乐的怪诞感觉却在我心头萦绕不去。我对艺术知之甚少，但确定他拉出的曲调与我以前听过的音乐毫无相似之处，因此得出结论：他是一位极具原创性的天才作曲家。我听得越久，就越是沉迷其中，一周之后，我终于下定决心，要去结识这位老人。

一天夜里，泽恩从剧院回来的时候，我在走廊里拦住他，告诉他我很想认识一下他，陪在他身边听他演奏。泽恩是一位矮小、瘦削、佝偻的老人，穿着破旧的衣服，面容犹如萨堤尔[2]，蓝眼睛，几乎没有头发。刚开始听我说完，他似

1. 也称“古提琴”，形如提琴，有多种大小，夹在两膝间竖着演奏。
2. 酒神狄俄尼索斯的随从精灵，半人半羊，以懒惰、贪婪、淫荡、狂欢饮酒而闻名。

乎既生气又害怕。然而我显而易见的友善最终感动了他，他不情愿地示意我跟着他爬上暗淡无光、吱嘎作响、摇摇欲坠的阁楼楼梯。陡峭尖顶下的阁楼只有两个房间，他住在其中靠西的那个房间里，面对上坡道路尽头的高墙。房间很大，异乎寻常的贫瘠，又疏于打扫，因而显得更加宽敞。家具只有一张狭长的铸铁床、一个脏兮兮的脸盆架、一张小桌、一个大书架、一个铸铁乐谱架和三把老式座椅。乐谱凌乱地堆放在地上。墙壁是光秃秃的木板，大概从未抹过灰泥。尘土和蛛网比比皆是，这里看上去更像个废弃的场所，而不是有人居住的房间。埃里希·泽恩的美丽世界显然存在于某个遥远的想象王国之中。

无法言语的老人示意我坐下。他关上门，转动木质门闩，他随身带着的那根蜡烛不够亮，于是他又点了一根蜡烛。他掀开被蛾子啃出窟窿的盖布，拿起维奥尔琴，坐进最不舒服的那把椅子。他没有看乐谱架，也没有让我选择，而是凭借记忆演奏，我因而在我从未听过的旋律里沉醉了一个多小时。这些旋律肯定是他本人的作品，对于一个不通音律的人来说，我不可能准确描述其中的特性。它们算是某种赋格曲，极具感染力的乐段多次重复，然而我却注意到其中缺少我在楼下房间里屡次听到的那些怪异音符。

那些奇特的曲调我记得很清楚，时常用哼唱和口哨不太准确地向自己复现。因此，等演奏者最终放下琴弓，我问他能不能演奏一下那些曲调。就在我说出我的请求时，他遍布皱纹、仿佛萨堤尔的面容失去了他演奏时有点厌倦的平静感觉，又流露出我刚和他搭话时那种混杂着生气和害怕的古怪表情。一开始，老年人通常会有的喜怒无常的轻浮想法占据上风，所以我倾向于使用说服的手段，甚至用口哨吹奏我前一天夜里听到的几段旋律，尝试唤醒招待我的主人的更怪异的情绪。然而沿着这个方向我只努力了一小会儿便放弃了，因为就在无法言语的音乐家认出了我吹奏的曲调后，某种完全超乎我的分辨能力的表情突然扭曲了他的面容。他抬起修长、冰冷、瘦骨嶙峋的右手，捂住我的嘴巴，阻止我继续粗劣地模仿下去。不仅如此，他还进一步展示了他的怪异脾气，他惊恐地瞥了一眼拉着窗帘的独窗，就好像担心会有东西从那里闯进来一样——这一瞥实在是加倍的荒谬，因为阁楼位于附近的最高处，从相邻的屋顶不可能上来，而正如管理人告诉我的，整条陡峭的街道上，只有从这扇窗户才能见到坡顶高墙另一侧的情形。

老人的那一瞥让我想起了布朗多的说法，一时心血来潮之下，我产生了俯瞰令人眩晕的辽阔风景的念头，看一看山顶另一侧月光映照的屋顶和灯火辉煌的城市，在奥赛尔街的全部居民之中，只有这位乖戾的音乐家能够见到这幅景象。我走向窗户，想拉开毫无特色的窗帘，但那位无法言语的房客再次阻拦我，他的惊恐和愤怒比先前更加强烈。这次他朝房门摆动头部，示意我出去，神经质地用双手拖着我走向房门。他彻底激起了我的厌恶心理，我命令他放开我，告诉他我这就离开。他松开铁钳般的双手，见到我脸上的厌恶和受到冒犯的表情，他的愤怒似乎开始平息。他再次攥紧我的手，这次的态度变得友善。他拉着我坐在一把椅子上，然后带着渴望的神情走向凌乱的桌子，拿起铅笔，用外国人的生硬法语写下许多字词。

他最后递给我的字条恳求我容忍和宽恕他。泽恩说他很老，很孤独，与他的音乐和其他一些事物有关的奇特恐惧和神经失调折磨着他。我喜欢听他的音乐，他感到非常荣幸，希望我以后还能来，不要介意他的古怪脾气。但是，他不能向其他人演奏他那些怪异的曲调，也无法忍受听其他人演奏。他同样无法忍受其他人触碰这个房间里的任何东西。若不是今天在走廊里和我交谈，他根本不知道我能在自己的房间里听见他的演奏，他请求我去找布朗多，换一个在夜里无法听见他演奏的低楼层房间。他写道，他愿意补偿租金的差价。

我坐在那里解读他糟糕的法语文字，心中不由得对老人产生了更多的宽容情绪。他和我一样，也是身体和精神遭受折磨的受害者。我的玄学研究教会了我慈悲为怀。寂静之中，窗户方向传来了一下轻微的声响——肯定是夜风吹得百叶窗咔嗒作响——出于某种原因，我惊跳的反应与埃里希·泽恩一样剧烈。我读完字条，与招待我的主人握手，作为他的朋友离开。第二天，布朗多给我在三楼换了个较贵的房间，左右分别居住着一位上了年纪的放贷人和一位可敬的室内装饰商。四楼无人居住。

没过多久，我发现泽恩对我的陪伴的渴望并不像他说服我从五楼搬下去时表现出的那么强烈。他从不邀请我去拜访他，而我去拜访他的时候，他似乎焦躁不安，演奏也很敷衍了事。我只在夜里找他，白天他要睡觉，不接待任何人。我对他的喜爱并没有增长，尽管阁楼房间和怪异的音乐似乎对我有着奇特的吸引力。我产生了一种古怪的欲望，想从那扇窗户向外眺望，让视线越过高墙，顺着我从未见过的山坡向下望，看一看必定在那里铺展的闪亮屋顶和教堂尖塔。有一次我趁着剧院营业的时候爬上阁楼，泽恩不在家，房门锁着。

我成功做到的，是在夜里偷听无法言语的老人的演奏。起初我只是蹑手蹑脚地回到以前居住的五楼，后来我变得越来越大胆，会爬上通往阁楼的最后一段嘎吱作响的楼梯。我时常躲在狭窄的走廊里，站在锁好门闩、遮住钥匙孔的房门外，聆听让我内心充满难以形容的恐惧的声音——恐惧的对象是模糊朦胧的奇景和阴郁深沉的秘事。倒不是说那些声音很骇人——因为事实并非如此——而是它们蕴含着与这个尘世毫无关系的颤音，其中的间隔意味着某种交响乐的特征，我几乎无法相信它是由一名演奏者制造出来的。毫无疑问，埃里希·泽恩是一名拥有狂野力量的天才。时间一周一周过去，他的演奏变得愈发狂野，而老音乐家越来越憔悴和鬼祟，看上去显得异常可怜。他现在无论什么时候都不肯接待我了，在楼梯上遇到我的时候会尽量避开。

一天夜里，我在门外偷听时，听见维奥尔琴的尖啸忽然增强，变成混乱嘈杂的某种声音。假如它不是来自这扇紧锁的房门背后，阴森地证明如此的喧嚣之声确实存在，我一定会怀疑自己岌岌可危的神志是否还健全。那是只有哑巴才有可能发出的口齿不清的恐怖叫声，是他只有在最激烈的恐惧或痛苦的时刻才会发出的声音。我一遍又一遍敲门，但没有得到回应。我在黑洞洞的走廊里等待，因为寒冷和恐惧而颤抖，直到我听见可怜的音乐家在一把椅子的帮助下无力地尝试从地上爬起来。我猜想他刚从晕厥中恢复知觉，于是重新开始敲门，时而高喊我的名字来让他安心。我听见泽恩跌跌撞撞地走到窗口，关上百叶窗和窗格，然后踉跄着走到门口，哆哆嗦嗦地拉开门闩，放我进去。这次他见到我时的喜悦是真实的，因为他扭曲的脸上流露出解脱的神情，他像孩童抓住母亲裙摆一样抓住我的外衣。

老人可怜巴巴地颤抖着，拉着我坐进一把椅子，自己坐进另一把，维奥尔琴和琴弓被随随便便地扔在他身旁的地上。他一动不动地坐了一会儿，怪异地点着头，我产生了一种矛盾的感觉，他仿佛在急切但惊恐地听着什么。最后，他似乎感到满意，走到桌边写下一个简短的字条。他把字条递给我，然后回到桌边，开始飞快而不间断地书写。那张字条请求我的原谅，称若是我想满足好奇心，不妨稍等一段时间，让他用德语完整地写出侵扰他的全部奇特与恐怖之事。

我默默等待，无法言语的老人运笔如飞。

大约过了一个小时，我依然在等待，老音乐家狂热写出的纸张还在持续积累，我看见泽恩陡然身体一颤，像是受到了什么可怖的惊吓。毫无疑问，他在看拉着窗帘的窗户，同时瑟瑟发抖地倾听着什么。这时我半梦半真地也听见了一个声音，但并不是什么可怕的声音，而是一种极为低沉、无比遥远的乐声，演奏乐器的人可能在附近的一所房屋中，也可能在那面高墙另一侧、我从未有幸见到过的某座建筑物里。这个声音对泽恩造成的影响却很恐怖，因为他突然起身，扔下铅笔，抓起维奥尔琴，开始用疯狂的演奏撕裂黑夜，除了我在他紧锁的房门外偷听的那些时刻，他的琴弓下从未流出过如此狂野的乐声。

企图用语言描述埃里希·泽恩在那个恐怖夜晚的演奏是无济于事的。它比我偷听到的一切音乐都更加可怕，因为此刻我能看见他脸上的表情，意识到此刻的动机是赤裸裸的恐惧。他企图制造噪声，借此抵挡或淹没某些声音——具体是什么，我无从想象，但我能够感觉到它必定异常骇人。他的演奏变得怪诞、狂热和歇斯底里，但依然保留着我知道的这位奇特老人所拥有的卓越天赋天才的气息。我认出了他演奏的曲调，那是一首在剧院里流行的奔放的匈牙利舞曲，我回忆片刻，意识到这是我第一次听见泽恩演奏其他作曲家的作品。

维奥尔琴发出的绝望尖啸和呜咽变得越来越响亮、越来越狂野。演奏者怪异地流淌着汗水，身体扭曲得像猿猴，眼睛始终狂躁地盯着拉上窗帘的窗户。在他癫狂的曲调之中，我几乎看见了萨堤尔和酒神教徒的幻影在充斥云雾与闪电的沸腾深渊之中跳舞和旋转。这时，我觉得我听见了一种更尖细也更稳定的乐声，它不是维奥尔琴演奏出来的，而是来自西方的远处，冷静、从容、蓄意而嘲讽。

就在这个时刻，百叶窗开始被呼啸的夜风吹得哗哗作响，窗外涌动的寒风像是在呼应室内癫狂的演奏。泽恩尖啸的维奥尔琴已经超越了它的能力范围，发出我从未想象过一把琴可能发出的声音。百叶窗没有闩紧，哗哗作响的声音变得愈加嘈杂，此刻开始撞击窗户。玻璃在它持续不断的撞击下令人战栗地破碎了，寒风汹涌而入，刮得烛火明灭忽闪，吹散了泽恩书写他恐怖秘密的纸张。我望向泽恩，发现他已经不再能够有意识地盯着窗户看了。他的蓝眼睛向外突出，眼神呆滞，失去焦点，狂暴的演奏变成了盲目而机械、无法辨识的自我放纵，任何文字都不能形容其一二。

一股突如其来的寒风——比先前的风更加猛烈——攫住手稿，将它们吹向窗户。我绝望地追赶飞散的纸张，但还没跑到被破坏的窗户前，它们就已经消失了。这时我想到了多日来想从这个窗口远眺的愿望，整条奥赛尔路只有这个窗口能看见高墙另一侧的下坡和山下铺展的城区。天色很黑，但城市的灯火永远在闪耀，我以为我能在风雨交加的夜空下见到它们。我从整条街所有山墙窗户中最高的一扇向外望去，烛火在身旁明灭忽闪，疯狂的维奥尔琴随着夜风一起嚎叫，但我见到的不是在脚下伸展的城市，也不是记忆中那些街道的友善灯光，而是黑暗的无限虚空。那是无法想象的虚空，充斥着活动和音乐，与尘世间的任何事物都毫无相似之处。我站在那里惊恐地看着，狂风吹灭了古老的尖顶下阁楼房间里的两根蜡烛，将我抛在残忍和无法穿透的黑暗之中，独自面对前方的混沌和喧嚣，以及背后对着黑夜狂吠的维奥尔琴那恶魔般的疯狂演奏。

我没有办法点火照明，只能在黑暗中踉跄后退，撞在桌子上，碰翻了一把椅子，终于摸索着来到黑暗随着骇人音乐尖啸的地方。为了拯救我自己和埃里希·泽恩，无论有什么力量与我作对，我都必须尽量尝试一下。一度我觉得有某些冰寒刺骨的东西从我身旁掠过，我尖叫起来，但维奥尔琴的可怖乐声吞没了我的叫声。忽然，疯狂拉动的琴弓在黑暗中打中了我，我知道我离演奏者很近了。我向前方探去，碰到了泽恩那把椅子的靠背，随即抓住他的肩膀使劲摇动，希望能够帮助他恢复知觉。

他没有反应，维奥尔琴的尖啸也毫无停歇的兆头。我的手摸向他的头部，用力止住他机械的点头，对着他的耳朵大喊，说我们必须从这些黑暗的未知事物中逃跑。然而他既不回答我，也没有停止演奏那无法用语言形容的疯癫音乐，而怪异的夜风似乎在黑暗和喧杂之中的整个阁楼房间里狂舞。我的手碰到他的耳朵，这令我不由得颤抖，但不知道原因——直到我摸到他凝固的面部：那冰冷、僵硬、没有呼吸的面部，呆滞的双眼向外鼓出，毫无意义地望着虚空。就在这时，我奇迹般地碰到了房门和木质门闩，于是发狂般地逃离了黑暗中那个眼神呆滞的怪物，逃离了该被诅咒的维奥尔琴那恶魔般的嚎叫，哪怕就在我逃向楼下的时候，那声音依然变得越来越响。

我跳跃、腾空、飞下仿佛没有尽头的楼梯，跑过暗沉沉的屋子。我漫无目标地跑进那条狭窄、陡峭、充满台阶和危房的古老街道，跌跌撞撞地冲下台阶，奔过鹅卵石地面，来到地势较低处的街道和两岸高墙耸立的恶臭河流。我气喘吁吁地跑过黑色的大桥，来到熟悉的更宽阔和更健全的街道和大路上。但那些恐怖的印象依然跟随着我。在我的记忆中，这里没有风，月亮挂在天空中，城市的所有灯光都在闪耀。

尽管我做了最仔细的调查和探索，但再也没能找到过奥赛尔路。然而我一点儿也不感到惋惜，无论是为了这条街道还是为了埃里希·泽恩写的密密麻麻的手稿，只有它们能够解释他的音乐，却遗失在了连做梦都无法想象的深渊之中。

第七次
尸体检查实验报告
TOP SECRET
目录号 案卷号
时间：1910年7月18日
对象：罗伯特·勒维特
年龄：约30岁
性别：男
名称：胸前区解剖
目的：新型防腐剂及复生药剂
实验过程：
1. 确认两周前注射防腐剂的尸体目
2. 从防腐剂注射处重新注射复生药剂。尸体
3. 皮肤切口：沿胸前正中
RETURN POSTAGE GUARANTEED
赫伯特·韦斯特——尸体复生者
POSTMASTER: CONTENTS-MERCHANDISE. THIS PARCEL MAY BE OPENED FOR POSTAL INSPECTION IF NECESSARY
HERBERT WEST—REANIMATOR

–I–
来自黑暗

赫伯特·韦斯特是我上大学及之后生活中的朋友，关于他这个人，我只能怀着极度的恐惧提起。恐惧的缘由并不完全是他近期失踪时的险恶情形，更是因为他毕生工作的根本性质，十七年前我们在阿卡姆的米斯卡托尼克大学医学院念三年级时，我第一次强烈地感受到了这种情绪。当时他和我交情很深，他那些不可思议的实验及其邪异特性完全迷住了我，我成了他最亲密的伙伴，现在他已经失踪，魔咒早被打破，切身的恐惧感觉于是变得愈加强烈。记忆的片段和潜在的可能性比现实骇人得多。

我们相识后遭遇的第一起可怖事件让我体验到了前所未有的惊骇，我非常不愿意回忆起那段经历。如前所述，这件事发生在我们读医学院的时候，而韦斯特已经弄坏了自己的名声，因为他就死亡的本质和利用人工手段克服死亡的可能性提出了各种疯狂的猜想。他的观点大体而言就是以机械论来诠释生命的本质，认为可以在自然的生理活动停止后通过适合的化学反应来维持人类这个机械有机体的运转，教职员工和同学普遍认为这类看法非常荒谬。他试验了各种复生的解决方案，为此杀死和处理了不计其数的兔子、豚鼠、猫、狗和猴子，直到成为整个学院的公害。他确实屡次在理论上已经死亡的动物身上观测到了生命的迹象，其中反应强烈的为数不少，但他很快意识到，完善这套方法即便有可能，也必定要投入终生的研究时间。他还看到了另一个问题，那就是同样的手段在不同的生物身上不可能产生相同的效果，为了研究进一步和更加特化的方案，他需要在人类样本身上做实验。正是在这一点儿上他和校方第一次发生了冲突，最终导致他被禁止继续进行实验，下令的管理人员不是别人，正是医学院的院长本人：博学而和蔼的艾伦·哈尔西博士，阿卡姆每一位年长的居民都记得他为病患付出的努力。

我向来出奇地容忍韦斯特的研究，我们经常探讨他那些理论，它们的分支与推论几乎永无穷尽。我的朋友认可海克尔的理念，认为一切生命无非是化学与物理的过程，所谓“灵魂”只存在于神话之中，他相信人工复生死者能否成功只取决于身体组织的状况。除非已经开始腐烂，否则具备全部器官的尸体就有可能通过适当的方法恢复所谓“活着”的特定状态。但韦斯特也完全明白，死亡的时间无论多么短暂，敏感的脑细胞也往往会因此轻微变质，从而损伤生命体的精神或智力。他最初寄希望于找到一种药剂，能够在死亡真正到来之前重建生命力，然而动物实验的反复失败让他明白，自然的生命活动与人工促成的生命活动是互不相容的。他随后开始使用极为新鲜的标本，生命消亡后立刻将药剂注入血液。正是如此情形使得教授们变得格外谨慎和怀疑，因为他们认为死亡并没有真正发生在任何一个实验对象身上。然而他们也没有仔细而理智地检查他的整个实验。

校方禁止他继续研究后没多久，韦斯特向我坦白，他决定通过某些手段去搞几具新鲜的人类尸体，秘密进行他不再能够公开去做的实验。听他讲述那些手段和途径实在相当可怖，因为我们在学校里还没亲手碰过人体解剖的标本。每次停尸房无法提供足够的尸体时，两名本地的黑人就会来解决难题，而且很少有人会向他们提问。韦斯特当时是一位瘦削、矮小、戴眼镜的年轻人，五官秀气，黄头发，浅蓝色眼睛，声音柔和，听他探讨教会公墓和义冢各自相对而言的优劣，那种感觉相当离奇怪诞。我们最终的决定是义冢，因为在教会公墓下葬的尸体都经过防腐处理，对韦斯特的研究来说是毁灭性的破坏。

我当时受到他的蛊惑，成为他积极热心的助手，帮助他做出所有的决定，这些决定不但和尸体来源有关，还牵涉到为我们可憎的工作寻找一个合适的地点。正是我想到了牧场山另一侧查普曼家已经荒弃的农舍，我们在底楼改造出了手术室和实验室，全都挂上黑色窗帘，用来遮掩我们半夜三更的行径。尽管这个场所远离任何道路，但万一有人夜里闲逛时路过，传出见到奇怪灯光的流言，很快就会给我们的事业带来灭顶之灾。我们商量决定，若是不幸被发现，就说这里是座化学实验室。我们逐步给这个邪恶的科学窝点添置了各种物资，这些东西或是在波士顿购买的，或是从学校里不声不响地借来，经过细致的伪装，除了专家之外谁也认不出它们是什么。我们还为有可能必须在地下室完成的埋葬工作配备了铁锹和锄头。在大学里我们有焚尸炉可用，但对这座非法实验室来说，这些设备过于昂贵了。如何处理尸体向来令人头疼，就连韦斯特在寄宿公寓房间里做小型秘密实验时产生的豚鼠尸体也都是个难题。

我们如食尸鬼一般密切关注本地的死亡消息，因为我们对样本品质有着苛刻的要求。我们要的是死后不久就落葬的尸体，而且没做过人工防腐处理，最好不曾患过致畸的疾病，所有器官当然必须都在。我们将最大的希望寄托在意外丧生的死者身上。我们诡称代表学院，在不会引起怀疑的前提下尽可能频繁地向停尸房和医院的管理者打探情况，但一连许多个星期都没有听说任何合适的对象。我们发现学院在任何情况下都有优先选择的权利，因此有必要在夏季依然留在阿卡姆，到时候只有暑期短班还在授课。最后，幸运女神终于眷顾了我们：一天，我们听说有个近乎理想的对象出现在义冢。那是个健壮的年轻工人，前一天上午刚刚在萨姆纳池塘溺亡，靠市政厅的经费下葬，既没有拖延时间也没做防腐处理。当天下午，我们找到了那处新坟，决定午夜过后就开始挖掘。

我们在漆黑深夜做出的事情实在令人厌恶，尽管当时还缺乏后续经历所带来的对墓地的特定恐惧情绪。我们带着铁锹和煤油提灯，虽然已经有厂商在制造手电筒了，但它们远不如今天使用钨丝的型号那么令人满意。挖掘的过程缓慢而肮脏，假如我们是艺术家而非科学家，或许会说它拥有某种阴森的诗意，当铁锹总算碰到木头的时候，我们只感到大喜过望。松木棺材彻底显露出来之后，韦斯特爬下去掀开盖子，拖出其中的尸体并把它立起来。我伸手将它拽出墓穴。韦斯特和我随后又挥汗如雨地将坟墓恢复成原先的样子。做这些事让我们心情紧张，见到这第一个战利品那僵硬的尸身和茫然的面容时尤其如此，但我们还是想方设法抹掉了挖掘留下的所有踪迹。拍实最后一铲土后，我们将实验对象装进帆布袋，返回牧场山另一侧查普曼家的老屋。

古老的农舍里，乙炔灯耀眼的光芒下，实验对象躺在我们自建的解剖台上，看上去并不特别可怕。它曾经是个强壮但似乎没什么头脑的年轻人，身体强健的庶民，大骨架，灰眼睛，棕色头发——身体毫无瑕疵，心灵谈不上有深度，很可能过着最淳朴和最健康的生活。它闭着眼睛，更像是睡着而非死去，不过我的朋友很快就用专业的测试手段排除了睡着的可能性。我们终于得到了韦斯特长久以来渴求的东西：状态理想的死者，准备着接受根据最仔细的计算和推断而制备的人用注射液。我们的心情忐忑得难以形容。我们知道完全成功的可能性微乎其微，因此难以掩饰对很可能极为怪诞的部分复生之结果的悚然恐惧。我们特别担心的是这个生物的意识和本能冲动，因为在死亡后的那段时间里，较为精细的那些脑细胞很可能开始坏死。我本人对所谓“灵魂”的传统观念还持有一些古怪的念头，满怀敬畏地期待着死后复活的人或许能吐露什么秘密。我想知道这个平静的年轻人在我们无法抵达的境界见到了什么，假如能够完全复生，他又有可能叙述什么。然而我的好奇心并没有强烈得压倒一切，因为大体而言，我和我的朋友都是唯物主义的信徒。韦斯特比我更加冷静，将他配制的大量液体注入尸体手臂上的一条血管，然后立刻紧紧包扎住那个破口。

随后的等待令人毛骨悚然，但韦斯特始终不曾动摇。他不时将听诊器压在实验对象身上，沉着地接受一次次否定的结果。四十五分钟过后，尸体没有表现出任何生命迹象，他失望地宣布这种药剂没有用处，但决定利用这次天赐良机，在销毁可怕的战利品之前尝试更改一次配方。那天下午我们已经在地下室挖好了墓穴，黎明前就可以把尸体埋进去，不过我们还是给屋子上了锁，排除被人发现这幕阴森景象的最后一丝风险。另外，到了明天晚上，尸体就远远称不上新鲜了。因此，我们带着唯一的乙炔灯来到隔壁的实验室，把那位沉默的客人留在黑暗中的木板上，将全部精神都放在调制新的药剂上。韦斯特以近乎狂热的细致态度监督整个称重和测量工作。

可怖的转折发生得非常突然，而且完全出乎意料。我正从一个试管向另一个试管转移液体，韦斯特伏在我们在这幢不通煤气的建筑物里用来代替本生灯的酒精喷灯上方忙碌，这时从先前离开的漆黑房间里爆发出了我们两人从未听到过的最骇人、最邪恶的一连串嚎叫声，就算地狱敞开大门，释放出受罚者的痛苦惨叫，也不可能比这个恐怖的喧闹怪声更加无可名状了，因为就在单独一个难以想象的刺耳啸声里，集中了有生命力的大自然所拥有的全部无与伦比的恐惧和异乎寻常的绝望。那不可能是人类，人类不可能发出这样的声音，韦斯特和我根本没有想到不久前从事的工作可能导致的结果，两人像受惊的动物般蹿向最近的一扇窗户。我们撞翻了试管、乙炔灯和曲颈瓶，疯狂地跳进乡村夜晚那群星闪耀的黑暗深渊，一路跌跌撞撞地向市区狂奔，我猜我们自己也在不断尖叫。进入城郊住宅区后，我们好不容易做出镇定的样子，看上去像是两个寻欢作乐后踉跄回家的深夜酒徒。

我们没有分开，而是艰难地回到韦斯特的房间，点亮煤气灯，压低声音交谈到天亮。这时我们已经用理性的推断和调查的计划让自己稍微冷静了一些，于是睡了一整个白天，翘掉了当天的全部课程。然而那天晚上的报纸上有两条全然无关的新闻使得我们再次辗转反侧难以入眠。荒弃已久的查普曼家老屋难以解释地失火，烧成一堆辨认不出形状的灰烬。这条新闻我们能够理解，起因应该是被打翻的乙炔灯。

另外一条消息是，有人试图挖开义冢的某个新墓穴，但这个人没有铁锹，只在泥土里徒劳地留下了手扒的痕迹。这条新闻令人无法理解，因为我们明明非常仔细地拍实了那个坟墓。

接下来的十七年里，韦斯特总是频频回头张望，抱怨说背后似乎有脚步声。现在他失踪了。

—II—

瘟疫恶魔

我绝不可能忘记十七年前那个骇人的夏天，伤寒就像从魔王伊布力斯的厅堂里逃出来的邪恶精灵，昂首阔步地行走于阿卡姆的街巷之间。人们回忆那一年，首先想到的就是那场恶魔般的天灾，因为长着蝙蝠肉翅的恐怖怪物踞伏于教会公墓坟茔中的成堆棺材之上。然而对我来说，那段时间还有一件更可怖的事情在折磨我，如今赫伯特·韦斯特已经失踪，知情者只剩下了我一个人。

韦斯特和我在米斯卡托尼克大学医学院暑期班从事研究生的工作，我的朋友搞坏了自己的名声，因为他的试验目标是复活死者。他以科学之名屠杀了数不胜数的小动物，对此事有所疑虑的院长艾伦·哈尔西博士最终下令叫停了这项令人毛骨悚然的研究。但韦斯特继续在他邋遢的寄宿公寓房间里进行秘密实验，还在一个我永远无法忘记的恐怖场合从义冢偷走了一具人类尸体，带到牧场山另一侧的荒弃农舍里。

我也在那个可憎的场合，眼看着他将他认为能够在某种程度上复苏生命的化学和物理过程的灵药注射进尸体的血管。事情的结局非常可怕，吓得我们几乎精神错乱，但后来逐渐归咎于绷得太紧的神经，然而韦斯特从此再也无法摆脱一种足以逼人发狂的感觉——他被人跟踪和追杀。那具尸体不够新鲜。想要让死者恢复正常神志，尸体显然必须非常新鲜。古老农舍已毁于火灾，这使得我们无法埋葬那东西。要是能够知道它确实已经入土为安就好了。

那次实验过后，韦斯特有一段时间中断了他的探寻，但热忱还是慢慢回到了这位天生的科学工作者身上，他再次去纠缠学院的管理层，恳求他们允许使用解剖室和新鲜的人类尸体，让他完成心目中重要得无与伦比的研究工作。但他的恳求完全徒劳无功，因为哈尔西博士的决心不可动摇，而其他教授都很尊重领导者的裁断。他们在复生死者的激进理论里只看到了一个年轻的盲信者不成熟的异想天开，他瘦小的身体、黄色的头发、眼镜后的蓝眼睛和柔和的声音让他们忽略了他冷静的头脑所蕴含的超乎寻常甚至恶魔般的力量。我看得出他现在和当年一样，这令我颤抖。他的面容变得越来越坚定，一天也没有变老。如今塞弗顿精神病院出了祸事，而韦斯特失踪了。

在我们毕业前的最后一个学期临近结束时，韦斯特和哈尔西博士有过一场很不愉快的冲突，冗长的争论使得他至少在礼节方面输给了和蔼的老院长。他觉得他伟大得超凡绝伦的工作遭受了不必要和非理性的阻挠。他当然可以在未来适合的时候投身于这项工作，但他希望能在尚能动用学院里那些极为先进的设施时就早早开始。被传统束缚手脚的老人无视他在动物身上取得的卓越成果，固执己见地否定复生死者的可能性，对秉持逻辑的年轻人韦斯特来说几乎不可理喻。只有在更加成熟之后，他才得以理解“教授-博士”这种人为何会习惯性地限制自己的思维，那是一代又一代可悲的清教徒传统沿袭的产物：他们亲切、有良知，时常表现得文雅而和蔼，但总是狭隘、偏执，受到习俗的束缚，缺乏洞察力。时代对这些灵魂高洁的无能之辈总是更加仁慈，他们最糟糕的缺点无非是胆怯，最终受到的惩罚也只是因为智性上的罪孽被大众嘲笑，这些罪孽包括托勒密学说、开尔文学说、反达尔文学说、反尼采学说、形式各异的严守安息日主张和过度规范行为的立法。韦斯特尽管有着了不起的科学成就，但年纪太小，对和蔼的哈尔西博士和他那些有学问的同事没什么耐心。他的怨恨情绪越来越强烈，他渴望用惊人的、戏剧性的手段向这些固执的杰出人士证明他的理论。和许多年轻人一样，他沉迷于情节复杂的白日梦，其中有复仇、凯旋和宽宏大量的原谅结局。

就是在这个时候，致命灾祸狞笑着走出了塔耳塔罗斯的噩梦洞窟。韦斯特和我差不多就在瘟疫开始时毕业，但留在学校里为暑期班做一些额外的研究工作，因此当它以恶魔般的狂怒蹂躏阿卡姆时，我们就在这座城市里。尽管我们尚未考取医师执照，但已经拿到学位，在病患数量激增时狂热地投入了公共服务部门。局势已然不可收拾，死亡病例频繁得超过了本地殡葬业的处理能力。不经防腐处理就举行的葬礼一场接着一场，连教会公墓的临时停尸窖里都塞满了装着未经防腐处理的尸体的棺材。如此境况对韦斯特并非毫无作用，他时常会想到造化弄人的讽刺性——这么多新鲜的样本，却没有一具供他备受阻挠的研究使用！我们劳累得可怕，糟糕的精神状态和时刻绷紧的神经让我的朋友陷入病态的阴郁状态。

但另一方面，令人疲惫的职责也没有放过韦斯特那些温文尔雅的敌人。学校暂时关闭，医学院的每一名医生都去协助抵抗伤寒疫病了。哈尔西博士的无私奉献尤其灿烂夺目，他全心全意地将他的高超技艺用在其他人因危险或看似无可挽救而远避的病例上。不到一个月，勇敢的院长就成了一位广受拥护的英雄，而他似乎对名声毫不在意，竭尽全力地工作，不让自己因为肉体的疲惫和精神的消耗而倒下。韦斯特无法掩饰他对这位坚韧不拔的敌人的敬佩，但正因为这样，他更加坚决地想向院长证明他那套不可思议的理论了。一天夜里，他利用校内工作和市政卫生制度严重混乱的局势，想办法将一具亡故不久的尸体偷运进大学的解剖室，在我的视线下给它注射了调整后的新药剂。那东西真的睁开了眼睛，但只是呆呆地盯着天花板，眼神里的恐惧足以石化灵魂，随即又恢复失神状态，无论如何都无法再次唤醒。韦斯特说它不够新鲜——炎热的夏季气候不利于保存尸体。我们火化了那东西，险些被发现，韦斯特对于他大胆滥用学院实验室这种行为的明智性产生了怀疑。

瘟疫在八月份达到巅峰。韦斯特和我近乎丧命，哈尔西博士于十四日逝世。所有学生都参加了十五日匆忙举办的葬礼，他们购买了一个堪称壮观的花圈，但在富裕的阿卡姆市民和市政厅赠送的礼物面前相形见绌。葬礼几乎成为一场公共事件，因为院长确实为公众利益献出了生命。葬礼结束后，我们的情绪都有些消沉，在商会酒吧度过了那天下午。尽管头号对手的去世使得韦斯特心烦意乱，但说出口的却都是他那些恶名远扬的理论，听得所有人都不寒而栗。傍晚来临，大多数学生不是回家就是忙各自的事情去了，但韦斯特说服我协助他“好好利用这个夜晚”。凌晨两点，韦斯特的女房东看见我们回到他的房间，我和他之间夹着第三个男人。她对丈夫说我们看起来都吃饱喝足了。

这位尖酸的女房东显然没说错，因为凌晨三点，从韦斯特房间传出的叫声唤醒了整幢屋子，其他人破门而入，发现韦斯特和我躺在血迹斑斑的地毯上不省人事，身上有被殴打、抓挠、撕扯的伤痕。韦斯特的药剂瓶罐和实验工具的碎片被扔得到处都是，只有一扇敞开的窗户能够说明袭击者的下落，他必定从二楼令人惊诧地直接跳到了底下的草坪上，众人感叹于他接下来居然还能爬起来逃跑。房间里有一些古怪的衣物，韦斯特恢复知觉后声称它们不属于那位陌生人，而是在研究细菌性疾病的传播时搜集用来分析病原体的标本。他命令他们以最快速度将它们扔进宽敞的壁炉焚毁。我们两人都对警方说我们不知道那位失踪酒友的身份。韦斯特惴惴不安地说，那是一名相谈甚欢的陌生人，我们在市里一个位置不确定的酒吧里认识了他，三人相处得颇为愉快，韦斯特和我不希望警察去搜捕那位好斗的酒友。

同一个夜晚见证了阿卡姆第二轮恐怖事件的开始，这场事件在我看来超过了瘟疫本身。教会公墓成为可怖杀戮的现场：一名守夜人被手爪生撕而死，犯罪手法不仅骇人得无法用语言描述，而且引起了行事者是不是人类的疑虑。受害者在午夜过后很久还被人见到活得好好的，但黎明的光线揭示了那惨不忍睹的景象。警方讯问了邻近城镇玻尔顿的一名马戏团老板，他发誓称从没有野兽从笼子里逃脱。发现尸体的人注意到地上有沾血的印记通往临时停尸窨，铁门外的水泥地上还有一小摊血迹。比较模糊的沾血印记从停尸窨通往树林，但顺着走下去没多久就完全消失了。

第二天夜里，恶魔在阿卡姆的屋顶上狂舞，非自然的疯狂在风中咆哮。诅咒在热病肆虐的城市中蠕行，有人说它比瘟疫更加致命，还有人压低声音说那就是瘟疫本身的具现魔魂。无可名状的怪物闯进八幢房屋，传播着猩红色的离奇惨死——无声无息潜行于室外的暴虐怪物留下了十七具损毁得不成样子的残缺尸体。有几个人在黑暗中隐约瞥见了它的身影，称它呈白色，状如畸形猿猴或人形邪魔。它不是每次都会留下被袭击者的全尸，因为有时它恰好感到饥饿。它亲手杀死了十四个人，另外三具来自在家中逝世的病人。

第三天夜里，几支惶恐不安的搜寻队由警方率领，在米斯卡托尼克校园附近克雷恩街的一幢房屋里捕获了它。他们细致地组织行动，通过驻守电话局的志愿者保持联络，大学区域内有人报告称抓挠声从一扇闭合的窗户背后传来，他们立刻布下天罗地网。大众提高了警惕，加上完备的预防措施，使它只多杀死了两名受害者，抓捕行动很成功，没有造成重大伤亡。一颗子弹最终阻止了那怪物，但没有杀死它，人们在普遍的激动和嫌恶情绪中将它送进当地医院。

因为它曾经是人类，这一点儿毫无疑问，尽管它令人作呕、不会说话、形若猿猴又残忍如恶魔。医生给它包扎伤口，把它送进塞弗顿的精神病院，它在带软垫的牢房里以头叩墙十六年——直到不久前祸事发生，它在极少有人愿意提及的情形下逃跑。最让阿卡姆的搜寻人员感到厌恶的是怪物的脸被洗干净之后，他们注意到一个堪称嘲讽的事实：它难以置信地酷似仅仅三天前落葬的那位博学多才、勇于牺牲的烈士。已故的艾伦·哈尔西博士，民众的恩人，米斯卡托尼克大学医学院的前院长。

对我和现已失踪的赫伯特·韦斯特来说，厌恶和惊惧达到了无以复加的地步。直到今晚，我想到时依然会不寒而栗。但那天早晨我颤抖得更加厉害，因为韦斯特在绷带底下喃喃自语：

“真该死，还是不够新鲜！”

–III–
午夜的六声枪响

当一颗子弹应该就已经足够的情况下，一口气打空左轮手枪里的全部六颗子弹，这种事并不寻常，然而赫伯特·韦斯特一生中有许多事情都称不上正常。举例来说，一位初出茅庐的年轻医生不得不掩饰他用来选择住处和办公室的指导原则，这种事恐怕非常少见，然而赫伯特·韦斯特的情况正是如此。他和我在米斯卡托尼克大学医学院获得学位后，以全科医师的身份执业，缓解我们的贫穷问题，但我们想方设法对外隐瞒我们选择那幢房屋其实是因为它相当偏僻，而且不可能更加靠近义冢了。

如此三缄其口的人很少没有自己的理由，我们也不例外，因为我们的要求出自一项极其不受欢迎的毕生事业。从表面上看，我们仅仅是医生，但在伪装之下，我们追求的目标要远大和可怖得多，因为赫伯特·韦斯特的生活意义就在于探寻未知禁忌的黑暗领域，他希望能够解开生死的奥秘，将永恒的生命火花重新赋予墓园的冰冷黏土。这样的探寻需要怪异的材料，其中有一样正是新鲜的人类尸体。为了能够持续获得这种不可或缺的材料，我们必须悄无声息地生活在靠近非正式殡葬场所的地方。

韦斯特和我在大学里结识，只有我一个人对他那些骇人实验有所共鸣。我逐渐成了与他形影不离的助手，大学毕业后，我们必须待在一起。找一个能让两名医生搭伙开业的好地方并不容易，但大学的影响力最终帮我们在玻尔顿找到了执业场所，玻尔顿是大学所在地阿卡姆附近的一个工业城镇。玻尔顿精纺厂是米斯卡托尼克河谷最大的纺织企业，说着各种语言的雇员不是当地医生喜闻乐见的患者。我们花了些心思寻找住处，最后选中了离庞德街尽头不远的一幢破败农舍，最近的邻居也在五个门牌号之外，同时与本地义冢仅仅隔着一片牧场，北面浓密森林伸出来的一段狭地将牧场一分为二。距离比我们期待中的要远，想靠得更近就只能去牧场的另一侧了，而那里不在工业区的范围内。但我们并没有气馁，因为我们和实验材料的险恶供应地之间不存在其他住户。虽然路途有点长，但我们可以不受打扰地运送那些不会发出声音的样本。

我们的生意从一开始就很兴旺，足以让绝大多数年轻医生喜出望外，也足以给真正兴趣放在别处的新手造成烦人的负担。纺织工人的性格往往比较暴躁，自然因素导致的病症本已为数不少，他们三天两头的殴斗互刺又给我们增添了大量工作。然而真正占据我们头脑的是在住处地下室架设的秘密实验室，那里有电灯照亮的长台，我们在夜深人静时将韦斯特调配的各种药剂注射进从义冢拖回来的尸体的血管。韦斯特发疯般地做实验，想找到能在被称为死亡的过程中止一个人的生命活动后重新启动它的方法，但绝大多数时候遭遇的都是可怖的挫折。不同类型的实验对象需要的药剂成分各不相同，对豚鼠有效的药剂对人类无效，而不同的人类样本也需要大幅度地修改配方。

尸体必须极为新鲜，脑组织最轻微的腐烂也会导致尸体无法完美复生。事实上，最大的问题就是能不能搞到足够新鲜的尸体——韦斯特在大学里秘密研究时使用过陈旧的尸体，给我们带来了非常可怕的经历。部分或不完美复生的结果比彻底失败更加骇人，我们对这种情况都有着令人恐惧的回忆。自从在阿卡姆的牧场山那座荒弃农舍完成第一次恶魔般的尝试之后，我们就总感觉某种威胁在周围孕育。韦斯特这个金发蓝眼的冷静科研人员，在绝大多数方面都像一台机器，却坦白称他经常会有被偷偷跟踪的战栗感觉。他隐约觉得有人尾随他，那是神经受到震荡后产生的心理幻觉，我们复生的样本至少有一个还在活动的事实更是加深了如此印象，那个可怖的食肉怪物就关在塞弗顿精神病院有软垫的牢房里。除了它还有另一个，就是我们的第一个实验对象，我们始终不知道它的具体下落。

来到玻尔顿，我们在获取实验材料这方面运气很好，比在阿卡姆的时候好多了。安顿下来还不到一周，我们就在下葬当天挖出一具意外身亡的尸体，在药剂失效前使得它睁开眼睛，流露出理性得惊人的表情。尸体缺少一条手臂，假如它完好无损，我们或许能更加成功。从那次到来年一月之间，我们还搞到了三具尸体：一例彻底失败，一例肌肉运动显著，另外一例令人胆寒——它爬起来发出了某种声音。接下来的一段时间，我们运气不佳，下葬的人数大幅度减少，即便有，也是重病患者或损毁得过于严重而无法使用。我们一直系统性地关注所有死亡事件及其发生情形。

三月的一天夜里，我们出乎意料地得到了一个并非来自义冢的实验对象。清教徒思想在玻尔顿占据主流，因此宣布拳击是一项非法运动，得到的结果可想而知。纺织工人经常在疏于管理的情况下偷偷摸摸对打，低级别的职业选手偶尔参与其中。冬末的那天深夜，这样的一场比赛酿成了灾难性的后果，两个胆怯的波兰人找到我们，语无伦次地低声恳求我们去秘密救治一名情况危急的伤员。我们跟着他们走进一座废弃的谷仓，一群尚未散尽的惊惶外国佬盯着地上一个毫无声息的黑色人影。

拳赛双方分别是基德·奥布莱恩——一个粗壮的年轻人，此刻正在瑟瑟发抖，长着特别不像爱尔兰人的鹰钩鼻——和“哈莱姆黑烟”巴克·罗宾逊。黑人被打得不省人事，短暂检查后我们知道他永远也醒不过来了。他模样可憎，貌如猩猩，手臂长得异乎寻常，我忍不住要称之为前腿，面容会让你想起刚果无法言喻的秘密和怪异月色下的单调鼓声。这具身躯在活着的时候肯定更加难看，让你感叹这世界竟然孕育出了那么多丑陋之物。恐惧笼罩着整个可怜的人群，因为他们不知道若是事情败露，法律会给予他们何等惩罚。韦斯特主动提出帮他们悄悄处理掉尸体，众人感激涕零，我却不由自主地颤抖起来，因为我很清楚他的目的。

明亮的月光照着没有积雪的大地，我们给尸体穿上衣服，左右夹着他穿过空无一人的街道和牧场回家，我们在阿卡姆的一个恐怖夜晚也曾这么将相同的东西带回家里。我们穿过牧场从后门进屋，抬着尸体走下通往地窖的楼梯，为习以为常的实验做好准备。我们对警察畏惧得堪称荒谬，幸好将时间卡得准确无比，避开了那个片区唯一的巡警。

结局是令人疲惫的虎头蛇尾。我们的战利品可怕地躺在那里，对于注射进他黑色手臂的所有药剂都毫无反应，这些药剂都是根据我们在白种人尸体上做的实验配制的。随着时间逐渐危险地接近黎明，我们像处理其他尸体一样处理了它——拖着它穿过牧场，来到靠近义冢的那片森林狭地，尽可能在冰冻的土地上挖了个坑，把它埋进土里。墓坑不是很深，但在埋葬先前那些样本时已经够用，其中包括爬起来发出声音的那具尸体。我们借着提灯的亮光，仔细地用落叶和枯藤盖住坟墓，相当确定警察绝对不会在这么浓密的森林里发现它。

第二天我对警方的担忧变得越来越强烈，因为一名患者带来了有人私自斗拳致死的流言。韦斯特还因为另一件事而苦恼，因为下午他应召出诊，结果非常不妙。一名意大利女人歇斯底里发作，诱发了往往与心力衰竭相关的危险症状，起因是她儿子失踪了，那个五岁的孩子清晨出门，没有回家吃午饭。如此歇斯底里发作当然很愚蠢，因为那个男孩以前也经常乱跑，但意大利农民极为迷信，更让这个女人烦忧的是预兆而非事实。当天傍晚七点左右，她去世了，她发狂的丈夫企图杀死韦斯特，胡乱指责韦斯特没能救活她，场面颇为吓人。他拔出短剑，朋友们拦住了他，韦斯特在他非人类的尖叫、诅咒和复仇誓言之中落荒而逃。男人在最后爆发的狂怒中似乎忘记了他的孩子。夜幕已经降临，孩子依然无影无踪。有人建议去树林里搜寻，但那家人的大多数朋友正忙着处理死去的女人和尖叫的男人。两者加起来，绷紧韦斯特神经的力量肯定无比巨大。警方和疯狂意大利人都让他的思想背上了沉重的包袱。

我们十一点儿左右休息，但我睡得很不好。玻尔顿尽管是个小城镇，但警察出色得惊人。我忍不住忧心忡忡，若是警方查明了前一晚的勾当，我们的处境将变得非常糟糕，在本地的工作势必只能草草收场，很可能还会毒害韦斯特和我的职业生涯。我很不喜欢四处传播的非法斗拳的流言。钟敲三点，月光照着我的眼睛，但我只是翻了个身，没有起身拉窗帘。而就在这时，后门上响起了持续不断的嗒嗒声。

我躺着一动不动，有点不知所措，没过多久，我听见韦斯特敲响我的房门。他裹着睡袍，脚穿拖鞋，手握左轮手枪和手电筒。看见左轮手枪，我明白他更担心发疯的意大利人，而不是警察。

“咱们最好一起去，”他压低声音说，“硬是不开门也不是个办法，再说也有可能是病人——只有那些傻瓜才会敲后门。”

于是我们蹑手蹑脚地下楼梯，心中的恐惧感一半有正当理由，另一半仅仅来自深夜这个怪异时间对灵魂的影响。嗒嗒的声音还在继续，而且变得越来越响。走到门口，我小心翼翼地拉开门闩，然后猛地推开门，月光如流水般照亮了一个被勾勒出轮廓的黑影，而韦斯特做了一件特别的事情。尽管这么做无疑冒着引来关注的风险，甚至会让我们恐惧的警方调查落在我们头上——幸亏这幢农舍相对偏僻，因此才没有招致如此后果——我的朋友突如其来地、情绪激动地、同时也是毫无必要地把左轮手枪里的六颗子弹全打在了这位深夜访客身上。

来者既不是意大利人也不是警察。鬼魅般的月光下，骇人地耸立于我们面前的是个畸形的庞大怪物，只有在噩梦中才有可能想象出它的模样——它眼神呆滞，皮肤墨黑，几乎四肢着地，浑身泥土、树叶和枯藤的碎块，散发着板结血液的臭味，寒光闪烁的牙齿间咬着一条雪白的圆筒状可怖物体，这个物体的尽头是一只小手。

—IV—

死者的尖叫

死者的尖叫使我新增了对赫伯特·韦斯特医生的强烈恐惧，并且导致我们结伴研究的后面那些年关系破裂。死者的尖叫会造成恐惧，这是自然而然的事情，因为那无疑不是令人愉快或稀松平常的事情，但我已经习惯了类似的经历，故而这一次之所以会留给我深刻的印象，完全是因为它极为特殊的情况。另外，如前所述，让我感到畏惧的并不是死者本身。

赫伯特·韦斯特，我是他的朋友和助手，他对科学的兴趣远远超出了一名乡村医生日常的工作内容。因此，他在玻尔顿执业开诊的时候，才选择了靠近义冢的一幢偏僻房屋。简而言之，韦斯特唯一感兴趣并为之投入全部精力的秘密研究事关生命现象及其中止过程，目标是通过注射某种刺激性药剂来使死者复生。为了完成这个可怕的实验，我们必须源源不断地获取非常新鲜的人类尸体。要非常新鲜是因为哪怕最轻微的腐败也会不可救药地破坏大脑结构，要人类尸体是因为我们发现必须按照不同类型的有机体调制不同成分的药剂。我们杀死和处理了数以百计的兔子和豚鼠，但那条途径是个死胡同。韦斯特从来没有完全成功过，因为我们始终未能搞到一具足够新鲜的尸体。他想要的是生命刚刚消逝的尸体，每一个细胞都完好无损，有能力接受刺激，恢复我们称之为生命的运动状态。定期注射药剂有希望能让重获新生的人工生命永远延续下去，但我们已经确定，这个过程对一般的自然生命不起作用。为了建立人工的生命活动，自然生命必须终结——实验对象必须非常新鲜，但也必须经历真正的死亡。

韦斯特和我在阿卡姆市米斯卡托尼克大学医学院念书时，第一次明确地认识到了生命的本质完全是机械性的，从而开始了这项令人敬畏的探寻。那已经是七年前的事情了，然而韦斯特看上去一点儿也没有变老，他依然身材瘦小，脸刮得干干净净，说话声调柔和，戴着眼镜，冰蓝色的眼睛里偶尔闪过寒光，说明在可怖的科学研究的重压下，他的心肠变得越来越硬，性格越来越狂热。我们常目睹极为骇人的情景：有缺陷的复生过程会造成可怕的结果，墓地里的成块黏土被生命药剂的各种配方唤醒，产生病态、非自然和不受大脑支配的怪异动作。

一具尸体发出足以粉碎神经的尖叫；另一具陡然暴起，将我们两个打得不省人事，以令人震惊的方式疯狂杀戮，最终被关进精神病院的牢房；还有一具，一个令人憎恶的畸形怪物，用手爪扒开浅坟，犯下可怕的罪行——最后韦斯特不得不对它开枪。我们搞到的尸体不够新鲜，复生后没有显露出任何理性的征兆，因此只会创造出无可名状的恐怖怪物。想到制造出的怪物有一个或两个依然活着，我就感到非常不安，这个念头如附骨之疽般折磨着我们，直到韦斯特终于在可怕的情形下失踪。然而当死者的尖叫在玻尔顿那幢偏僻农舍的地窖实验室里响起时，我们的恐惧尚屈服于对极度新鲜的实验对象的渴望。韦斯特比我更加急切，我觉得他见到特别健康的活人身体时会流露出近乎贪婪的眼神。

一九一〇年七月，我们在实验对象方面的坏运气开始逆转。我去探望伊利诺伊州的父母，待了很长一段时间，回来时发现韦斯特处于某种奇特的得意状态。他兴奋地告诉我，他很可能从一种全新的角度解决了新鲜的难题，这条途径是人工保鲜。我知道他正在研究一种高度不寻常的新防腐剂，得知他有了进展也并没有大吃一惊。然而当他向我解释细节后，我对这么一种防腐剂如何能协助我们完成研究产生了怀疑，因为实验对象那烦人的腐败问题主要源于我们无法及时得到它们。现在我明白了，韦斯特也清楚地认识到了这个问题。他发明这种防腐剂是为了将来，而非立刻使用。他相信命运会再次赐予我们一具非常新鲜且未经埋葬的尸体，就像几年前在玻尔顿非法拳赛中死去的那个黑人。命运终于眷顾了我们，此刻在地窖秘密实验室里就躺着一具尸体，它的腐败过程无论如何都不可能开始。复生时会发生什么，我们能否寄希望于唤醒理性意识，韦斯特不愿妄自揣测。这次实验将是我们研究中的里程碑，他特地保留这具新的尸体，等待我的回归，这样我就能够以早已成为惯例的方式分享这次的奇观了。

韦斯特向我讲述他得到这个实验对象的过程。它曾经是个健壮的男人，一位衣着得体的陌生人，他刚下火车，要去玻尔顿精纺厂洽谈业务。穿过城镇的这段路走起来很长，旅行者来到我们的农舍，询问去工厂的路该怎么走，这时他的心脏已经不堪重负。他拒绝服用兴奋药剂，但仅仅片刻之后就忽然倒地而死。可想而知，韦斯特将这具尸体视为上帝恩赐的礼物。在他和陌生人的短暂交谈中，韦斯特知道玻尔顿没人认识他。搜查他的衣袋后，韦斯特得知他叫罗伯特·勒维特，来自圣路易斯，家庭成员不会立刻来查探他为何失踪。假如这个人无法恢复生命，谁也不会知道我们的实验。我们总是将实验材料埋在农舍和义冢之间的一片浓密森林里；但假如他真的起死回生，我们将声名鹊起，获得永久性的地位。因此，韦斯特毫不迟疑地将防腐剂注射进尸体的手腕，让它保持新鲜，等待我的归来。死者也许患有心脏衰弱的问题并没有给韦斯特带来什么困扰，尽管我心里觉得它有可能危及我们实验的成功。他希望这次能够得到以前从未得到过的结果：重新点燃的理性之火，甚至一个活生生的正常造物。

就这样，一九一〇年七月十八日的夜里，赫伯特和我站在地窖实验室里，望着一具白色的尸体默默躺在炫目的弧光灯下。防腐剂有效得惊人，我着魔似的盯着那强壮的身体。它在这里躺了两个星期，却没有变得僵硬，我不得不向韦斯特求证，以确定实验对象真的已经死了。他向我欣然发誓，并提醒我记住，我们在使用复生药剂前总会仔细检查实验对象是否还有生命，因为假如原始的生命力还存在，它就不可能产生任何效果。韦斯特开始做预处理的步骤，新实验的错综复杂给我留下了深刻印象，它复杂得让韦斯特无法信任手脚不如他灵活的人。韦斯特禁止我触碰尸体，他首先将一种药剂注射进它的手腕，位置就选在注射防腐剂的针眼旁边。他说这是为了中和防腐剂，让生理系统进入正常的松弛状态，这样复生药剂在注射后就能自由发挥效用了。片刻过后，死者的肢体状况发生改变，开始微微颤抖，韦斯特用类似枕头的东西使劲压住它抽动的面部，直到尸体似乎安静下来才松开，我们可以尝试复生它了。脸色苍白的狂热科学家马马虎虎地做了最后一轮测试，以确定实验对象绝对没有生命迹象，他满意地退回来，最终将精确定量的生命药剂注射进死者的左臂，药剂是当天下午配制的，比起在大学里刚入门时还在摸索的阶段，如今我们配制药剂时要仔细得多。我们等待着成果在第一个真正新鲜的实验对象身上呈现，那种悬念令人疯狂、难以呼吸——我们第一次有理由期待他能张开嘴唇，说出符合理性的话语，甚至吐露它越过不可度量的深渊后见到的奇景。

韦斯特是唯物主义者，不相信灵魂的存在，将所有意识现象都归结为肉体活动的结果，因此他寻求的不是揭开埋藏在死亡屏障另一侧的深渊和洞窟里的骇人秘密。我在理论方面并不完全赞同他，我对先辈的原始信仰本能地保留着一丝怀恋，因此忍不住以极大的敬畏和可怖的期待望着那具尸体。另一方面，我无法完全从记忆中抹除那一声非人类的骇人尖叫，那是在阿卡姆的荒弃农舍里第一次做实验时听见的。

只过了一小会儿，我就意识到这次尝试已不可能彻底失败。一丝血色出现在原本惨白的面颊上，在茂密的沙黄色胡茬底下怪异地扩散。韦斯特的手指一直按在尸体左腕的脉门上，他忽然用力地点点头。几乎与此同时，放在死者嘴唇上方用以探测呼吸的镜子表面出现了雾气。接下来是几次仿佛痉挛的肌肉运动，然后是清晰可辨的呼吸声和胸口的显著起伏。我望着紧闭的眼皮，觉得我见到它在微微颤抖。眼皮随即睁开，露出一双灰色的眼睛，眼神冷静，有生气，但依然缺乏智力，甚至连好奇都没有。

我一时间心血来潮，对着它发红的耳朵悄声提问，问它是否还拥有死后世界的记忆。接踵而至的恐惧将那个图案推出了我的脑海，但我记得我最后提出并重复多次的问题是："你去了哪里？"我到现在也不知道这个问题是否得到了回答，因为它比着嘴型的嘴唇里没有发出任何声音。但我敢确认那一刻我坚定不移地认为它薄薄的嘴唇在无声翕动，构成的音节若是发出声音应该是"只有现在"，但我不知道这几个字有没有意义、是否与我的问题相关。如我所说，那一刻我大喜过望，因为我深信我们实现了一个伟大的目标：复生的尸体第一次在可证的理性驱使下说出了清晰的字词。接下来的一个瞬间，我们对胜利再也没有任何怀疑了。毫无疑问，药剂真的见效了，它完成了恢复死者理性和人工重建生命的使命　　哪怕仅仅是暂时的。然而，正是这个成功使我陷入了万劫不复的恐惧——恐怖的来源不是说话的尸体，而是我见证的这件事、我与之共享职业前途的这个人。

因为这具非常新鲜的尸体终于蠕动着令人恐惧地完全恢复了神志，在世间最后一幕留下的记忆中瞪大眼睛，疯狂地挥舞双手与空气殊死搏斗。它突然瘫软下去，第二次也是最后一次不可逆转地彻底死亡，它发出的叫声将永远回荡在我抽痛的大脑里：

“救命！滚开，该死的黄毛小魔鬼——把该死的针头给我拿远点！”

–V–

来自暗影的恐怖

很多人讲述过发生在世界大战的战场上的骇人事件，更不用说出现在印刷物上的了。其中有一些事情能让我昏厥，另外一些使得我因为无法抵挡的呕吐冲动而抽搐，但还有一些会让我不寒而栗，在黑暗中频频回首。然而尽管我知道其中一些最可怕的事情，我却相信本人在此讲述的事情比它们更加丑恶，那令人震惊、悖逆自然、难以相信的来自暗影深处的恐怖魔物。

一九一五年，我是加拿大军团的一名中尉军医，驻扎在佛兰德斯，许多美国人先于政府投入那场规模空前的争斗，我就是其中之一。我加入军队并非出自本人的意愿，只是当享有盛名的波士顿外科专家赫伯特·韦斯特医生入伍后，我身为他不可或缺的助手也自然而然地成了军队的一分子。韦斯特医生渴望能得到机会，以外科专家的身份在世界大战中服役，机会来临时，他几乎违背我意愿地拉着我加入军队。我乐于让战争分开我和他是有原因的，同样的原因使我越来越觉得当一名执业医师和陪在韦斯特身边是令人烦恼的坏事。但他前往渥太华，通过一名同事的影响力获得了担任少校军医的委任状，他下定决心要我像以前一样与他做伴，我无法抵抗他那专横而迫切的劝说。

我前面说韦斯特医生渴望能上战场，用意并非暗示他天生好战或关心文明世界的安危。他向来就像一台有智慧的冰冷机器，体型瘦小，金发蓝眼，戴眼镜。我猜他暗地里还会嘲笑我偶尔显露的尚武热情和对懒散的中间派的严厉谴责。然而，佛兰德斯战场上有他想要的东西，为了获得它，他必须搞到一个军方身份。他想要的并不是绝大多数人想要的东西，而是与医学的某个特定分支关系密切，他一直在颇为隐秘地从事这方面的研究，而且已经取得了令人惊叹、有时甚至骇人的成果。事实上，他需要的正是能够保量供应、被肢解成各种状态的新鲜尸体。

赫伯特·韦斯特需要新鲜尸体是因为他的毕生目标就是复生死者。他迁居波士顿后为他迅速树立名声的上流客户并不知道他的这项研究，而我却知道得清清楚楚，因为我从上米斯卡托尼克大学医学院时起，就是他最亲密的朋友和唯一的助手。他在大学里开始了那些可怕的实验，首先用小动物，后来用以令人震惊的手段获取的人类尸体。他向死物的血管里注射一种药剂，假如尸体足够新鲜，就会以怪异的方式做出反应。他费了很多工夫寻找合适的配方，因为他发现必须为每一类有机体配制相应的刺激药剂，不完美的药剂和不够新鲜的尸体会制造出无可名状的怪物。实验失败的个体有数个依然存活，一个关在精神病院里，另外几个下落不明，每每念及那些能够想象但事实上并不存在的可能性时，连他都会在一贯的冷淡外表下瑟瑟发抖。

韦斯特很快就发现，绝对新鲜是实验对象可用与否的首要先决条件，他相应地采取了违反自然之道的可怕手段来获取尸体。在大学里和我们最初在工业小镇玻尔顿执业期间，我对他的态度大体上是着迷和敬佩。但随着他的手段越来越胆大妄为，对他的恐惧开始啃噬我的内心。我不喜欢他打量健康活人的眼神。随后在地窖实验室那次噩梦般的实验中，我发现有个实验对象在落到他手上时是个活人。那也是他第一次在尸体身上唤醒了理性思维的能力。他以如此可憎的代价换来的成功让他彻底变成了铁石心肠。

至于他在接下来那五年的做事手段，我不敢多说什么。出于纯粹的恐惧，我跟随在他身边，目睹了人类的喉舌无法重述的情形。我逐渐发现赫伯特·韦斯特本人比他做的任何事情都更加可怕，因为我意识到他曾经正常的对延长生命的科研热情已经悄然堕落，变成了彻底病态和食尸鬼式的好奇以及对阴森景象的隐秘爱好。他的兴趣蜕变成了地狱般的邪恶嗜好，他痴迷于残忍而令人憎恶的违背自然的事物。他冷静而得意地欣赏着人造的畸形怪物，正常人见到了会因为恐惧或厌恶而倒地死亡。在苍白的知性外表底下，他变成了一个歌颂人体试验的挑剔的波德莱尔，一个统治着无数坟墓的倦怠的埃拉伽巴路斯。

他面对危险毫不退缩，他犯下罪行时毫不动摇。他证明了他的理论，理性生命能够被重新唤醒，他转而寻求征服新的世界，尝试在实验中复生与身体分离的肢体，我觉得他的疯狂达到了顶点。他在有机体细胞的独立生命特性和与自然生理系统分离的神经组织方面有一些狂野的独创性想法。他获得了骇人的初步成果，从难以描述的热带爬行类动物近乎孵化的蛋里制造出永生不死、人工饲育的组织。他极为迫切地想证明生物学上的两个猜想：首先，在没有大脑的情况下，脊髓和各个神经中枢能否产生任何程度上的有意识和有理性的行为；其次，用手术方法从一个鲜活有机体上分离的各个部分之间是否存在任何形式的无形联系。两项研究都需要大量刚丧命的人类肉体，这就是赫伯特·韦斯特参加世界大战的原因。

不可言说的诡异事情发生在一九一五年三月末的一个午夜，地点是圣埃卢瓦战线后的战地医院。时至今日，我依然怀疑那或许只是一场精神错乱的谵妄噩梦。韦斯特在类似谷仓的临时办公地点东侧有一间私人实验室，他申请称他在研究用全新的先进手段治疗目前无法医治的伤残病例，上头于是把房间分配给了他。他像屠夫一样在他那些沾满血污的器物之间工作，我永远也无法习惯他使用和分类某些东西的轻率态度。他有时候确实能在士兵身上做出堪称奇迹的手术，但他主要的喜悦来自不那么公开和慈爱的另一些事情，这些事情会弄出各种需要大量解释的怪声，哪怕在濒死者的惨叫低语中，那些声音也显得非常特殊。其中包括时常响起的左轮手枪发射声——在战场上当然并不稀奇，但在医院里就格外稀奇了。韦斯特医生复生的实验对象不该长时间存在或被别人看见。除了人类组织，韦斯特还使用了很多爬虫类的胚胎组织，他通过后者获得了一些极为怪异的成果。它比人类组织更适合维持无器官尸块的生命力，而这正是我的朋友目前的主要活动。实验室某个黑暗的角落里，他在一个奇特的孵化加热器上养着满满一缸这种爬行类细胞物质，它们骇人地增殖、膨胀着生长。

我要说的那天夜里，我们得到了一个极好的新实验对象：这个男人既体格健壮，又智力超群，因此必定拥有高敏感性的神经系统。说来颇为讽刺，正是他帮助韦斯特搞到了委任状，在今天之前还一直是我们的同事。更有甚者，他曾经在韦斯特的指导下秘密研究过一些复生理论。埃里克·莫兰德·克拉彭-李爵士，少校，杰出服务勋章获得者，我们部队最优秀的外科医生。战事严峻的消息传到司令部后，他被匆忙调往圣埃卢瓦防区，坐上了由英勇的罗纳德·希尔中尉驾驶的飞机，却在目的地上空被击落。坠机的情形惊人而可怕，希尔的尸体已经难以辨认，伟大的外科医生的头部几乎与身体分离，但除此之外完好无损。韦斯特贪婪地抢走了那具没有生命的死物，罔顾它曾经是他的朋友和同僚。我颤抖着目睹他彻底切下头部放进噩梦般的大缸，用柔软多汁的爬行动物组织防止它腐败，以用于未来的实验，然后在手术台上处理失去头部的躯干。他给它注射新鲜血液，连接无头颈部上特定的静脉、动脉和神经，从一具身穿军官制服但未确认身份的尸体上取下皮肤，缝合在可怖的创口上。我知道他想干什么，他想知道这个高度组织化的身躯在没有头部的情况下，能否显露出任何将埃里克·莫兰德·克拉彭-李和其他人区别开的精神生活的征兆。这具沉默的躯体曾经是复生理论的一名学徒，此刻为了证明这套理论，即将被骇人地唤醒。

直到今天，我依然记得赫伯特·韦斯特如何在不祥的电灯下将复生药剂注射进无头躯体的手臂。我无法用语言形容那一幕景象——要是勉强尝试，我大概会昏过去，因为这个房间充斥着疯狂，它塞满了分门别类存放的人体部位，血液和尸体碎块在黏滑的地板上几乎能没过脚腕，暗影憧憧的角落里，蓝绿色鬼火般明灭的黯淡火焰烘烤着孵化缸，骇人的爬行类畸形组织在里面增殖和冒泡。

正如韦斯特反复评论的那样，实验对象拥有极为出色的神经系统。情况基本上都在预料之中，随着微弱的抽搐动作开始出现，我能看见韦斯特脸上的狂热和兴奋。我猜他准备好了见证他那个越来越坚定的观念：意识、理性和人格能够独立于大脑存在，人类并没有居中连接一切的灵魂，而仅仅是由神经系统驱动的机器，每个部分或多或少都能自我独立地存在。只要有一次成功的示例，韦斯特就可以将生命的奥秘扔进神话的范畴了。躯体抖动得越来越剧烈，在我们渴望的视线下，它开始以令人惊惧的方式撑坐起来。手臂令人不安地搅动，双腿抬起来，各块肌肉以令人厌恶的方式蠕动收缩。紧接着，无头身躯展开手臂，毋庸置疑地做出表示绝望的动作——这种绝望中显露出了智慧，足以证明赫伯特·韦斯特的全部理论。神经系统无疑回忆起了他生前的最后一个动作：挣扎着想从正在坠落的飞机上逃生。

随后发生的事情，我将永远无法确切地知道了。那很可能完全是惊吓导致的幻觉，因为就在那个时刻，德军的炮火如天灾般突然而彻底地摧毁了那幢建筑物——谁能否认呢？因为被证实侥幸逃生的只有韦斯特和我。在他最近失踪之前，韦斯特也情愿这么认为，然而有时候他却做不到，因为我们两人产生相同的幻觉就未免太稀奇了。那个骇人的事件本身非常简单，之所以值得关注仅仅是因为它的蕴意。

手术台上的尸体爬起来，盲目而可怕地摸索着，而我们听见了一个声音。我不敢称那个声音为说话声，因为它实在过于恐怖。然而它最恐怖的地方并不是音调，也不是传达的内容——它只是在尖叫："跳吧，罗纳德，老天在上，快跳吧！"最恐怖的地方是它的来源。

因为它来自阴森角落里遮盖下的那口暗影蠕行的大缸。

–VI–

墓穴军团

一年前赫伯特·韦斯特医生失踪时，波士顿警方仔细盘问过我。他们怀疑我隐瞒了某些事情，甚至怀疑一些更严重的事情。但我无法告诉他们真相，因为他们不可能相信。他们清楚地知道韦斯特与常人可信范围外的一些活动有牵连，因为他复生尸体的骇人实验的规模早已过于巨大，不可能百分之百地保守秘密。但最后那场足以粉碎灵魂的灾祸有着恶魔般幻想的气质，连我都对我见到的事物是否真实有所怀疑。

我是韦斯特最亲密的朋友和他唯一信任的助手。我们多年前在医学院结识，我从一开始就参与了他恐怖的研究工作。他一直在逐步尝试完善一种药剂，将它注射进刚死去的尸体的血管里就能恢复生机。这项艰苦的事业需要大量新鲜尸体，因而牵涉到最悖逆自然的各种行径。更加令人震惊的是某些实验的产物：曾经是尸体的骇人血肉被韦斯特复生，成为盲目、无脑、令人作呕的活物。通常的结果就是这样，而想要唤醒意识，实验对象必须绝对新鲜，精密的脑细胞不能在任何程度上受到腐败的影响。

对非常新鲜的尸体的渴求摧毁了韦斯特的道德观念。新鲜尸体极难获得，在一个可怕的场合下，他在实验对象还生机勃勃地活着时抓住了他。一场搏斗、一根针头和一剂强效生物碱将他变成了非常新鲜的尸体，那次实验大获成功，尽管只持续了令人难忘的短暂一刻，然而韦斯特的灵魂从此变得冷漠而枯萎，他冷酷的眼睛时常用骇人的视线打量感性出众的大脑和格外强壮的身躯。到最后，我对韦斯特产生了强烈的畏惧情绪，因为他开始用这种眼神看我了。别人似乎没有注意到他的视线，但觉察了我的恐惧，并在他失踪后，据此提出了一些极其荒谬的猜测。

事实上，韦斯特心中的恐惧比我的更加强烈，因为他渎神的研究导致他活得鬼鬼祟祟，畏惧每一处阴影。大部分是因为他害怕警察，但有时候他的担忧更加幽深和模糊，关系到他为其注入病态生命力的某些难以形容的事物，而他没有观察到生命力从它们身上消失。他通常用左轮手枪终结那些实验，但有几次他的动作不够快。其中包括第一个实验对象，后来我们在它的墓穴上发现了被手爪刨开的痕迹。还有阿卡姆那位教授的尸体，它犯下了食人罪行，被捕获后以不明身份扔进塞弗顿一家疯人院的牢房，在那里捶打了十六年的墙壁。其他有可能依然存活的实验对象就不那么容易描述了，因为在最后这几年里，韦斯特的科研热忱堕落成了不健康和充满妄想的癫狂，他不再将赋予生命力的技能用在完整的人体上，而是分离的尸块，或者将尸块组合成并非人体的有机物体。韦斯特消失的时候，他的研究已经变成了令人作呕的恶魔行径，很多实验甚至不适合用文字提及。我和他以外科医生身份入伍参加世界大战，加强了韦斯特的这一面。

说起韦斯特对实验对象怀着模糊的恐惧，我特别印象深刻的是它复杂的本质。一方面仅仅是因为知晓如此无可名状之怪物的存在，而另一方面来自担忧它们有可能在特定情形下对他造成的身体伤害。它们的失踪加剧了他对这种可能性的恐惧。韦斯特只知道其中之一的下落，也就是被关在疯人院里的那个可怜东西。他还有一种更难以形容的恐惧——这种极为离奇的情绪来自一九一五年我们在加拿大军队里做的一次怪异实验。韦斯特在炮火连天的战场上复生了埃里克·莫兰德·克拉彭-李爵士，少校，杰出服务勋章获得者，这位外科医生同僚知道韦斯特的实验，所以有可能复制实验。韦斯特切除了尸体的头部，研究躯干内是否有可能存在接近智慧的生命。实验刚取得成功，那幢建筑物就被一颗德军炮弹夷为平地。无头躯干有智慧地动了起来，而与此同时——写出来连我都不敢相信——韦斯特和我都可憎地确信放在实验室阴暗角落的离体头部发出了清晰明白的声音。从某种角度说，那颗炮弹是上帝的慈悲——但韦斯特始终不敢百分之百确定只有他和我侥幸逃生。他偶尔会做出令人毛骨悚然的猜测，想象一个能够复生死者的无头外科医生有可能采取什么行动。

韦斯特失踪前的住所是一幢极为雅致的古老宅院，俯瞰波士顿最古老的坟场之一。他选择此处纯粹为了象征意义和怪异的美学追求，因为那里的绝大多数墓葬都出自殖民时代，对寻求新鲜尸体的科学家来说没什么用处。他请来自异乡的工人在底层地下室秘密搭建了实验室，里面有个巨型焚化炉，用来避人耳目地彻底销毁屋主的病态实验和渎神消遣产出的尸体、尸块和嘲讽自然的合成人体。在挖掘地下室的过程中，工人发现了一些极为古老的石砌结构，它们无疑和古老的坟场有所联系，但埋得太深，对应不上那里已知的任何墓葬。经过计算和思考，韦斯特认为它代表着艾夫里尔家族墓地下的某个密室，他们家族的一名成员于一七六八年下葬。工人用铁锹和锄头挖出了覆盖着硝石的滴水墙壁，我在他细细研究时陪在他身旁，准备好了迎接因揭开埋藏数百年的墓穴秘密而产生的可憎的激动情绪。但韦斯特最近出现的胆怯情绪第一次征服了他与生俱来的好奇心，他背叛了自己正在堕落的本性，命令工人不要去碰那些石砌结构，重新用石膏封好，因此它们一直保存到了最后那个地狱般的夜晚，与秘密实验室共用部分墙壁。先前我提到了韦斯特的堕落，在此我必须加以说明，那纯粹是一种精神上的、不可捉摸的变化。从外表看，他直到最后也还是原先那个人：冷静、淡漠、瘦小、黄发、蓝眼、戴着眼镜，相貌始终那么年轻，连岁月和恐惧都似乎无法改变这一点儿。就算在他想到被手爪扒开的坟墓并悄悄扭头张望时，想到在塞弗顿的牢房里啃咬和抓挠的食人怪物时，他看上去也还是镇定自若。

赫伯特·韦斯特的末日始于一个夜晚，我和他待在合用的书房里，他奇特的视线在报纸和我之间扫来扫去。皱皱巴巴的报纸上，怪异的头条新闻击中了他的心灵，难以言说的泰坦巨手穿过十七年岁月从天而降。五十英里外的塞弗顿精神病院发生了令人恐惧、难以置信的事情，市民因此而震惊，警方陷入困惑。当天凌晨夜深人静之时，一群沉默的男人闯进精神病院，首领叫醒了看护人员。他有着咄咄逼人的军人气概，说话不动嘴唇，声音与他抱着的一个黑色大盒子有着仿佛腹语术的关系。他毫无表情的面容英俊到了放射美感的地步，但当大堂里的灯光落在上面的时候，负责人震惊得无以复加——因为这是一张蜡做的脸，眼珠是上色的玻璃。他遇到过某些无法形容的事故。一个块头更大的男人为他引路，他有着令人嫌恶的庞然身躯，青紫色的脸似乎被某种未知疾病吞噬了一半。他们的首领声称要领走十七年前从阿卡姆送来的食人怪物，负责人严词拒绝，他却打了个手势，一场可怖的骚乱于是降临。那些恶魔殴打、践踏和啃咬每一个来不及逃跑的看护人员，杀死四人后成功地解救了食人怪物。有能力回忆前后经过的受害者都歇斯底里地发誓称那些魔鬼的行为不像人类，更像蜡脸首领指挥下的不可思议的机器。救援人员闻讯赶到时，那些人和他们疯狂索取的目标都早已消失。

从读到这篇报道到午夜时分之间，韦斯特坐在那里几乎无法动弹。午夜时分，门铃响了，他惊恐地跳了起来。仆人都在阁楼上睡觉，于是我出去开门。正如我告诉警方的，街上没有车辆，只有一群模样怪异的人抬着一个大箱子，其中之一用极为不自然的声音嘟囔道："快递——邮资已付。"然后就把箱子撂在了门厅里。他们迈着突兀的步伐鱼贯而出，我目送他们离开，内心产生了一个奇特的念头：他们拐弯走向这幢房屋背后毗邻的古老墓地。我关上门，韦斯特从楼上下来，查看箱子。它大约两英尺见方，写着韦斯特的姓名和现居地址。上面还有一行字："寄自埃里克·莫兰德·克拉彭-李，圣埃卢瓦，佛兰德斯。"六年前，正是在佛兰德斯，被炮弹击中的医院坍塌在克拉彭-李医生复生的无头躯体上，也掩埋了他或许发出了清晰声音的离体头颅。

韦斯特当时的情绪远非兴奋，他的情况要糟糕得多。他立刻说："到此为止了——但咱们先烧掉——这东西。"我们抬着箱子下楼来到实验室，一路上两人都侧耳细听。我不记得太多细节了——你能够想象我的精神状态——但说被我推进焚化炉的是赫伯特·韦斯特的尸体，那就是个恶毒的谎言了。我们两人将没打开过的木箱塞进焚化炉，关上门，打开电源。盒子里从头到尾都没有发出任何声音。

是韦斯特首先注意到墙壁上封住古老石砌墓穴的石膏在掉落。我想逃跑，但他阻止了我。紧接着我看见一个黑色的窟窿，感觉到从中吹出食尸鬼般冰冷的风，又闻到腐败泥土深处的骨骸气味。没有任何声音，但电灯就在此时熄灭，我借着地下世界的磷光看见了一群蹒跚行走的沉默身影，创造它们的只可能是疯狂或更可怕的事物。它们的轮廓有人类的、半人类的、部分人类的和完全不是人类的，这个群体怪诞地混合了各种怪物。它们悄无声息地从数百年前的墙壁上一块接一块搬开石块。等洞口变得足够宽敞之后，它们排成一行走进实验室，领头的那个人顶着一颗用蜡制作的美丽头颅。他们一起扑向韦斯特，在我眼前把他撕成碎片，带着尸块走进被渎神怪物占领的地下墓穴。有着蜡制头颅的首领身穿加拿大军官制服，它抱着韦斯特的头部。这颗脑袋消失的瞬间，我看见眼镜后的蓝眼睛里第一次骇人地燃烧着清晰可辨的疯狂情绪。

仆人在清晨发现了不省人事的我。韦斯特消失了，焚化炉里只有无法辨认的灰烬。警探盘问我，但我能说什么呢？他们不会将塞弗顿的悲剧与韦斯特联系在一起，更不会与抬着箱子的那些人联系在一起，他们甚至否认后者的存在。我向他们讲述墓穴的事情，他们指着完好无损的石膏墙壁放声大笑。于是我就不再多说什么了。他们暗示我是疯子或杀人犯——也许我确实疯了，但假如那该诅咒的墓穴军队不是那么沉默，我或许反而不会发疯。

寒风
ANOTHER MONSTER SIGHTING
killed several years ago, when caught in
a piece of machinery.
STUDENTS AND FACULTY MOURN PROFESSOR BARLOW
Page 3
COOL AIR
BAL DIET
They faced the firing
bravely.

你要我解释为什么我会害怕寒冷的气流，走进冰冷房间时为什么颤抖得比其他人更厉害，夜晚的凉气悄然钻过温暖的秋日白昼而来时我为什么会露出反感和嫌恶的神色。有人说我对寒冷的反应就像别人对恶臭的反应一样，最不可能反对这个说法的就是我本人了。在此我将讲述的是我平生经历过的最恐怖的情形，它是否能对我的特殊习性构成足够合理的解释就留给你判断了。

认定恐怖与黑暗、寂静和孤独之间存在不可分割的联系是错误的。我遇到它时是阳光灿烂的下午三四点，大都市的嘈杂声响不绝于耳，身处破旧而平凡的寄宿公寓之内，乏味的女房东和两名健壮的男人陪伴着我。一九二三年春，我在纽约市只找得到枯燥无聊而且不挣钱的杂志社工作，由于付不起像样的租金，不得不辗转于廉价寄宿公寓之间，寻找一个能满足环境还算干净、家具看得过去和价格非常合理这三个条件的房间。情况很快发展到我只能在不同的倒霉地方之中选择一个的程度了。还好过了一段时间，我在西十四街偶然撞见一幢房屋，它带给我的反感少于其他我尝试过的地方。

那是一幢四层楼的褐砂石宅邸，修建于十九世纪四十年代末，木料和大理石上遍布污渍，遭到污损的荣光说明它是从有品位的富裕阶层手中跌落凡尘的。房间相当宽敞，天花板很高，装饰着难以想象的壁纸和华丽得荒谬的灰泥檐口，总能闻到令人抑郁的霉味和一丝隐约的饭菜味。好处是地板干净，床单更换得尚可忍耐，热水突然变冷或停止供应的次数不太频繁，因此我将其视为一个勉强可以接受的栖身之处，待到日后我能重新过上真正的生活再说。女房东姓埃雷罗，是个邋遢的西班牙女人，面部毛发浓密得像是长了胡子，她从不用家长里短来烦我，也不批评我在三楼的过道房间的电灯总是开到深夜。公寓里的其他租客都如你能够指望的那样安静、不爱交际，他们以西班牙人为主，鄙俗和粗鲁的程度只比极端稍好一点儿。唯一烦人的东西就是楼下马路上有轨电车搞出的刺耳响动。

第一件怪事发生时，我已经在此处居住了三周左右。一天晚上，大约八点钟，我听见水滴在地板上的声音，忽然觉察到我在呼吸带着氨水味的空气已经有好一会儿了。我环顾四周，看见天花板湿漉漉的，正在滴水。渗水似乎是从临街的屋角开始的。我急于从根源上阻止漏水，于是匆忙跑到地下室通知女房东，她向我保证很快就会解决这个问题。

“穆尼奥斯医生，”她在我前面冲上楼，“他弄洒了他的化学品。他这个医生，自己病得太严重——而且越来越严重——但又不肯找别的医生帮忙。他这个病特别奇怪——成天泡难闻的药浴，既不能激动，也不能去暖和的地方。他的家务事都是自己来做——他的小房间塞满了瓶罐和机器，根本不做医生的事情。但他曾经很厉害——我父亲在巴塞罗那听说过他——不久前还治好了水管工意外受伤的胳膊。他从不出门，只上屋顶，我儿子埃斯特万给他送吃的、衣服、药物和化学品。我的天，他用铵盐来保持低温！”

埃雷罗夫人爬上通往四楼的楼梯，身影看不见了，我返回自己的房间。氨水不再滴落，我擦干净地上的水迹，开窗通风，听见楼上响起女房东沉重的脚步声。除了汽油驱动的机器发出的特定声音，我从未听到过穆尼奥斯医生的响动，他的脚步既轻柔又和缓。我想了一会儿究竟是什么怪异的病痛在折磨这位先生，他倔强地拒绝外部帮助是不是某种毫无缘由的怪癖。我的结论颇为陈腐：显赫一时的人变得穷困潦倒肯定伴随着无穷无尽的苦恼。

若不是一天午前，我坐在房间里写作时忽然心脏病发作，我大概永远也不会结识穆尼奥斯医生。医生早就警告过我这种恶疾的危险，我知道不能浪费任何时间。我想起女房东说过那位生病的医生曾救治过受伤的工人，于是艰难地爬上楼梯，无力地敲响我楼上的那扇房门。回应我的是一个怪异的声音，在右侧一段距离外响起，用优美的英语询问我是谁，以及我的来意；我回答了这两个问题，我敲响的那扇门旁边的房门打开了。

一股寒风吹向我。尽管那是六月末最热的一天，我在跨过门槛时还是打起了哆嗦。这套公寓非常宽敞，富丽堂皇且有品位的装饰不该属于这个肮脏和低贱的地方，看得我大吃一惊：一张折叠式躺椅扮演着沙发的日间角色，红木家具、奢华的挂毯、古老的油画和丰盛的书架全都在说，这里不是寄宿公寓的一间卧室，而是一位绅士的书房。我醒悟过来，我楼上那个靠走廊的房间——埃雷罗夫人所说的塞满了瓶罐和机器的小房间——仅仅是医生的实验室，他本人住在与之相接的这个宽敞房间里，它带有实用的壁龛和室内的大卫生间，因此他可以把橱柜和碍眼的生活用品全都隐藏起来。穆尼奥斯医生无疑出身不凡，拥有良好的教养和鉴赏力。

我面前的男人个子矮小，但体格极为匀称，他身穿裁剪得体而合身的某种正式礼服，面容高贵，表情自负但不傲慢。他留着铁灰色的满嘴短须，老式的夹鼻眼镜架在鹰钩鼻上，护住一双黑色的大眼睛，给他以凯尔特人相貌为主的脸庞增加了几分摩尔人的感觉。他浓密的头发修剪得很整齐，在高额头上优雅地分开，说明他有定期拜访理发师的习惯。总体而言，你会觉得这位先生有着惊人的智慧和卓越的血统与教养。

尽管如此，当我在那股寒风中看见穆尼奥斯医生时，却产生了与其外表格格不入的强烈的反感情绪。只有他偏向浅灰色的肤色和冰冷的手指能为这种感受提供实在的基础，然而考虑到他为人所知的疾病缠身，这两者都应该可以原谅和理解。也有可能是那种怪异的寒冷让我感到疏离，因为如此凉意在这么炎热的日子里实在太不寻常，而不寻常往往会激发厌恶、怀疑和畏惧。

不过，我很快就在钦佩中忘记了反感的情绪，因为尽管他毫无血色的双手冰冷而颤抖，但这位奇异的医生立刻显露出了极为高超的医术。他一眼就明白了我需要什么，以大师级的敏捷动作加以处理，同时用抑扬顿挫而优雅但缺乏音色的空洞嗓音安慰我，他自称是死亡不共戴天的仇敌，他将毕生精力投入对抗和根除死亡的怪异实验，在此过程中牺牲了全部财产、失去了所有朋友。这项狂热的慈善事业似乎对他的心灵造成了一些影响，他听我的心音，从较小的实验室房间取来药物，调配适合我病情的药剂，提供的医嘱甚至称得上喋喋不休。很显然，他终于在这个粗鄙的环境里难得一见地遇到了另一个出身良好的人，对于美好往昔的回忆淹没了他，因而变得异乎寻常的健谈。

他的声音尽管奇特，但至少令人安心。流畅的文雅句子滔滔不绝地从他嘴里说出来，我几乎感觉不到他呼吸时的气息。他提到他的理论和实验，借此让我暂时忘记我发作的疾病。我记得他巧妙地宽慰我对心脏虚弱的担忧，称意志和思想比有机生命本身更加强大，即便身体有缺陷或遭遇最严重的创伤，甚至缺少了整整一组特定的器官，只要身体原本健康和鲜活，就有可能通过科学手段增强这些特质，从而重新激发神经系统的活力。他开玩笑地说，以后有机会可以教我如何在没有心脏的情况下存活，或者至少维持某种形式的意识存在。至于他，他受到多种复杂病症的折磨，必须严格坚持一套复杂的生活方式，其中就包括保持低温。环境温度长时间的显著升高会对他造成致命影响。氨水冷却的吸热系统维持他住处十二到十三摄氏度的低温环境，我在楼下时常听见的汽油引擎声就来自系统的泵机。

只过了很短的一段时间，我的心脏病发作就奇迹般地止住了，离开这个让人冷得发抖的地方时，我成了这位才华横溢的隐居医生的拥护者和信徒。从那以后，我经常裹着厚大衣去拜访他，听他讲述秘密完成的实验和近乎恐怖的结果，查看他书架上那些非正统和令人惊诧的古老书籍时，我不禁有些颤抖。允许我补充一句，在他高超医术的帮助下，我多年的顽疾最终差不多痊愈了。他对中世纪术士的咒语似乎不会斥之为无稽之谈，因为他相信这些神秘的词句组合能够罕见地刺激一个人的精神，对有机脉搏已经停止的神经系统有着独特的作用。他讲述了瓦伦西亚年迈的托雷斯医生的事迹，我深受触动：十八年前，托雷斯医生在他那场大病的初期实验中帮助过他，他目前的失调症就是那场大病留下的。那位年迈的执业医师在救活他的同事后不久，本人就倒在了他与之抗争的无情敌人手下，也许是因为过于劳累，因为穆尼奥斯医生压低声音说（尽管并不详细），治疗方法非常极端，年长而保守的盖伦信徒不会乐于见到过程中的一些景象和手法。

随着时间一周周过去，我不无惋惜地注意到，正如埃雷罗夫人所说，我这位新友人的身体状况正在缓慢但毋庸置疑地恶化。他脸上的铅灰颜色越来越深，声音变得越来越空洞和难以分辨，肌肉动作越来越不协调，思想和意志显得越来越欠缺活力和主动性。他似乎没有注意到自己这些可悲的变化，他的表情和言谈都渐渐带上了一种可憎的讽刺感，使得我又产生了最初见到他时的那种微妙的厌恶感。

他的脾气变得古怪而反复无常，他喜欢上了异国香料和埃及熏香，直到房间闻起来像是国王谷的法老陵墓。另一方面，他对寒冷的要求变得越来越强烈，在我的协助下，他扩建了房间里的氨水管道，更改了制冷机器的泵机和喂料口设计，室温一直降到一至四摄氏度，最终甚至是零下二摄氏度；卫生间和实验室当然没那么冷，以免水结冰导致某些化学反应无法完成。他隔壁的房客抱怨称，连接门周围的空气寒冷刺骨，我帮他装上厚实的挂毯，从而解决了难题。某种异乎寻常而病态的恐惧感似乎占据了他的心灵，一天比一天更加强烈。他时常谈到死亡，但每当我转弯抹角地提到墓地和葬礼，他就会爆发出空洞的大笑。

总而言之，他变成了一个令人不安甚至可憎的同伴。然而出于对他给我治病的感激之情，我无法抛弃他，把他留给他身旁的陌生人。我每天仔细打扫他的房间，照顾他的起居，裹着一件我专门为此购买的厚大衣。他的日常购物也基本由我完成，他向药剂师和实验材料供应商购买的一些化学品让我既困惑又惊讶。

某种难以解释的恐慌气氛在他的公寓里变得越来越强烈。如我所说，这幢房屋散发着一股霉味，但他房间的气味尤其难闻——尽管使用了那么多香料和熏香，还有他坚持拒绝我协助、一躺进去就不出来的药浴的化学品怪味。我知道药浴必然与他的病症有关，每次想到那有可能是什么恶疾，我就不寒而栗。埃雷罗夫人看见他就在胸口画十字，将他完全托付给了我，甚至不允许她儿子埃斯特万继续替他跑腿。我建议请其他医生来看看他，每当此时，这位被病痛折磨的人会在他能够做到的范围内尽可能地大发雷霆。他显然担忧剧烈的情绪活动有可能对身体造成的影响，然而他的意志力和驱动力不但没有削弱，反而变得愈加强大。他拒绝受困于床铺之间，他狂热的追求重新出现，取代了病症早期的倦怠，古老的敌人向他伸出魔爪，他似乎还想勇敢地抵抗死神。他以前还假装要吃东西，这个行为对他来说就像个奇异的仪式，如今已经彻底放弃。现在他仿佛仅仅凭借着精神力量来避免自己彻底崩溃。

他养成了撰写某种长篇文件的习惯，并且小心翼翼地封存这些文件，命令我在他去世后将它们寄给他指定的一些人，其中大部分是东印度人士，也有一位著名的法国医生，人们普遍认为他已经逝世，关于这个人流传着一些极为难以置信的消息。他去世后，我没有打开那些无法送达的信件，而是将它们烧毁。他的相貌和声音后来变得非常可怕，几乎没有人能够忍受他的存在。九月的一天，一名工人前来修理他的台灯，不小心瞥见他一眼，结果吓得癫痫发作。医生将自己隔离在视线之外，开出非常有效的药方，治好了他的发作。说来奇怪，这名工人经历过世界大战的种种恐怖情形，却从未诱发过如此强烈的恐惧情绪。

十月中的一天，最恐怖的事情以令人惊骇的突兀方式发生了。那天夜里大约十一点儿，制冷设备的泵机坏了，因此在三个小时内，氨水制冷的过程变得无以为继。穆尼奥斯医生跺脚叫我上楼，我发疯般地尝试修理损坏的机器，而他用超越语言描述能力的欠缺生命、极为空洞的声音咒骂不已。我的初步努力以失败告终，后来在附近的日夜修车店找到一名机修师，他来到现场后同样称无计可施，必须等明天上午买来新的火花塞才能修理。垂死隐士的愤怒和恐惧增长到了怪诞的程度，像是能够震碎他行将停止运转的身躯。一阵发作使得他用双手捂住眼睛，冲进卫生间。他摸索着走出来时，已经用绷带紧紧地缠住了头部，从此我再也没有见过他的双眼。

公寓里的寒气明显开始减退。凌晨五点，医生躲进卫生间，命令我去附近二十四小时营业的药店和餐厅搞来所有的冰块给他。有几次我令人气馁地归来，在紧闭的卫生间门口解释原因，这时就会听见里面响起令人惶恐的溅水声，一个低沉而嘶哑的声音命令我：“还要——还要！”

温暖的一天终于开始，商店一家接一家开门。我请埃斯特万帮忙去买冰块，我去买火花塞，或者他买火花塞，我买冰块。结果他屈服于母亲的命令，严词拒绝了我。

最后，我在第八大道的路口撞见一个衣衫褴褛的闲汉，雇他去一家我指定的小店买冰块并送给病人，而我片刻不停地踏上另一段征程，寻找火花塞和有能力安装它的工人。这个任务漫长得难以想象，我气喘吁吁、腹中空空，徒劳地拨打电话，搭乘地铁或地面车辆在各个地方之间奔走，一个又一个小时过去，我变得几乎和那位隐士一样怒不可遏。中午时分，我终于在遥远的商业区找到了合适的配件店，大约下午一点儿半，我带着必要的工具和两位强壮而机敏的机修师赶回寄宿公寓。我已经尽力了，只希望自己还来得及。

然而，暗黑的恐怖赶在了我的前头。整幢楼已经陷入彻底的骚乱，人们用敬畏的声音交头接耳，还有一个男人用低沉的嗓音祈祷。空气中弥漫着恶魔般的气味，房客闻到从医生紧闭的房门底下飘出来的恶臭，数着手里的玫瑰经念珠向我讲述情况。我雇用的那名闲汉在第二次送冰进门后不久尖叫着跑了出来，眼神癫狂，很可能是因为见到了极为怪异的情况。他逃跑后当然不可能锁门，但现在房门紧锁，很可能是从室内锁上的。除了某种黏稠液体滴淌时无可名状的声音，房间里无声无息。

我克制住啃噬灵魂深处的恐惧，与埃雷罗夫人和两位工人商谈片刻，建议他们撞开房门。但女房东想出办法，从房间外通过某种铁丝装置转动钥匙。我们已经打开了那条走廊上其他所有房间的门，将每一扇窗户都敞到了头，然后用手帕捂着鼻子，颤抖着走进那个被诅咒的朝南房间，午后强烈的阳光晒得它暖洋洋的。

某种黑色、黏稠的痕迹从敞开的卫生间门口延伸到走廊，然后到达写字台前，在那里积累成可怕的一小摊。一只可怖而盲目的手用铅笔在一张纸上潦草地写了几句什么，那张纸上沾着骇人的污渍，留下污渍的似乎就是草草写下临终遗言的手爪。痕迹随后延伸到躺椅上，以无法用语言表达的方式在那里终结。

躺椅上的东西是什么——或者曾经是什么——我不能也不敢在此吐露。女房东和两名机修工发疯般地冲出那个地狱般的房间，去最近的警察局前言不搭后语地讲述他们的故事。而我战战兢兢地辨认出那张沾着黏稠污物的纸上的字迹，然后划了根火柴把字条烧成灰。在金黄色阳光的照耀下，轿车和卡车闹哄哄地沿着人来人往的十四街爬坡，那些令人作呕的文字所叙述的内容令人绝对无法相信，但我不得不承认，我当时信了。至于现在是否还相信，实话实说，我不知道。有些事情你最好不要多去思考，我能说的只有我憎恶氨水的气味，突然吹来的寒冷气流或许会使我昏厥。

“这就是结局了。”散发恶臭的潦草字迹写道，“没有更多的冰块了——那个人看见我就逃跑了。每一分钟都变得更温暖，身体组织已经无法支持。我猜你应该知道——如我所说，器官停止工作后，意志力、神经系统和保存良好的身体会是什么结果。那是个绝妙的理论，但不可能永远维持现状。

其中存在我未能预见到的逐步劣化的难题。托雷斯医生知道，但震惊害死了他。他无法忍受他不得不做的事情——他必须为我找一个奇特而黑暗的地方，根据我信件上的指示，看护我直到我苏醒。器官将再也不会重新开始工作。必须按照我的办法处理，也就是用人工手段保持新鲜。如你所见，我在十八年前的那一刻就已经死去了。”

阿隆佐·泰普尔的日记
THE DIARY OF ALONZO TYPER
153
At various times Mr. Typer traveled
extensively, sometimes dropping out of
sight for long periods. He is known to
have visited obscure spots in Nepal, In-
dia, Tibet, and Indo-China, and passed
most of the year 1899 on mysterious
"To the meaning of that monster and of those hieroglyphs I had
no clue."

编者按：阿隆佐·哈斯布鲁克·泰普尔，纽约市金斯敦人士，于一九〇八年四月十七日中午前后在巴塔维亚的里奇蒙旅馆最后一次被人见到并认出。他是乌尔斯特县一个古老家族的最后一名在世成员，失踪时五十三岁。

泰普尔先生曾受私人教育，毕业于哥伦比亚和海德堡大学，以学者身份度过一生。他的研究领域包括人类知识中多个晦涩且广受恐惧的边缘学科。他关于吸血鬼、食尸鬼和喧哗鬼现象的论文在被多个出版商退稿后由私人出版。一九〇二年，在一系列颇为激烈的争论之后，他主动退出了通灵研究协会。

泰普尔先生曾在各个时期周游世界，屡次长时间消失于公众视野之外。人们知道他造访过尼泊尔、印度、中国西藏和印支半岛等人迹罕至的地点，一八九九年的大部分时间在神秘的复活节岛度过。泰普尔先生失踪后展开的大规模搜寻均以失败告终，他在纽约市的远房亲戚已经开始分割他的财产。

在此呈现的日记据称发现于纽约市阿提卡一幢乡村大宅的废墟之中，它在倒塌前背负着数个世代的奇特而险恶的名声。这幢建筑物年代久远，先于白人在此地区大规模定居前修建，曾是怪异而鬼祟的范德海尔家族的居住地，这个家族在实施巫术的诡谲疑云的笼罩下，于一七四六年从奥尔巴尼搬迁至此。建筑物兴建于一七六〇年前后。

人们对范德海尔家族的历史知之甚少。他们与普通邻居完全没有来往，只雇用直接从非洲来美国、几乎不会说英语的黑人仆役。孩子接受私人教育，去欧洲念大学。进入社会的家族成员很快就会从公众视野中消失，但消失前往往会获得邪恶的名声，因为他们总会和黑弥撒团体和更加阴森的异教扯上关系。

围绕着这幢人人恐惧的大宅建立起了一个人烟稀少的村庄，住户以印第安人为主，后来也有邻近乡村的堕落成员。这个村庄有个意义模糊的名字：乔拉辛。后来在混血的乔拉辛村民中出现了一些独特的遗传特性，民族学研究者为此撰写了数部专著。就在村庄背后，从范德海尔大宅能看见的地方，有一座陡峭的小丘，顶上有一圈怪异的古老立石，易洛魁人对它们始终怀着恐惧和厌恶的情绪。那些石块的起源和意义至今依然是个未解之谜，但根据考古学和气候学证据，它们建立的年代必然久远得惊人。

从一七九五年前后开始，前来此地的拓荒者和后续定居的人们就时常声称，每年到了特定的时节，乔拉辛、那幢大宅和立石小丘就会响起怪异的喊叫和吟唱声。尽管有理由相信，一八七二年前后，范德海尔全家（包括仆役在内）突然同时失踪，那些怪声也随之不复存在。

大宅从此荒弃，原因是当后来的业主和感兴趣的访客试图在里面居住时，陆续发生了更多的灾难性事件，其中包括三起原因不明的死亡、五起失踪和四起突然出现的精神失常。由于未能找到范德海尔家族的继承人，房屋、村庄以及周围的大块乡野土地的所有权归还州政府并重新拍卖。一八九〇年以后，新的业主（依次是已故的查尔斯·A.希尔兹和他儿子奥斯卡·S.希尔兹，水牛城人士）将整片产业置于彻底的忽略状态之下，警告所有探究者不要进入那个区域。

过去四十年间，已知接近过大宅的人士只有神秘学研究者、警察、新闻工作者和来自国外的古怪人物。在最后这类人里，有一位很可能来自交趾支那的神秘的欧亚混血儿，一九〇三年他在去过大宅后再次露面，意识变得空白，身体出现奇异的损毁，激起了广泛的媒体报道。

一九三五年十一月十六日，泰普尔先生的日记由一名州警在某个出现退化现象的乔拉辛村民手中发现，这名州警受命前去调查范德海尔家族的荒弃宅邸坍塌的流言。日记簿长6英寸、宽3.5英寸，纸张坚韧，由结实得奇特的金属薄板装订而成。老屋确实已经在十一月十二日的狂风中倒塌，原因无疑是年久失修和结构朽烂。整栋屋子解体得格外彻底，需要投入几周时间才有可能仔细翻查废墟。肤色黝黑、面如猿猴、形若印第安人的村民约翰·伊戈尔称他在接近瓦砾表面之处找到了那本日记，所在之处应该曾是二楼前侧的一个房间。

房屋里的物品已经基本上不可辨认，但地下室有个结实得出奇的巨大砖砌地窖——人们不得不砸开它古老的铁门，因为锁具形状奇特，坚固得非同寻常——依然完好，显露出一些令人困惑的性质。举例来说，地窖的砖墙上粗糙地刻满了迄今为止尚未成功解译的象形文字。另一个奇异之处是地窖后部那个巨大的环形洞口，因房屋倒塌所致的塌陷而堵死了。

最怪异的是铺着石板的地面上有一些似乎不久前才留下的恶臭而黏稠的漆黑物质，它构成一条宽约一码的不规则直线，一头终结于被堵死的环形洞口。首先打开地窖的人声称那里的气味仿佛动物园的爬虫馆。

这本日记显然是已告失踪的泰普尔先生专门用来记录他对令人恐惧的范德海尔宅邸的调查过程的，笔迹专家已经证明了它的真实性。在临近日记结束的时候，字迹表露出情绪越来越紧张的征兆，有些地方几乎无法辨认。乔拉辛村民——他们的愚钝和寡言让研究这个区域及其秘密的所有学者感到气馁——声称他们在记忆中无法将泰普尔先生和探访可怖老宅的其他鲁莽人士区分开。

日记的文本不加评论地转录如下。如何理解，以及除了写作者的疯狂外还能从中得到什么，读者必须自行判断。只有岁月才能证明它在解开一个世代传承的谜团中有着什么样的价值。另外还有一点儿值得关注，那就是系谱学家已经证实了已故泰普尔先生关于阿德里安·斯莱特的记忆。

日记

一九〇八年四月十七日

约下午六时抵达此处。被迫从阿提卡一路步行至此，不顾即将到来的风暴，因为没有人肯租给我马匹或马车，而我又不会驾驶。这地方比我预料中更糟糕，尽管我渴望揭开秘密，但同时也畏惧可能会发生的事情。那个夜晚就快到了，古老而恐怖的瓦尔普吉斯魔筵之夜，自从在威尔士的那次遭遇过后，我就知道要寻找我的是什么，并且无论发生什么，我都不会退缩。在某种深不可测的力量驱使下，我将毕生精力投入了对渎神秘密的探寻。而我来到这里不是为了其他目的，也不会抱怨命运的安排。

当我赶到时，尽管太阳离落山还早，但天色已经非常昏暗。我从未见过如此浓密的雷暴乌云，全凭闪电的光芒来寻找脚下的道路。这村庄是个可憎的破落之地，寥寥无几的居民比白痴好不了多少。他们中的一个人用奇异的态度向我行礼，就好像他认识我。我看不清附近的地形，只知道这是一个多沼泽的小山谷，长着古怪的棕色茅草和已经枯死的真菌，邪恶扭曲的参差树木举着光秃秃的枝杈将其包围。村庄背后是一座模样阴森的小丘，丘顶的一圈巨石环绕着中心的另一块巨石。毫无疑问，这就是维[redacted]在奈[redacted]巫会上告诉我的邪恶萌发之地。

大宅位于左园中央，园地里长满了形状怪异的荆棘。我好不容易才穿过荆棘丛，待我从另一头钻出来时，建筑物的古老和朽败几乎让我望而却步。它看上去污秽而病态，真不知道仿佛患有麻风病的这么一个庞然大物如何还能勉强站立。它是木结构的，尽管不同年代增建的纷杂厢房遮蔽了原有的轮廓，但我猜测它最初是按照新英格兰的四方形状殖民地风格、建造的。也许是因为它比荷兰式石砌房屋更容易建造——说起来，我记得迪尔克·范德海尔的妻子来自塞勒姆，是不可提及的亚巴顿·科里的女儿。屋子有个带廊柱的门廊，我刚跑进去，暴雨就紧随而来。这是一场恶魔般的暴风雨——天色漆黑如午夜，大雨倾盆，雷鸣闪电仿佛开天辟地之时，狂风像兽爪般攻击我。大门没有锁，我取出手电筒，进入室内。地面和家具上的灰尘足有几英寸厚，气味仿佛肥土包裹的坟墓。门厅一直通向房屋内部，右手边是一道弯曲楼梯。我艰难地爬上楼，选择靠前侧的房间扎营。这里布置得挺齐全，但大部分家具已遭损坏。日记写于晚间八点，在此之前我吃了旅行包里的冷餐。今天过后，村里人将给我送来补养，但他们顶多只肯走到左园大门口为止，直到（如他们所说）“以后”。此处给我一种令人不快的熟悉感，希望我能尽快摆脱。

稍晚

我觉察到这幢房屋里有数个鬼魂，其中之一对我显露出确凿无疑的敌意——这个恶毒的意志在寻求摧毁我的意志力并征服我。我连一瞬间都不能让步，必须使用全部的力量抵抗它。它邪恶得令人悚然，绝对不是人类。我认为它必定是某些地外力量的盟友——那些力量来自时间背后的空间和宇宙之外。它如巨像般耸立，证实了阿克罗文献中的记载。有一种无比巨大的尺度感与它联系在一起，我诧异于这些房间竟能容纳它的庞然身躯——尽管它并不拥有有形的身躯。它的年龄必定古老得超越了语言描述——令人震惊、无法言喻的古老。

四月十八日

昨夜睡得很少。凌晨三点，怪异的鬼祟寒风开始渗透整个区域，并且越刮越大，直到房屋像被台风袭击般颤抖。我听见前门嗒嗒作响，于是下楼查看，黑暗在我的想象中化作了半隐半现的形状。刚走下楼梯平台，我背后就被狠狠地推了一把——应该是风，但我敢发誓，在我飞快转身的那个瞬间，见到了一只庞大的黑色爪子正在消融的轮廓。我没有失足，走完了整条楼梯，用沉重的门闩插上了正在危险地晃动的前门。

我不打算在天亮前探索这幢房屋，但此刻又无法重新入睡，恐惧和好奇合力烧灼我的内心，迫使我无法再推迟我的探寻了。我拿着大功率手电筒，在灰尘中艰难地走进房屋南侧的大会客室，我知道家族的肖像都挂在那里——正如维[illegible]所说。不过通过某些更隐晦的渠道，我也已获知此事。有些肖像已经发黑、长霉和积灰，我难以甚至无法看清其中的面容，但在能看清的那些肖像里，我确切地认出了范德海尔家族成员可憎的面部轮廓。其中几幅肖像画的似乎是我曾经见过的面容，但具体是哪些人的脸，我就不记得了。

可怖的混血儿乔里斯（生于一七七三年，母亲是老迪尔克最小的女儿）的面部轮廓是其中最清晰的，我看清了他的绿眼睛和毒蛇般的面容。每次我关掉手电筒，那张脸就似乎在黑暗中隐约发光，最后我开始觉得它在散发模糊的绿色冷光。我越是端详，就越是觉得它充满险恶，所以转过身，以免出现那张脸改变表情的幻觉。

然而我转身后见到的东西更加可怕。那是一张阴郁的长脸，有一双靠得很近的小眼睛，猪猡般的相貌立刻证明了他的身份，尽管画家已经尽可能把他的猪拱嘴画得接近人类。这就是维[redacted]压低声音对我提及的。我惊恐地望着画像，觉得那双眼睛开始散发红光——有一瞬间，画像的背景像是变成了陌生而似乎毫无关系的景象：肮脏的黄色天空下，一片孤寂而荒芜的沼泽地上长满了怪模怪样的黑刺李灌木丛。我对自己的精神状态产生了担忧，跑出这间该诅咒的陈列室，顺着已经清开灰尘的拐角楼梯，返回我"扎营"的房间。

稍晚

我决定趁白天探索大宅里仿佛迷宫的部分厢房。我不可能迷路，因为脚印在齐踝深的灰尘中非常清晰，必要时我还能通过其他可辨认的标记寻踪。说来奇怪，我居然轻而易举地搞清楚了那些错综复杂的蜿蜒走廊的结构。我顺着向外伸展的北侧长厢房走到尽头，发现了一道上锁的门，我用蛮力破开它。门里是个非常小的房间，被家具塞得满满当当，墙板已经严重虫蛀。我在房间外墙朽烂的墙板底下瞥见了一块黑色的空间，仔细看是一条狭窄的密道，向下延伸到未知的黑暗深处。那条甬道坡度陡峭，没有台阶或扶手，我想象着它往日里的用途。

壁炉上方是一幅发霉的肖像画，仔细查看之后，我发现画里是个年轻女人，身穿十八世纪末的礼服。她的面容具有一种古典美，却带着我想象中人类面容能够做出的最像恶魔的邪恶表情。那张精心描绘的面孔显露出的不仅是无情、贪婪和残忍，而是超过人类理解范畴的某些骇人特质。我望着它，觉得画家——或者缓慢的霉烂——给那张苍白的脸赋予了某种病恹恹的惨绿色调以及近乎难以觉察的鳞片状纹理。我爬上阁楼，发现几大箱怪异的书籍，其中有很多书的外部形态以及使用的字母表对我来说都完全陌生。有一本书记录了我从未知晓其存在的阿克罗咒文的数个变体。我尚未查看楼下那些积灰书架上的书籍。

四月十九日

此处无疑有一些肉眼不可见的鬼魂，尽管灰尘上除我本人的脚印外没有留下任何印记。昨天我在荆棘丛中开辟出一条通往庄园大门口的小径，村里人把我的补养放在了大门口，但今天上午我发现那条小径又合上了。非常奇怪的是，春天的活力几乎没有触碰那片灌木丛。我再次感觉到身旁有某种房间几乎不可能容纳的巨物，并且这次不止一个鬼魂拥有如此尺寸。我现在知道了，根据昨天在阁楼发现的那本书，阿克罗第三仪式能让这些事物变得坚实和可见。我是否敢尝试这种显形术法还有待考虑。危险过于巨大。

昨天夜里，我开始在走廊和房间里的阴暗角落瞥见犹如烟雾的幽影面孔和形体——这些面孔和形体过于骇人和可憎，我甚至不敢在此描述。它们从本质上说似乎类似于前晚企图推我下楼的巨爪——必定是我受到侵扰的想象力制造的幻觉。我在寻找的东西不可能类似这些事物。我再次见到了那只巨爪——它有时单独、有时结伙出现——但我下定决心，对这种现象一概不理。

今天下午较早的时候，我第一次探查了地下室——

通过我在一间储藏室里找到的梯子，因为木楼梯已经全部朽烂。整个地下室结满了硝石，一个个看不出形状的土墩标出各种器物解体的位置。对面墙边有一条狭窄的通道，似乎从我在北侧厢房发现的那个上锁小房间底下延伸而来，它的尽头是一面厚实的砖墙，带有一道上锁的铁门，似乎是某种地窖的一部分。这面墙和这道门带有十八世纪工艺的痕迹，应该与大宅年代最久远的增建部分属于同一个时代——无疑早于独立战争。锁明显比铁门本身更加古老，上面雕刻着一些我无法解读的符号。

维[illegible]没有提到过这个地窖。它比我先前见到的其他东西都更加令人不安，因为每当我接近它，都会产生几乎无法抵抗的冲动，让我想要听见一些什么。迄今为止，还没有任何不寻常的声音能证明我在这个充满恶意的地方停留过。离开地下室的时候，我衷心希望楼梯还在原处，因为爬竖梯上去感觉缓慢得令人发疯。我不想再次去地下室，但某些邪灵怂恿我入夜后再去一趟，这样才能知道我想知道的一切。

四月二十日

我探寻了恐怖的深渊，却只发现还存在更深的深渊。昨夜，那种诱惑变得过于强烈，我在最黑暗的凌晨时分拿起手电筒，再次前往结满硝石、地狱般的地下室，我蹑手蹑脚地穿过不可名状的土墩，来到可怖的砖墙和上锁的铁门前。我没有发出任何声音，克制住自己不去低声念诵我知道的任何咒语，而只是侧耳倾听——疯狂而专注地谛听。

最后，我听见了从隔绝内外的铁板另一侧传来的声音——险恶的跺地声和喃喃声，像是来自某些庞大的黑夜怪物。随后我又听见了该诅咒的蠕行声，像是巨蛇或海兽拖着多褶皱的畸形身躯爬过铺平的地面。我吓得几乎瘫痪，望向生锈的大锁，见到了雕刻其上的陌生而神秘的象形文字。我不认识这些符号，它们的形态隐约类似蒙古文字，蕴含着亵渎神灵、难以描述的古老意味。我偶尔觉得见到它们散发出绿色幽光。

我转身想逃跑，巨爪的幻象却出现在眼前——庞大的钩爪似乎就在我的视线下膨胀，变得越来越真实。它们在地下室邪恶的黑暗中无限延伸，覆盖鳞片的腕部影影绰绰浮现，越来越强大的某个邪恶意志引导它们可怖地摸索。这时我听见从背后——那个可憎的地窖里——爆发出了又一阵发闷的震响，犹如模糊的雷声一般从遥远的地平线回荡而来。愈发强烈的恐惧感驱使着我冲向影影绰绰的钩爪，看见它们在手电筒强大的光束下消融。我咬着手电筒爬上楼梯，直到跑回楼上才停下。

我不敢想象自己最终的结局会是什么。我以探寻者的身份而来，但此刻明白，有某些事物在寻找我。就算我想走，也已无法离开。今天上午我准备去大门口取给养，但发现荆棘扭曲着堵死了小径。无论朝哪个方向走都一样——屋后或是其他各个侧面。一些地方的带刺的棕色藤蔓挺直到了令人惊诧的高度，构成仿佛钢铁的围栏，阻止我逃离此处。村民与这整件事情必然有关，因为当我回到室内，发现我的补养就在宽敞的门厅里，但完全不知道它们是如何出现在这里的。此刻我很后悔，真不该清扫灰尘。我打算在地上撒一些尘土，看看会留下什么样的脚印。

今天下午我去底楼后侧那个阴森的大图书室读了一些书籍，在心里形成了一些我无法提起勇气讲述的猜测。我以前从未见过《纳克特抄本》或《埃尔特顿陶片》的文本，若不是来到此处，也不可能知道它们记载着什么。我知道现在后悔已经来不及了，因为再过十天就是那个可怕的魔筵之夜。那些东西是为那个恐怖夜晚而留着我。

四月二十一日

我重新开始研究那些肖像。有些画像标着名字，我发现其中之一让我感到困惑，画像中的女人面相邪恶，绘制于两个多世纪前。标注的名字是崔金治·范德海尔·斯莱特，我明确记得我曾经见过斯莱特这个名字，知道它关系着某些重要的事情。当时这个名字并不显得可怕，但现在无疑不一样了。我必须在脑海中搜寻这条线索。

画像中的眼睛纠缠着我。其中一些在堆积灰尘、朽烂和长满霉斑的裹尸布里会不会比其他的更加突出？蛇脸和猪脸的巫师在发黑的画框里可怕地瞪着我，另外几十张混血面孔渐渐从暗影憧憧的背景中浮现出来。所有画像都带着家族共有的骇人特征——它们出现在人身上而不是非人怪物身上，因而显得更加恐怖。真希望它们不要让我联想起其他人的面容——我过去认识的一些人的面容。这是一条受诅咒的血脉，莱顿的科内利斯是他们之中最可怕的，就是他在他父亲发现另外那把钥匙后突破了障壁。我确定维只知道一小部分恐怖的真相，因此才毫无准备、措手不及。这条血脉在老克拉斯之前的情况如何？若是没有代代相传的邪恶馈赠或者与外部的某些联系，他在一五九一年也不可能做出那些事情。这条邪异血脉的其他分支又催生了什么？他们是否散居于世界各地，等待着共同的恐怖传承？我必须回忆起是在什么地方特别注意到斯莱特这个名字的。

真希望我能确定这些肖像都一直待在画框里！因为几个小时以来，我多次见到一些事物，它们像先前的巨爪和幽影一样闪现，但完全复制了某些古老画像中的面容。不知道为什么，我始终无法同时瞥见一个鬼魂和它所酷似的肖像——要么是光线永远不适合观察前者或后者，要么就是鬼魂和肖像处于不同的房间内。

我曾经抱有幻想，鬼魂或许仅仅是想象力的碎片，但现在我无法确定了。其中有一些是女性的鬼魂，和上锁小房间里的画像一样拥有地狱般的美感；还有一些不像我见过的任何一幅画像，但让我觉得它们被绘制出的面容难以辨认地潜伏于我无法看清的那些画像的霉斑和煤烟之下。我绝望而恐惧地发现，有少数几个近乎物质化为固态或半固态的形态，其中一些给我以令人害怕和难以解释的熟悉感。

有一个女人，她的美貌远胜于其他众人。她带毒的魅力仿佛生长在地狱边缘的甜蜜花朵。只要我仔细打量，她立刻就会消失，但很快又重新出现。她的面容带着惨绿的色调，我时而觉得能在它光滑的皮肤上窥见疑似鳞片的纹理。她是谁？她会是一个多世纪前栖息于上锁小房间里的那个生灵吗？

村民再次把我的补给留在前厅，这显然将是以后的惯例。为了捕捉脚印，我在前厅撒了些尘土，但今天上午，整个前厅都被某种未知力量清扫得干干净净。

四月二十二日

今天我有了恐怖的发现。我再次探索结满蛛网的阁楼，发现一个有着雕纹、已经朽烂的荷兰造木箱，装满了亵渎神灵的书籍和文书，它们比我此前在这里发现的其他东西更加古老。其中有《死灵之书》的希腊语译本、《伊波恩之书》的诺曼法语译本和首版的老路德维希·蒲林的《蛆虫的秘密》。但最可怕的莫过于那份古老的手稿装订本。它用中古拉丁文写成，充满了克拉斯·范德海尔怪异而潦草的笔迹，似乎是他一五六〇年至一五八〇年之间的日记或笔记。我解开发黑的银质搭扣，展开泛黄的纸页，一张彩色画稿掉了出来——画中的畸形魔怪状如乌贼，长有尖喙、触手和巨大的黄色眼睛，但轮廓中又和人类有着某种可憎的相似之处。

我从未见过如此令人恶心、犹如梦魇的形体。它的手掌、足部和头部的触手都是怪异的钩爪，让我想起在我的前进之路上可怖地摸索的庞然黑影，而画像中这个完整的怪物坐在犹如王座的巨大基座上，某种隐约类似汉字的未知象形文字刻在基座的表面上。文字和画像都散发出邪恶和邪异的气息，强烈而无孔不入，我无法想象它有可能是任何一个文明或纪元的产物。那个畸形魔怪必定是无限空间之中、过去未来万古岁月之内全部邪恶的焦点——那些可怖的符号是有意识的污秽咒文，被赋予了它们自己的病态生命，随时能从羊皮纸上挣脱出来，毁灭阅读者的心智。至于那个怪物和那些象形文字的内涵，我毫无头绪，但能感受到作图者为了无可名状的目的，以地狱般的精确描绘了这两者。睨视着我的那些符文，我越是研究，它们与地下室那把不祥铁锁上的符号的相似性就变得越来越清晰。我把那张画像留在了阁楼上：身旁假如有这么一个东西，睡眠是绝对不可能到来的。

整个下午和傍晚，我仔细阅读老克拉斯·范德海尔的手稿，读到的内容足以给我人生中剩下的时间蒙上阴影并使其变得恐怖。这个世界以及先前其他世界的创生在我眼前展现。我知道了香巴拉城，雷姆利亚人在五千万年前修建了它，直到今天依然屹立于东方的荒漠中，受到心灵力量的高墙的保护。我知道了《德基安之书》，其前六章先于地球而存在，当金星诸领主乘坐飞船前来教化我们的星球时，它就已经很古老了。我第一次见到某个名字被写在纸上，其他人曾经用耳语向我讲述过这个名字，我曾以更私密和可怖的方式了解过它——这个被避讳和畏惧的名字是“鄢获”。

手稿中有数个段落需要一段关键文字（“密钥”）才能解读。最终我从多处记叙中得出结论：老克拉斯不敢用一部手稿记录他所有的知识，将一些特定的要点留在了另一部里；若是缺少其中一部，两部手稿都将无法完全解读。因此我下定决心，只要另外一部手稿还在这幢该诅咒的大宅中的某处，我就非要找到它不可。尽管我已彻底沦为囚徒，但还没有失去对未知事物的毕生热忱。我决定要在末日到来前尽可能深入地探究宇宙的奥秘。

四月二十三日

整个上午都在搜寻第二本日志，中午时分在上锁小房间的一张写字台里找到了。和前一本一样，也是克拉斯·范德海尔用粗鄙的拉丁文写成的。它似乎由支离破碎的笔记组成，与前一本的各个段落形成参照关系。我大致翻了一下，立刻瞥见了那令人憎恶的名字——鄢获，隐匿的迷失之城，埋藏着万古久远的秘密，关于它的模糊记忆比潜伏于全人类心智背后的暗影还要古老。这个名字重复了许多遍，前后的文本中点缀着粗略描绘的象形文字，这些符号明显类似于我见过的那张地狱般画像中基座上的符号。这本日志里无疑有着解读那个触手魔怪及其禁忌意义的密钥。我带着它爬上嘎吱作响的楼梯，前往遍布蛛网的恐怖阁楼。

我尝试打开阁楼门，却发现它前所未有地卡住了。我试了几次，它一次次地抗拒我的力量，最后终于打开时，我清晰地感觉到某种不可见的庞然巨物忽然松开了它——那个巨物拍打着非物质的翅膀腾空而去，发出的声音清晰可辨。我找到那幅可怖的画像，觉得它不在我上次放下的原处。我使用第二部手稿中的密钥解读，很快意识到它并不是通向秘密的直接途径，而只是一条线索，其背后的秘密过于黑暗，防护必须足够严密。我需要几个小时甚至几天来破解其中可怕的意义。

我能活到获知秘密的那一刻吗？黑色的幽影臂膀和手爪越来越频繁地侵袭我的视线，而且比从前巨大得多。非人类的模糊鬼影不来纠缠我的时间也越来越少，它们云雾般的躯体庞大得无法被房间容纳。转瞬即逝的怪诞面容与形体和嘲笑着我的画像怪影时常在我面前成群出现，搅得我头昏脑涨、不知所措。

说真的，地球上有一些可怖的原初奥秘最好不要去了解和惊扰。那些恐怖的秘密与人类毫无关系，人们知晓后只会牺牲自己的心灵平静和精神健全。那些神秘的真相会让知晓者变成同族中的异类，使得他孤独行走于世间。同样地，比人类更加古老和大能的可怕事物也有一些存活至今，它们亵渎神灵并在万古时光中迷途，来到了它们不该存在的年代。那些畸形魔怪在难以想象的墓穴和远离人间的洞窟里无休止地沉眠，不受理性和因果的定律拘束，等待着知晓它们暗黑禁忌符号和秘密口令的渎神者将其唤醒。

四月二十四日

一整天在阁楼研究画像和密钥。日落时分，我听见从未遭遇过的奇异声音从遥远的地方传来。侧耳细听后，我意识到它们必定来自那有着立石圈的怪异山丘。那些山丘突兀地矗立于村庄背后、大宅向北的一段距离以外。我听说过大宅里有一条小径通往山丘上古老的巨石阵，猜测范德海尔家族在一年中特定的时节会频繁地使用它。然而在今天之前，这整件事都被深深地埋藏在我的脑海里。此刻我听见的异响是尖细的笛声混杂着某种怪异而骇人的嘶嘶声或哨音——那是一种奇特而陌生的音乐，地球上历代的记载中都不曾提到过它。乐声非常微弱，很快就消散了，但这件事促使我开始思考。北侧的长厢房——建有那条秘密甬道，底下就是上锁的砖砌地窖——正是朝着小丘的方向伸展的。其中是否存在某些我一直未能意识到的联系？

四月二十五日

关于我被囚禁的现状，我有了一个令人不安的怪异发现。某种险恶的魅惑力量将我拉向那座山丘，我发现荆棘丛在我前方分开，但只在那个方向上如此。一道已经倒塌的大门之后，灌木丛底下隐藏着无疑曾经存在的古老小径的痕迹。荆棘丛包围了小丘，又蔓延到半山腰，但立着巨石的丘顶却只有一层奇特的苔藓和矮化的茅草。我爬上山丘，在那里待了几个小时，注意到一股阴风好像总是绕着禁忌巨石吹拂，偶尔似乎会以清晰得怪异但又神秘莫测的方式窃窃私语。

那些石块的色泽和纹理都与我在其他地方见过的任何事物毫无共同之处。它们既不是棕色也不是灰色，而是某种结合了险恶绿色的肮脏黄色，似乎拥有类似变色龙的可变性。它们的纹理怪异得类似有鳞的蛇皮，触感难以解释得令人作呕——冰冷而黏滑，就像蟾蜍或其他爬虫类生物的皮肤。中央立石不远处有个奇特的石圈洞口，我无法解释其用途，但很可能是早已堵死的深井或隧道的入口。我企图从远离大宅的方向走下山丘，却发现荆棘丛像以前一样拦住了我，只有通向大宅的小径可供通行。

四月二十六日

今天傍晚再次爬上山丘，发现风中的耳语声变得愈加清晰。接近狂暴的嗡鸣声与真正的说话声相去不远，形成了一种模糊的齿擦音，让我想起从远处传来的怪异笛声。日落之后，北方地平线上出现了一道怪异的光芒，那应该是早来的夏季闪电，渐暗天空的高处随即响起奇特的炸响。这个现象当中有一些不知名的因素使得我深感不安，我无法摆脱这样一种印象：炸响结束于某种非人类的嘶嘶说话声，而说话声又逐渐化作无所不在的粗嘎狂笑。是我的神志终于开始动摇，还是我不适当的好奇心从暮光 深渊激起了某些闻所未闻的恐怖之物？魔筵之夜越来越近。我将面临什么样的结局？

四月二十七日

我的梦想终于成真了！无论我将付出生命、灵魂还是肉体作为代价，我都必须进入那道门！解译图像中那些至关重要的象形文字的进度很慢，但今天下午我发现了最终的线索。傍晚时分，我知道了它们的含义——这个含义只能通过唯一方式解释我在这幢房屋里遭遇的那些事物。

屋子底下有一个被遗忘的古神。我尚不知道它具体葬身于何处，但它会向我展示我必将进入的那道门，赐予我将会需要的失落符号和词句。我无从猜测它在这里埋藏了多久。除了在丘顶竖起石块的那些人，还有后来找到此处并建起这幢房屋的那些人，世界早已遗忘了它。毋庸置疑，正是在搜寻这个古神的过程中，亨德里克·范德海尔才在一六三八年来到新尼德兰。除了找到或继承了密钥的极少数人会在恐惧的秘密低语中提到它，这颗星球上的居民对它毫无了解。人类的眼睛从未见过它，除非大宅里已经消失的那些巫术师探究得比我想象中更加深入。

懂得这些符号以后，我也掌握了“恐惧的失落七印”并随之通晓了骇人和不该言说的“恐惧之词”。现在我需要完成的只剩下咏唱，它将使被遗忘的古神“远古门户守护者”改变形态。咏唱让我惊诧莫名，构成它的是令人厌恶的怪异喉音和令人不安的齿擦音，不像我曾经遭遇过的任何一种语言，包括《伊波恩之书》最黑暗的章节。日落时分我探访小丘时尝试大声吟诵，激起的回应仅仅是远方地平线上隐约传来的险恶隆隆声，还有一团稀薄的尘云像邪恶活物般蠕动和蜷曲。也许我没有准确地发出那些陌生的音节，也许只有在魔筵之夜——大宅里的不明力量囚禁我无疑就是为了那地狱般的魔筵——伟大的变形才会发生。

今天上午，怪异的恐惧感像魔咒般困住了我。有一瞬间我似乎想起来曾在何处见过斯莱特这个令我苦恼的名字，那一刻醒悟带来的前景使我心中充满了不可言喻的恐惧。

四月二十八日

今天，不祥的黑色阴云笼罩着丘顶的巨石阵。我曾有几次留意到过这样的乌云，但今天的轮廓和排列方式有了全新的含义。它们状如巨蛇，与我在屋内见到的邪恶幽影有着怪诞和奇异的相似之处，并且围成一圈，悬浮于古老的巨石阵上空——不断旋转，像是被赋予了险恶的生命和目标。我敢发誓，云层中还传出狂暴的喃喃声。大约十五分钟后，它们缓缓飘向东方，就像迷途军团的组成单位。那难道就是可怖的古神，只有所罗门王才知道它们的历史？那些巨大的黑色生灵数以群计，脚步一度震撼大地？

我一直练习将无名古神变形的咏唱，但哪怕仅仅是低声念诵那些音符，怪异的恐惧感也会攥住我的心灵。我拼凑起所有的证据，发现通向答案的唯一途径就是穿过那个上锁的地窖。建造地窖是为了某种该下地狱的目的，必须掩盖通向那超越记忆的古老巢穴的秘密隧洞。只有疯子才有可能猜测是什么样的卫兵永远存活其中，一个又一个世纪依靠某种未知食物滋养生命。这幢房屋里原本的巫术师从地球内部召唤它们，正如那些令人震惊的肖像和此处留下的记忆所揭示的，巫术师对后者的习性实在过于熟悉。

最让我烦恼的是咏唱的能力有所限制。它能唤起无名古神，但没有提供控制被召唤之物的手段。当然了，我知道一些通用的符文和手势，但对这么一个古神是否有效还有待证明。然而，若是能够成功，回报足以抵消风险——另外，就算我想退缩也不行，因为某种未知的力量无疑在督促我继续仪式。

我还发现了另一个障碍。为了穿过上锁的地窖，我必须找到那地方的钥匙。那把锁过于坚固，不可能凿开。毫无疑问，钥匙就在附近的某处，但魔筵之夜即将到来，留给我的时间非常短暂，我必须坚持不懈地彻底搜寻大宅。打开铁门上的锁需要勇气，因为谁能说清里面潜伏着什么样被囚禁的恐怖之物呢？

稍晚

过去一两天，我一直尽量避开地窖，但今天下午晚些时候，我再次下楼走进了那片禁忌区域。刚开始万籁俱寂，但不到五分钟，铁门另一侧就再次响起了险恶的拍地声和喃喃声，比以前任何一次都更为响亮和可怕，我同时还辨认出了意味着某种庞大海兽的蠕行声——这次更加迅捷，强烈得令人紧张，像是那东西企图撞开铁门，朝我站立之处而来。

随着踱步声越来越响、越来越焦躁，也越来越险恶，我第二次造访地下室时听见的那种凶险而难以识别的震响在门的另一侧再次响起——发闷的声音像是模糊的雷声从遥远的地平线回荡而来。但此刻的音量被加大了上百倍，音色中带着令人恐惧的新寓意。我顶多只能将这个声音比作已经消逝的蜥蜴类时代的可怕怪兽的咆哮声，那时远古的恐怖生物还在地表横行，瓦鲁西亚的蛇人刚铺下邪恶魔法的基石。此刻这个令人震惊的声音让人联想到的就是这样的咆哮声——但增强到了震耳欲聋的响度，已知有机生物的喉咙不可能发出这样的声音。我敢打开门锁，直面潜伏于门内的怪物带来的冲击吗？

四月二十九日

找到了地窖的钥匙。中午时分，我在上锁的小房间里偶然发现了它，就埋在古老的写字台一个抽屉里的各种杂物底下，就像有人在追悔莫及时想要尽量隐藏它。一张揉皱的旧报纸包着它，报纸的日期是一八七二年十月三十一日。报纸底下还垫着一层干制的皮肤——显然是某种不明爬行类生物的皮革——上面写着一段中古拉丁文，潦草的字迹与我找到的两本笔记上的一样。如我所料，锁和钥匙比地窖本身古老得多。老克拉斯·范德海尔安装那把锁是为了他或他的后代应该去做的某件事，至于钥匙本身究竟有多古老，这是我难以估量的。解读这段拉丁文留言时，攫住灵魂的恐惧和无可名状的敬畏再次让我颤抖。

“怪异古神的秘密，”潦草的字迹写道，“它们的神秘话语与早于人类的隐秘事物有关。地球上的任何一个居民都不该了解那些事物，否则就将永远破坏他内心的平静。我真不该揭开这样的秘密，在曾经存在过的一切活物之中，只有我以这具血肉之躯造访了鄢获，那万古久远、被遗忘的失落之城，谁也不该泄露它的所在地。我在那里得到并

带走了我当欣然忘记然而却无法忘记的知识。我知道了该如何跨越不该被跨越的沟壑，将不该被惊醒或召唤的'那个东西'从地球深处唤醒。派来跟随我的事物将永不沉眠，直到我或我以后的任何人发现并做完应该被发现并做完的事情。

"我醒悟并带回来的'那个东西'，我将无法与它分离。《隐秘事物之书》里就是这样记载的。被我唤起的'那个东西'用它可怖的形体缠绕着我，假如我的生命不足以支付代价，还将缠绕我未来出生或未出生的子孙后代，直到付清代价为止。它们的结合将怪诞离奇，它们召唤的帮手将令人恐惧，直到最终达到目的。必须前往未知而偏远的土地，建造一幢房屋从外部守护。

"这把钥匙能打开我在万古久远的禁忌恐怖之城鄢获得到的那把锁。我或我的后代必须将这把锁挂在'那个东西'日后栖身之处的门上。愿亚迪斯的诸位领主护佑我或他——将锁挂在那里并转动钥匙的人。"

他的留言到此结束——读完之后，我觉得似曾相识。此时此刻，我写下这些文字，钥匙就摆在我面前。我盯着它，内心既有恐惧也有渴望，我找不到词句能够用来形容它的外形。它和门锁一样，也是略显绿色、哑光的未知金属质地，

最接近这种金属的东西是被铜绿磨灭光泽的黄铜。它的外观陌生而奇异、沉重而硕大，棺材形状的一端无疑是用来开锁的。手柄大致呈现出一个非人类的怪异形象，其具体的轮廓和身份已经无法辨认。任意握住它并保持一段时间，我似乎就会在冰冷的金属里感觉到某种陌生而反常的生命——那是某种胎动或脉搏，但极其微弱，通常情况下不可能觉察到。在这个形象之下雕刻着一行万古久远的模糊铭文，我已经非常熟悉这种亵渎神灵、类似汉字的象形文字了。开头尚可分辨——“我的复仇潜伏”——后面的文字就磨损得看不清了。发现钥匙的时机中暗含着某种宿命感，因为明晚就是地狱般的魔筵之夜了。但是说来奇怪，尽管骇人的前景彻底笼罩着我，斯莱特这个名字的问题却让我越来越烦躁。我为什么要害怕发现它和范德海尔家族之间存在联系呢？

瓦尔普吉斯前夜
——四月三十日

这个日子终于到了。昨天半夜我醒来，看见天空散发着可憎的绿色辉光。我见过这种病态的绿色——在此处某些画像的眼睛和皮肤上，在令人惊骇的锁和钥匙上，在小丘顶上的怪诞巨石上，在我意识深处成百上千个其他角落里。空气中飘荡着刺耳的低语声——就像那令人恐惧的巨石阵周围的怪风中嘶嘶作响的哨音。有些事物在冰寒的以太空间对我开口说："时辰已到。"这是个险恶的预言，我嘲笑自己的恐惧。我难道不拥有"恐惧之词"和"恐惧的失落七印"吗？它们的力量能够驾驭宇宙或未知的黑暗空间中的任何栖息者。

我将不再犹豫。

天空非常黑暗，就仿佛可怖的暴雨即将来临——这场暴雨比近两周以前我抵达此处的那一晚的暴雨还要猛烈。我听见怪异而不寻常的含糊叫声从不到一英里外的村庄传来。事实正如我的猜想，这些已经退化的可怜愚人也是秘密的一部分，他们正在丘顶举行可怕的魔筵仪式。大宅里的幽影聚集得更加紧密。黑暗中，钥匙在我面前几乎自行散发出绿色光芒。我还没有去地窖，最好再等待一下，以免呢喃声和拍地声、蠕行声和发闷的震响在我打开那扇恐怖铁门前就让我丧失勇气。

至于我将遭遇的和我必须做的事情，我连个大致的念头都没有。我会在地窖里找到我的使命，还是必须更深入地走进我们星球的永夜心脏？有些事情我还不理解——或者更确切地说，宁可不去理解——但这幢可怖的房屋让我越来越强烈地觉察到一种令人恐惧、难以解释、与往日有关的熟悉感，尤其是从上锁小房间通向地下的那条甬道。但我自认为已经知道，建有地窖的那一侧厢房为何会朝着小丘的方向延伸。

下午六时

我从北侧的窗户向外看，见到一群村民聚集在山丘上。他们似乎对越来越低垂的乌云浑然不觉，忙着在中央巨石周围挖掘。我意识到他们正扒开那个很像堵塞多年的隧道入口的石圈洞口。接下来会发生什么？这些人保留了多少古老的魔筵仪式？钥匙发出可怕的光芒——这不是我的想象。我敢按照它正确的方式来使用它吗？还有一件事情让我极为惶恐。我坐立不安地在图书室里翻阅一本书，见到了一直在嘲讽我的记忆的那个名字的完整形式：崔金治，阿德里安·斯莱特之妻。阿德里安带领我走到了回忆的悬崖边缘。

午夜

恐怖之物已被释放，但我绝对不会屈服。暴风雨以万魔殿般的狂怒势头袭来，闪电三次击中小丘，但混血的畸形村民依然聚集在巨石阵内，我能在几乎片刻不停的闪电中看见他们。庞大的石块令人惊骇地屹立在那里，散发着模糊的绿色辉光，即便没有闪电也能揭示其自身的存在。雷声震耳欲聋，每一声似乎都可怖地在某个难以确定的方向唤来回应。就在我写下这些文字的时候，山丘上的怪物开始咏唱、嚎叫和嘶喊，以半猿猴的退化方式模仿古老的仪式。大雨像洪水般倾泻，但他们以恶魔般的狂喜姿态蹦跳和发出声音。

“咿呀！莎布-尼古拉斯！孕育万千子孙的黑山羊！”

最可怕的事情在大宅内发生。即便待在楼上，从地窖飘来的声音仍能传进我的耳朵。那是地窖里的拍地声、喃喃声、蠕行声和发闷的震响……

记忆来来去去。阿德里安·斯莱特的名字奇异地捶打我的意识。迪尔克·范德海尔的女婿——他的孩子，老迪尔克的孙女，亚巴顿·科里的曾孙女……

稍晚

上主垂怜！我终于知道我在哪里见过那个名字了。我知道了，恐惧让我无法动弹。一切都完了……

我用左手紧张地攥着钥匙，感觉钥匙开始变得温暖。微弱的胎动或脉搏有时候非常清楚，我几乎能感觉到活生生的金属在蠕动。它来自鄢获，为了一个恐怖的目标，来到我的手中——我知道了，但为时已晚，范德海尔家族的稀薄血脉通过斯莱特家族淌入我的家族——将骇人的使命传递给我，要我去实现那个目标……

我的勇气和好奇心已经衰竭。我知道铁门背后隐藏着什么恐怖之物。就算克拉斯·范德海尔是我的祖先，难道我就必须为他无可名状的罪孽付出代价吗？我绝对不会——我发誓，绝对不会！……

太迟了——我无法阻止自己——黑色手爪已经显形——将我拖向地窖

月沼
THE MOON-BOG

丹尼斯·巴里去了某个地方，究竟是哪个遥远而可怖的鬼域，我不得而知。他在活人中间的最后一个夜晚，我和他待在一起，那个东西扑向他的时候，我听见了他的惨叫。但米斯郡[1] 所有的农夫和警察还有其他任何人，无论他们搜寻得多久、多广泛，都永远也不可能找到他了。如今我只要听见青蛙在沼泽地里鸣叫，见到月光照耀荒僻的地点，都会不寒而栗。

我和丹尼斯·巴里在美国结为好友，他在美国发迹，归乡后买回了沉睡小镇基尔德里沼泽旁的家族古堡，而我为此献上衷心的祝福。他的父亲来自基尔德里，他希望能在先辈栖身之处享用他的财富。他的祖先曾统治基尔德里，建造了这座古堡并在其中居住，但那是非常遥远的过去了，因此古堡已经空置和朽败了多个世代。巴里返回爱尔兰后经常与我通信，讲述在他的照护之下，灰色的古堡如何一个塔楼一个塔楼地恢复往昔的荣光，常青藤如何像许多个世纪前那样缓

1. 位于爱尔兰东部。

慢地重新爬上修复的墙壁，农夫如何为了他用从海外带来的金钱让过去的好日子回到此处而祝福他。但过了一段时间，他遇到了麻烦，农夫不再祝福他，像躲避厄运一样离他远去。后来他寄给我一封信，请我前去探望，因为他待在古堡里感到很孤独，除了新雇的仆役和从北方带来的工人，他连个说话的人都没有。

沼泽是所有麻烦的起因。我抵达古堡的那天晚上，巴里这样对我说。我在夏季的日落时分来到基尔德里，金色的天空照亮绿色的山丘与树丛，还有蓝色的沼泽。沼泽中有座遥远的小岛，岛上怪异的古老废墟闪耀着奇特的光辉。日落的景色非常美丽，但巴利洛克的农夫警告我不要靠近基尔德里，称那里受到了诅咒，因此当我见到古堡高耸的塔楼镀上烈火的颜色时，一时间几乎不寒而栗。基尔德里不通火车，因此巴里派车在巴利洛克车站接我。村民远远避开那辆车和从北方来的司机；他们得知我要去基尔德里，纷纷脸色苍白地低声提醒我。当天晚上，我和巴里重新聚首后，他告诉了我原因。

农夫远离基尔德里是因为丹尼斯·巴里打算抽干大片沼泽的水。尽管热爱故乡爱尔兰，但美国并非没有给他留下印记，他讨厌见到一块荒弃的美丽空地，泥炭应该被挖掘切分，土地应该被开垦种植。基尔德里的民间故事和迷信传统对他毫无影响，农夫先是拒绝帮忙，后来发现他已经下定决心，于是诅咒他，带着仅有的丁点财产搬去巴利洛克，他对此只是放声大笑。他从北方请来工人代替他们，仆役请辞时，他也同样更换了他们。但待在陌生人之中，巴里感到很孤独，因此邀请我来和他做伴。

当我听说是恐惧赶走了基尔德里的居民时，也和我的朋友一样响亮地放声大笑，因为那些恐惧有着最模糊、最狂野和最荒谬的特性。恐惧来自有关沼泽和一个冷酷的守护灵的荒诞传说，守护灵就居住在日落时我见到的遥远小岛上的怪异的古老废墟里。据说月光黯淡的时候，岛上会有光点舞动；夜晚温暖的日子，会突然刮起寒风；身穿白衣的幽魂悬浮于水面之上，幻想中的石砌城市深埋于沼泽地的表面之下。在这些怪异的传说里，最奇特同时也因为众口一词而显得格外突出的，则是称若有人胆敢触碰或抽干这片广袤的红色沼泽，就会有诅咒等着降临到他头上。农夫说，有些秘密绝对不该被揭开。自从传说中的史前年代，瘟疫折磨巴弗诺的子孙之后，那些秘密就埋藏在这个地方。据《侵略者之书》记载，这些希腊人的子孙全埋葬在塔拉，但基尔德里的老人说，有一座城市在守护它的月亮女神的拯救下逃过劫难。当内米德人从锡西厄乘着三十艘大船汹汹而来时，只见到它已被隐藏在了森林覆盖的丘陵底下。

这就是逃离基尔德里的村民讲述的无聊传说，我听完之后，并不觉得丹尼斯·巴里拒绝听从他们有什么可大惊小怪的。另一方面，他对古老的事物有着强烈的兴趣，打算在抽干积水后仔细探查那片沼泽。他曾多次探访小岛上的白色废墟，它们的年代显然非常久远，轮廓与爱尔兰的绝大多数古迹几乎没有相似之处，并且由于毁坏得过于严重，已经难以表现出往昔的荣光。排水工作随时准备开始，来自北方的工人很快就会剥掉禁忌沼泽那绿色苔藓和红色石楠花的外衣，淌过贝壳的涓涓细流和灯芯草环绕的蓝色宁静池塘将不复存在。

白天的旅程消耗了我的体力，款待我的人又和我一直聊到深夜，因此听巴里讲完这些事情，我已经非常困倦。一名男仆带我去我的房间，位于一座偏远的塔楼中，从那里可以俯瞰村庄、沼泽边缘的平原和沼泽本身。我从窗口能望见月光洒在寂静的屋顶之上。农夫逃离这些房屋以后，来自北方的工人便住进了那里。我还能望见教区教堂的古老尖塔。沼泽中那座沉寂的小岛上，遥远的古老废墟闪烁着鬼魂般的白色幽光。就在我坠入梦乡的时候，我觉得我似乎听见微弱的声音从远方传来，那是仿佛音乐的狂乱声音，在我内心激起怪异的情绪，给梦境染上奇特的色彩。第二天早晨醒来，我认为那仅仅是一场梦，因为在梦中我见到的幻象比深夜任何一种狂野的笛声都要瑰丽。巴里讲述的故事造成了影响，我的意识在沉眠中盘旋于绿色山谷中的一座庄严城市之上，大理石的街道和雕像、别墅和庙宇、雕纹和铭文无不诉说那独特的荣光只可能属于希腊。我向巴里讲述这个梦，两人都为此大笑，但我笑得更响亮，因为他的北方工人让他困惑不已。他们第六次集体睡过了头，醒来得非常缓慢，昏头转向，举手投足间像是根本没休息，然而我们知道他们昨晚很早就上床了。

那天上午和下午，我单独徜徉于阳光照耀的村庄之中，偶尔与闲散的工人交谈，巴里则忙着制订抽干沼泽的最终计划。工人不像应有的那么高兴，大多数工人都因为他们做的某些梦而感到不安，但无论怎么尝试回忆都是徒劳。我向他们讲述我的梦，他们却不感兴趣，直到我提起自己听见的怪异声音。这时他们奇怪地看着我，说他们似乎也记得听见了怪声。

巴里和我共进晚餐，宣称他将在两天后开始排水作业。我很高兴，尽管我不愿见到苔藓、石楠花、小溪和池塘如此消失，但同时也越来越强烈地想揭开厚厚的泥炭层，探索底下隐藏的古老秘密。那天夜里，我关于笛声和大理石柱廊的梦境迎来了一个突如其来、令人惶恐的结局：我看见瘟疫降临在山谷城市之中，森林覆盖的山坡在骇人的山崩中掩埋了街道上的死尸，只有高处山顶上的阿尔忒弥斯神庙幸免于难，年迈的拜月女祭司克莱伊斯冰冷而沉默地躺在那里，象牙的冠冕戴在她的银发之上。

如我所说，我突然在惊惶中醒来。有一段时间，我不知道自己究竟是醒着还是在睡觉，因为笛声依然尖细地在我耳中鸣响。我望向地面，看见冰冷的月光和哥特式窗户的窗格，确定我自己是醒着的，身处基尔德里的城堡之中。我听见底下某个楼梯平台上的落地钟敲响了两点。然而，怪诞的笛声依然从远处传来，疯狂而奇异的音色让我联想起潘神在遥远的梅纳琉斯山上的舞蹈，阻止我重新入睡。不耐烦之下，我一跃而起，在房间里踱来踱去。偶然间，我来到向北的窗口，望着寂静的村庄和沼泽边缘的平原。我并没有眺望夜景的兴趣，因为还想睡觉，但笛声折磨着我，我只能做点或者看点什么。然而我怎么可能猜到接下来会目睹何等的景象？

任何一个目睹过的凡人都不可能忘记的奇观出现在月光遍洒的空旷平原上。应和着回荡在沼泽之上的尖细笛声，混杂的人群寂静而怪异地摆动身体，古时候西西里人在库阿涅河畔的丰收之月下向德墨忒耳狂欢献祭也不过如此。开阔的平原、金色的月光、影影绰绰的人影以及笼罩一切的尖锐而单调的笛声，营造出的效果几乎让我无法动弹。然而我在恐惧中依然注意到，那些不知疲倦、机器一般跳舞的人里有一半是应该正在睡觉的工人，而另一半是怪异而轻盈的白衣生灵，在自然环境中几乎难以分辨，很像传说中的那伊阿得斯——身穿白衣，心怀叵测，来自沼泽中鬼魂出没的泉水。我不知道在孤独的塔楼窗口盯着这一幕看了多久，然后忽然陷入无梦的酣睡，直到早晨被高挂的太阳唤醒。

我醒来后的第一个念头是向丹尼斯·巴里陈述我的担忧和目睹的景象，但见到阳光透过东侧格窗照进房间，我立刻确定自认见到的东西毫无现实性可言。奇异的幻觉曾经蛊惑过我，我从未软弱到愿意相信它们的地步。因此这次我也仅仅找那些工人问了话，他们都睡得很晚，对昨夜毫无记忆，只说在朦胧的梦境中听见了尖细的怪声。如同幽魂的笛声让我深感烦恼，我猜测或许是秋天的蟋蟀过早地出现，打破了夜晚的宁静，侵扰人们的梦境。当天晚些时候，我看见巴里在图书室研究他为明天开始的大工程制订的计划，第一次感觉到了一丝将农夫驱离家园的那种恐惧。出于某些未知的原因，我畏惧破坏古老的沼泽及其黑暗秘密的念头，不敢想象在积累数百年、深度不可估量的泥炭下潜藏着何等可怖的景象。应该让这些秘密重见天日的想法似乎不太明智，我开始构思离开古堡和村庄的借口，甚至进行到了向巴里随口提起这个话题的那一步，但听见他发出特有的洪亮笑声，我又忍不住退缩了。就这样，太阳灿烂夺目地在远处的丘陵落山，火焰般的夕阳将基尔德里染成红色和金色，这一幕仿佛一个凶险的预兆。

那天夜里的事情是现实还是幻觉，我将永远也无法确定。那无疑超越了我对大自然和宇宙的一切梦想。但另一方面，我也无法用常理解释之后人们才发现的失踪事件。我很早就躺下了，满心惶恐，在塔楼诡异的寂静中长时间无法入睡。外面非常黑，尽管天空晴朗，但月亮正处于月亏期，而且直到下半夜才会升起。我躺在床上，想着丹尼斯·巴里和天亮后将会降临在沼泽头上的命运，发现自己产生了一种近乎疯狂的冲动，想摸着黑跑出去，跳上巴里的汽车，发疯般地开出这片险恶的土地，直到巴利洛克才停下。然而还没等我的恐惧升华为行动，我就坠入了梦乡，在梦境中俯视山谷里冰冷的死亡城市，骇人的阴影如裹尸布般缠绕着它。

唤醒我的也许是尖细的笛声，但睁开眼睛的时候，首先注意到的并不是笛声。我背对俯瞰沼泽的东侧窗户躺在床上，下弦月应该在那个窗口升起，因此我预料到会在面前的墙上见到光线，然而我期待的无论如何不是此刻出现的这幅景象。光线确实在前方的墙板上闪烁，但绝对不是月亮能够映出的光芒。从哥特式窗户照进房间的是血红色辉光，可怖而刺眼，整个房间被非尘世的怪异光华照得亮如白昼。我在如此处境下的第一反应非常奇特，然而只有故事里的角色才能时时刻刻做出戏剧性和有远见的事情。我没有望向沼泽，寻找这种光芒的来源，而是在惊恐中让视线远离那扇窗户，我笨手笨脚地穿上衣服，昏昏沉沉的脑袋里只有逃跑的念头。我记得拿上了左轮手枪和帽子，但在事情结束前就弄丢了，既没有扣动前者的扳机，也没有戴上后者。过了一段时间，红色辉光的魔力终于胜过我的恐惧，我挪到东侧窗户前向外张望，令人疯狂的笛声片刻不停地呜咽，回荡在古堡内，笼罩着小村庄。

耀眼的光芒如洪水般淹没了沼泽，血红色的险恶光线从遥远小岛上怪异的古老废墟倾泻而出。我无法描述废墟此刻的面貌——我必定是发疯了，因为它矗立在岛上，壮丽宏伟而毫无朽败迹象，并被廊柱环绕。反射火焰的大理石柱顶刺向天空，似乎是一座山顶神庙的顶端。笛声尖啸，鼓声开始响起，我敬畏而恐惧地望着这一幕，觉得大理石和辉光的幻象好像怪诞地勾勒出了黑色的跃动人影。眼前的景象慑服了我，完全夺走了我的思考能力，要不是左侧的笛声忽然变得更加响亮，我大概会无休止地永远看下去。奇异地混杂着狂喜的恐惧使我颤抖，我来到向北的窗口，从这里能看见村庄和沼泽边缘的平原。即便我刚从大自然界限之外的景象前转过身，底下疯狂的奇景依然让我再次瞪大了双眼，因为怪诞红光照亮的平原上有一支生灵的队伍正在行进，除了在噩梦之中，你在任何地方都不可能见到这么一支队伍。

裹着白衣的沼泽幽魂半滑行半漂浮地缓缓退向静止的水面和岛屿上的废墟，它们奇异的队列暗合某种古老而庄重的仪式性舞蹈。在不可见的魔笛吹出的可憎笛声引导下，它们挥舞半透明的手臂，以神秘的节奏召唤着走得东倒西歪的成群工人，工人像狗一样跟着它们，步伐盲目无脑、跌跌撞撞，仿佛受到笨拙但无法抵抗的恶魔意志的牵引。那伊阿得斯正在靠近沼泽，没有改变行进路线，而另一支蹒跚行走的队伍像醉酒者般摇摇晃晃地从我窗户底下的一道门走出城堡，目不视物地摸索着穿过前院和城堡与沼泽之间的村庄，汇入平原上跌跌撞撞行走的工人队伍。尽管在我脚下很远的地方，我还是立刻知道了他们就是从北方来的仆人，因为我认出了厨子那丑陋而笨重的身影，他一向滑稽的模样此刻变得极为可悲。笛声吹奏得令人恐惧，我再次听见了小岛废墟方向传来的鼓声。那伊阿得斯已经来到水边，一个接一个地融入古老的沼泽，而排成一列的跟随者没有放慢脚步，笨拙地跟着它们走下水塘，消失在冒着邪恶气泡的小漩涡之中，我在血红色的光线中只能勉强看清。随着最后一名可怜的梦游者——那位肥胖的厨子——沉重地消失在阴森的水塘里，笛声和鼓声戛然而止，废墟射出的炫目红光同时熄灭，留下厄运笼罩的村庄孤独而凄凉地沐浴在新升起的月亮那黯淡的光芒之中。

此刻我已经陷入无法用语言描述的混乱之中。我不知道自己是发了疯还是精神健全，是还在沉睡还是已经清醒，但最终拯救了我的是慈悲的麻木。我猜我做了很多荒唐的事情，例如向阿尔忒弥斯、拉托娜、德墨忒耳、珀尔塞福涅和普路同祈祷。恐怖的境况唤醒了我内心最深处的迷信，我还记得年轻时学过的古典知识滔滔不绝地涌出我的嘴唇。我觉得我刚刚目睹了一整个村庄的死亡，知道自己单独和丹尼斯·巴里待在城堡里，后者的胆大妄为引来了如此厄运。想到他，又一阵恐惧让我身体痉挛，使我倒在地上，但没有昏厥，只是身体软弱无力。这时我感觉到月亮升起的东侧窗口刮来一股寒风，听见脚下很远处响起阵阵尖叫。尖叫声逐渐变得强烈，有一种我不能形诸笔端的特性，只要想到就会让我眩晕。在此我只能说，那叫声来自我曾经视为朋友的一个怪物。

这段惊骇的时间到了某个阶段，寒风和尖叫肯定唤醒了我，因为等回过神来，我正在发疯般地跑过漆黑的房间和走廊，穿过前院，来到可怖的黑夜中。黎明时分，人们在巴利洛克附近发现我精神恍惚地游荡，彻底压垮我的并不是先前见到或听到的任何东西。在我逐渐走出阴影的时候，我时常喃喃讲述在逃跑时发生的两件奇事，它们本身并不显得特别重要，但只要我单独待在沼泽旁或者月光下，就会无止境地纠缠我的心灵。

沿着沼泽边缘逃离该诅咒的古堡时，我听见了一种新的声音——很普通，但不同于我在基尔德里听见过的一切声音。从我到来后没有在那些死水潭里见到过任何动物生命，但此刻其中却聚集着一大群黏滑的巨蛙，它们不间断地发出尖锐的笛声，音调奇特得不符合蛙类的体型。它们浮肿的身体在月光下闪着绿光，似乎在仰望光线的源头。我顺着一只尤其肥胖和丑陋的巨蛙的视线望过去，见到的第二件事物粉碎了我的理智。

我的眼睛似乎在遥远小岛上怪异的古老遗迹和黯淡的下弦月之前瞥见了一束模糊而微颤的光芒，但沼泽的水面上没有它的倒影。我狂热的想象力似乎在那条苍白的小径上见到了一团缓缓蠕动的稀薄幽影。这团模糊而扭曲的幽影像是在隐形恶魔的牵引下挣扎。在我当时的癫狂状态下，我在那团可怕的幽影里见到了某种畸形的相似性——某种令人作呕、难以置信的嘲弄戏仿——亵渎神灵的写照原型正是曾经名叫丹尼斯·巴里的那个人。

HE 他
GENUINE

他 | He

我在一个不眠之夜见到了他。当时我绝望地四处乱走，企图拯救我的灵魂和梦想。来纽约事实上是个错误，我想寻找的是震撼灵魂的奇景和灵感，为此走遍了犹如迷宫的古老街道，它们从被遗忘的庭院、广场和码头漫无止境地曲折延伸到同样被遗忘的庭院、广场和码头。我望着庞然耸立的现代化高楼和尖顶，它们像巴比伦巨塔一样阴郁地耸立于下弦月之下，我得到的却只有恐惧和受压迫的感觉，它威胁着要主宰、瘫痪和湮灭我。

醒悟是逐渐到来的。刚来到这座城市的时候，我从一座大桥上见到它气势恢宏地耸立于水面上，令人难以置信的尖峰和棱锥屋顶如花朵般优雅地从紫色雾霭中升起，与金色的火烧云和傍晚最早的几颗星辰嬉戏。微光闪烁的潮水之上，一扇又一扇窗户点亮灯光，光点在潮水中起伏和滑行，低沉的号角奏响奇妙的和弦，水面化作另一片星光闪烁的如梦苍穹，飘荡着丝丝缕缕的仙乐，卡尔卡松、撒马尔罕、埃尔多拉多和所有半传说的辉煌城市的奇迹都汇集其中。之后没多久，我被人领着行走在那些古老的道路上，它们多么贴近我的幻想——狭窄而蜿蜒的小巷和通道，身旁是成排的乔治王时代的红砖建筑，小窗格的天窗在柱廊支撑的大门之上散发光彩，门口停着鎏金轿车和镶板马车——我期盼已久的事物终于成为现实，在最初的兴奋中，我以为自己终于找到了梦寐以求的珍宝，假以时日它们会让我成为一名诗人。

然而，成功和快乐都未能如愿到来。刺眼的阳光只揭示出贫穷和疏离，月光下显得可爱和散发古老魔法的攀缠蔓延的石板，此刻就仿佛象皮病一样丑恶不堪。拥挤的人群熙熙攘攘地穿过犹如排水沟的街道，他们都是矮胖黝黑的外国佬，面容冷酷，皱眉狭眼，这些精明的外国佬没有梦想，与周围的景象毫无亲缘关系，在早先定居此处的蓝眼居民看来，他们什么都算不上，而蓝眼居民从心底里热爱整洁的绿色小巷和白色的新英格兰尖屋顶村舍。

因此，我得到的不是诗歌，而是令人战栗的茫然和无法言喻的孤独。我终于认清了以前没有人敢于低声说出的可怖真相——不能提及的秘密中的秘密——这座喧闹的石砌城市并不像伦敦之于老伦敦、巴黎之于老巴黎，是老纽约这个活物的延续，事实上它已经完全死亡，它蔓生的尸体只做过不完美的防腐处理，奇异的生物在此滋生，这些东西与尚存活时的它毫无关系。发现此事之后，我再也不能惬意地入睡。我逐渐养成了白天远离街道、只在夜晚外出探险的习惯，因此得到了一些听天由命的平静，黑暗能够唤回宛如鬼魂一般在此盘桓的那一丁点过往，古老的白色门扉忆起曾经在此穿过的坚毅身影。在这种松弛的心境下，我甚至写了几首诗，但依然不愿返回家人的怀抱，免得被人视为狼狈爬回故乡的失败者。

就这样，一个不眠之夜，我在散步时遇到了那个人。当时我走在格林威治一个隐蔽而怪诞的庭院里。先前出于无知，我选择这个区域落脚，因为听说它是诗人和艺术家天赐的家园。古旧的小巷与房屋、不期而遇的小广场与庭院确实愉悦了我，后来才发现所谓的诗人和艺术家只是吵闹的冒牌货，他们的趣味华而不实，生活是对诗歌和艺术的纯粹美感的彻底否定。我之所以还住在此处，仅仅是因为喜爱那些历史悠久的事物。我想象它们处于黄金时代的样子，格林威治当时还是个平静的村庄，没有被城市吞噬。破晓前的那几个小时，狂欢者都已经沉睡，我喜欢徜徉于神秘而蜿蜒的街巷之间，沉思世世代代在此积淀的奇异奥秘。这么做能让我的灵魂保持活力，给我难得一见的那种美梦和幻象，满足深埋于我内心的那个诗人。

八月里一个多云的凌晨，我遇到了那个男人。当时我正在探索一连串互不相连的天井，它们现在只通过横亘其间的建筑物中没有照明的走廊连接在一起，但曾经构成过一个风景如画、连绵不断的街巷网络。我在语焉不详的传闻中听说了它们的存在，意识到它们不会被绘制在如今的任何地图上。遭到遗忘的现状反而让我感到亲近，因此我以加倍的热情寻觅它们。此刻找到之后，我的热情再次加倍，因为它们的排列方式中有某些因素隐约暗示这仅仅是许多如此事物中的一个，黑暗而沉默的类似网络不为人知地镶嵌于漠然高墙和荒弃公寓楼之间，缺乏光照地潜伏于拱廊背后，说外语的异国人群没有觉察到它们的存在，只有不欢迎大众和阳光的鬼祟而拘谨的艺术家在守护它们。

他自作主张地与我交谈时，我正在打量筑有铁栏杆的台阶和带门环的大门，格子窗里映出来的苍白光芒无力地照亮了我的脸，才使他注意到了我的情绪和视线。他的面容处在阴影中，一顶宽檐帽完美地搭配着他身上过时的斗篷。然而在他向我开口之前，我就隐约感到了不安。他的身影非常纤细，枯瘦得几乎像一具干尸。他的声音出奇的柔和与空洞，但并不特别低沉。他说他多次注意到我在四处游荡，推测我和他一样热爱逝去岁月的遗迹。我难道会不愿意接受一个深谙此种探索的老手的指引吗？他对本地的了解无疑远超一名显而易见的新来者有可能获得的知识。

他说话的时候正处于一扇阁楼孤窗映出的黄色光芒照耀下，让我得以瞥见了一眼他的脸。那是一张高贵甚至英俊的苍老面容，带着就他的年龄和这个地方而言不同寻常的血统和教养的印记。然而这张脸一方面令我愉悦，另一方面也有某些特质使我不安——也许是因为它过于白皙，或者过于缺乏表情，或者完全与此处格格不入，因而无法让我感到自在和舒服。话虽如此，我还是跟他走了。在那些沉闷的日子里，只有对往昔美景和奥秘的追求还能让我的灵魂保持活力，我以为这是命运罕有的恩赐，让我遇到一名同类，而他的探索似乎比我深入许多倍。

夜晚的某些因素使得穿斗篷的男人安于沉默，因为他领着我走了漫长的一个小时，没有说任何不必要的话，只以最简短的方式讲述古老的名称、日期和改变，基本上只用手势带领我挤过狭窄的缝隙，蹑手蹑脚地穿过走廊，攀爬一面又一面砖墙，有一次甚至手脚并用地爬过一条低矮的拱形通道。这条通道长而曲折，尽管我很想记住地理方位，却完全丧失了这种可能性。我们见到的事物非常古老和惊人，至少在我借以观察它们的些许散射光线下是这样，我将永远不会忘记摇摇欲坠的爱奥尼亚式立柱、有竖槽的半露壁柱、带瓮头的铁栅栏柱、有着华丽过梁的窗户和装饰性的扇形窗，随着我们继续深入这座由未知古迹构成的无尽迷宫，它们显得越来越奇巧和怪异。

我们一路上没有遇到任何人。时间渐渐过去，亮灯的窗户变得越来越稀少。刚开始的时候，我们见到的路灯是烧油的，有着古老的菱形花纹。后来，我注意到有些路灯里点着蜡烛。经过一个毫无光亮的可怖天井时，我的向导不得不用他戴手套的手领着我穿过彻底的黑暗，走进一面高墙上的一扇狭窄木门。我们踏入的这段小巷只有七幢房屋前各一盏的风灯提供照明——我不敢相信自己的眼睛，它们竟然是殖民时代的铁皮风灯，顶帽呈圆锥形，侧面开着孔洞。这是一条陡峭的上坡小巷，比我想象中纽约这个地区有可能存在的坡度更加陡峭，一座私人宅院被常青藤覆盖的墙壁完全堵住了坡顶，借着暗淡的天光，我只能看见墙壁另一侧白色的穹顶和摇曳的树顶。墙上开着一扇低矮的拱形门，黑橡木的门板上遍布饰钉，男人用一把笨重的钥匙打开门锁。他领我进门，带着我在彻底的黑暗中走过一段似乎是砾石小径的路面，最后爬上几级石阶，来到房屋的正门前。他打开门锁，请我进去。

走进屋子后，我几乎昏了过去，因为严重霉烂产生的难闻气味扑面而来，那只可能是几百年腐朽衰败的结果。款待我的屋主似乎没有注意到，出于礼节我也保持沉默。他领我爬上弧形楼梯，穿过走廊，进入一个房间，我听见他在我们背后锁上了房门。然后他拉开窗帘，露出三块窗格拼成的窗户，在天空微光的衬托下，我也只能勉强分辨出窗户的轮廓。随后他走向壁炉，用铁块击打燧石，点燃十二枝大烛台上的两根蜡烛，他对我打了个手势，开始用轻柔的嗓音说话。

在微弱的光线中，我发现这是一间家具精美、镶嵌墙板的宽敞图书室，年代可以追溯到十八世纪的前二十五年，门上有奢华的三角楣饰，多利安式的檐板令人喜爱，刻着美丽花纹的壁炉饰架顶上是涡卷与瓮的浮雕。装满书籍的书架上方，每隔一段距离就挂着一幅精美的家族成员肖像画。岁月磨灭了画像的光泽，它们因而变得神秘而朦胧，但与我面前的男人都有着毋庸置疑的相似之处。他示意我坐进优雅的齐本德尔桌旁的一把椅子，像是有些尴尬般犹豫片刻，然后隔着桌子在我对面坐下。他慢吞吞地脱掉手套、宽檐帽和斗篷，站在那里仿佛戏剧中的角色，身穿全套乔治王时代中期的服装，他的长发编成辫子，褶边翻领围着颈部，穿齐膝马裤和丝绸紧身裤，脚上是一双我先前没有注意到的搭扣皮鞋。他缓缓坐进一把有七弦琴形状靠背的椅子，目光炯炯地看着我。

摘掉帽子后，他看上去极为老迈，但先前几乎没有显露出来，我猜测最初让我感到惶恐的会不会是这种难以觉察的奇特长寿的特征。他滔滔不绝地开口，小心翼翼压低的柔和而空洞的声音不时颤抖。我有好几次未能听懂他讲述的内容，但听得越久，惊愕和我勉强克制的警惕情绪就越发强烈。

“如你所见，先生，”屋主开口道，“我这个人有一些非常古怪的癖好，在拥有你这样的智慧和爱好的人面前，我不必为我这身服装表示歉意。回想以前更美好的日子时，我没有顾及是否要遵从他们的习俗，适应他们的衣着和礼仪。只要不刻意张扬，我这小小的放纵不会冒犯任何人。是好运帮助我保住了祖先的乡间庄园，尽管它先后被两座城镇吞并：首先是格林威治，一八〇〇年以后它在此兴建；然后是纽约，一八三〇年前后它扩张至此。家族出于许多理由想保留此处的原貌，我在履行如此义务时也不曾疏忽。一七六八年继承此地的乡绅研习过某些知识，获得了一些发现，全都与栖息于这个特定地点的力量有所联系，它们必须受到最严密的守护。我现在将向你展示这些知识和发现的一些奇特效果，但请你务必保密。我认为我可以信任自己对他人的判断，不必怀疑你的兴趣和忠诚。”

他停顿片刻，我只能点头。我说过我心生警惕，然而对我的灵魂来说，没有什么比纽约在阳光下袒露出的物质世界更加致命，无论这位老者是个无害的怪人还是个危险知识的研习者，我都别无选择，只能听他说下去，用他或许会展示的任何事物来满足我的好奇心。于是我听了下去。

“在……我的祖先……看来，”他继续用柔和的嗓音说，“人类的意志力似乎含有一些非凡的特性，这些特性不但能够毋庸置疑地指挥一个人自己和其他人的行为，而且也能影响自然界各种各样的力量和物质，甚至有可能控制超越大自然本身的许多元素和维度。不妨这么说，他蔑视诸如空间和时间之类重要事物的神圣性，为曾经扎营于这座山丘上的某些混血红皮印第安人的仪式赋予了奇异的用途。修建房屋的时候，这些印第安人表示愤慨，像瘟疫一样执着地恳求能在月圆之夜探访此处。接下来的许多年，他们每个月想方设法翻越围墙，避人耳目地施行某些术法。后来在一七六八年，新来的乡绅撞见他们的所作所为，见到的景象使他惊呆。事后他和印第安人商讨，用自由来往他的土地的权利换取他们行为的确切含义，他得知他们的祖辈从红皮祖先那里学到了一部分习俗，从立法会议时代的老一代荷兰人那里学到了另一部分。该感染大花的老家伙啊，乡绅肯定灌了他们世上最糟糕的朗姆酒——天晓得是不是存心的——因为他问出秘密后仅仅过了一个星期，知道秘密的活人就只剩下他一个。先生，你是第一个被告知这个秘密的外来人，若不是你如此热衷于追寻逝去的事物，我也不会冒险向你泄露这么多关于……那力量……的内情。”

我不寒而栗，老者的用词越来越偏向口语，而且是另一个年代惯用的语言。他继续说了下去。

“但你必须明白，先生，从杂种野蛮人那里得到的知识仅仅是……乡绅……多年来积累的诸多学识的一小部分而已。他的牛津大学可不是白上的，在巴黎与一位年长的炼金术士兼占星家交谈也并非一无所获。总而言之，他了解到整个世界只是蒙蔽我们智识的云翳，粗鄙村夫的视线无法穿透它，智者却能轻易吸进呼出，就好像它是上等弗吉尼亚烟草燃烧的烟雾。我们要的东西，可以留在我们身边；我们不要的东西，可以扫除干净。我不敢说这样的想法完全经得起考验，但足以偶尔制造出相当美妙的奇观。若是我没猜错，假如能更清楚地目睹另外一个时代，比你的想象力更好地满足你，你一定会非常高兴。因此，请克制住一切恐慌的情绪，看一看我打算向你展现的事物。来，到这扇窗户前，不过请务必保持安静。”

老者抓住我的手，带着我走向恶臭房间长边上的两扇窗户中的一扇，他没戴手套的手指刚碰到我，我就变得浑身冰冷。他的手尽管干燥而有力，却像是用冰雕刻的，我险些甩开他拉住我的那只手。但与此同时，我再次想到了现实的空虚和恐怖，于是鼓起勇气准备去往他引导我前去的任何一个地方。来到窗口，他拉开黄色丝绸窗帘，将我的视线引向外面的黑暗。有好一会儿，我只在底下极远之处见到了无数舞动的小光点。紧接着，仿佛在回应老者做的一个阴森手势，一道没有雷声的闪电照亮了整个视野，我望见了一片茂盛植物的海洋——未经污染的植物，而不是正常神志以为会见到的屋顶之海。哈德逊河在我右手边闪着顽皮的光芒，前方远处是一大片盐沼地的病态微光，胆怯的萤火虫如星辰般点缀其中。闪电随即熄灭，邪恶的笑容浮现在年迈巫师犹如蜡像的面庞上。

“那是我之前的时代——新来的乡绅之前的时代。祈祷吧，咱们再尝试一次。”

我精神恍惚，连这座该诅咒的城市那可憎的现代性都没有让我这么眩晕过。

“我的上帝！”我悄声说，“你能随心所欲地这么做吗？”他点点头，露出曾经长着黄色毒牙的黑色残根。我抓住窗帘，以免倒在地上。他用可怖的冰冷手爪扶住了我，重复他那个阴森的手势。

闪电再次划破天空，但这次照亮的景象并非完全陌生。那是格林威治，是往日的格林威治，到处都能看见一个屋顶或一排房屋就是如今的样子，但伴随它们的是可爱的绿色小巷、田野和青草茵茵的公园。沼泽地依然在远处闪烁微光，但更远处能看见当时纽约的所有尖顶：三一教堂、圣保罗教堂和红砖教堂俯瞰它们的姐妹，木柴燃烧的薄霾笼罩着整个场景。我难以呼吸，但主要不是因为眼前的景象本身，而是我的想象力骇人地推测出的种种可能性。

“你能—— 你敢—— 走得更遥远吗？”我用敬畏的声音说，我猜他有一瞬间被我的情绪感染了，但邪恶的笑容随即重新浮现。

“更遥远？我见过的东西能把你变成疯狂的石像！向后，向后——向前，向前——看，你这个哭唧唧的低能儿！”

他低声吼出最后这几个字，同时再次打手势。天空中的闪电比前两次更加炫目。整整三秒钟，我瞥见了无比混乱的景象，在这几秒钟内，我见到的事物日后在睡梦中永远折磨着我。我见到奇异的飞行物体如害虫般遍布天空，它们底下是地狱般的黑色城市，庞大的石砌梯台和渎神的金字塔凶蛮地刺向月亮，魔光在不计其数的窗户内灼烧。我看见这座城市的黄皮狭眼居民身披橙色和红色的可怖长袍，令人嫌恶地簇拥在空中的廊道上疯狂舞动，狂热的铜鼓咚咚声、污秽的响板嗒嗒声和沙哑号角的癫狂呻吟汇集成无休止的哀嚎，起起落落就仿佛不洁的沥青海洋泛起的波涛。

如我所说，我见到了这一幕景象，心灵的耳朵听见了伴随它的亵渎神灵、犹如魔窟的嘈杂怪声。死尸城市曾经在我内心搅起的全部恐惧惨啸着化作现实，我忘记了必须保持安静的训诫，一声一声又一声地尖叫，我的神经终于崩溃，墙壁在我周围颤抖。

闪电的光芒暗淡下去，我看见屋子的主人也在颤抖。我的尖叫让他愤怒得面容扭曲如毒蛇，但震惊和恐惧随即抹去了其他的表情。他蹒跚走开，像我先前那样抓住窗帘，疯狂地摆动头部，就像被猎杀的动物。上帝做证，他确实有理由这么做，因为我尖叫的回声刚消散，就响起了另一个声音，这个声音蕴含着无比凶险的含义，仅仅是因为情绪已经麻木，我才保住了精神和神志健全。上锁的门外传来了鬼祟而持续不断的嘎吱响声，那是一群光着脚或脚裹兽皮的人踩着楼梯上楼的声音。在微弱烛光下，闪亮的黄铜门闩发出了被蓄意拨动的咔嗒声。老者在散发霉味的空气中抓挠我，对我吐口水，又摇摇晃晃地抓着黄色窗帘，从喉咙深处大吼大叫。

"满月——你这该死的——你……你这乱叫的狗——你叫来了他们，他们来抓我了！穿软皮鞋的——死人——上帝惩罚你们，红皮的魔鬼，不是我给你们的朗姆酒下毒的——我不是保住了你们遭天花的魔法吗？——你们喝死了自己，诅咒你们，你们却要责怪乡绅——放过我，你们！——别碰那门闩——我这儿没有你们要的——"

就在这时，三下从容不迫的敲门声震动了门板。发狂术士的嘴角冒出白色的泡沫，他的恐惧变成了冰冷的绝望，为

他对我的愤怒重新苏醒留出了空间。我扶住桌角免得倒下，他踉跄着朝我走了一步，右手依然抓着窗帘，左手试图挠我。窗帘先是绷紧，继而从高处的窗帘杆上掉了下来。先前逐渐变亮的天空预示这是一个满月之夜，此刻月光如洪水般涌入房间。在泛着绿色的光芒中，蜡烛的火光变得暗淡，腐朽的表象在散发霉味的房间里扩散——早已虫蛀的墙板、沉陷的地板、破碎的壁炉、摇摇欲坠的家具和褴褛的挂毯。也许出于同一个原因，也许是因为他的恐惧和激动，腐朽也扩散到了老者身上。他冲到我身边，企图用秃鹫般的钩爪袭击我，我看见他皱缩下去，身体发黑。他眼睛周围的面部变得焦黑而干皱，只有眼睛本身还保持完整，膨胀着发出咄咄逼人的炽热光芒。

敲门声再次响起，变得更加执着，这次还带着金属撞击的声音。我面前的黑色怪物只有头上的眼睛还能看得出形状，在沉陷的地板上无力地朝我蠕动而来，偶尔怀着不朽的恶意虚弱地吐出一点儿口水。门外的撞击变得迅猛，在腐朽的门板上砸得木屑四溅，我看见闪烁寒光的战斧劈开木头。我没有动弹，因为无法动弹，只能头晕目眩地看着房门四分五裂，涌入房间的是一大团无定形的漆黑物质，如星辰般点缀着许多怀着恶意的闪亮眼睛。它黏稠地倾泻而入，仿佛石油如洪水般淌出朽烂的舱壁。它在地上扩散，碰翻了一把椅子，从桌子下流淌过整个房间，扑向眼睛依然瞪着我的黑色头颅。它围绕着头颅并拢，彻底吞没了它，随即开始退却。

它没有碰我，带着已经消失在视线外的战利品流出黑漆漆的门洞，沿着我看不见的楼梯下楼，楼梯和先前一样嘎吱作响，只是换了个方向。

这时地板终于垮塌，我惊叫着滑进底下黑暗的房间，蜘蛛网呛得我难以呼吸，恐惧使我几乎昏厥。绿色的满月隔着破碎的窗户洒下光芒，让我看见通往走廊的门半敞着。我从满是石膏碎块的地上起身，从坍塌的天花板下挣脱出来，看见那股可怖的黑色洪流在前方淌过，几十只恶毒的眼睛在其中闪闪发亮。它在寻找通往地下室的门，找到后就钻进去消失了。此刻我感觉到低一层的这个房间的地板和楼上房间的地板一样开始塌陷，而上方响起一声轰然巨响，随后在西侧窗外倒下的东西无疑是最高处的穹顶。我从瓦砾堆里挣脱，穿过走廊跑向前门，发现前门打不开，于是抡起一把椅子砸破窗户，然后发狂般地爬出去。无人照料的草坪上，月光舞弄着足有一码高的野草。围墙很高，门全都锁着。我把几个箱子摞在一个角落里，爬上去抱住墙顶的巨大石瓮。

我筋疲力尽地望向上方，见到的只有奇异的高墙、窗户和古老的复斜式屋顶。来时的陡峭小街已经不见踪影，尽管月光明亮，但从河畔滚滚而来的浓雾很快遮蔽了我能见到的光景。忽然，我抱住的石瓮开始颤抖，仿佛被我毁灭性的眩晕感染了。片刻之后，我的身体栽向地面，落进我一无所知的命运的怀抱。

找到我的人说我尽管断了好几根骨头，但还是爬了很长一段路，因为地面上的血迹一直延伸到他不敢去看的地方。随后的大雨很快洗掉了通往我的受难之地的这条痕迹，报告能陈述的仅限于我从某个未知地点逃出来，现身于佩里街旁一条短巷的入口处。

我从未考虑过要回到那些阴森如迷宫的街巷之中，即便我能指引任何神志健全的人去那里，也绝对不会这么做。至于那古老的怪物是谁或什么，我一无所知。请让我再次重申，这座城市已经死了，充满了我们无从猜测的恐怖之物。我不知道他是否离开，但我返回了家乡新英格兰。傍晚时分，芬芳海风轻轻吹拂那里的纯洁小巷。

夜晚的海洋
The Night Ocean
(与R.H.巴罗合著)
PARIS

我去埃尔斯顿海滩不仅为了享受阳光与海浪的愉悦，更是为了舒缓我疲惫的精神。这个小镇在夏季是个游人如织的度假胜地，一年中剩下的大多数时间都门庭冷落，而我在这儿不认识任何人，故而不太需要担心可能会受到的打扰。如此情况正合我意，因为除了铺展于我临时住所前那一望无际的汹涌海浪和平静沙滩外，我什么都不想见到。

离开城市时，我夏季的漫长工作已经告一段落，产出的大幅壁画入选了竞赛。我花费大半年完成这幅画，终于洗净画刷之后，我不再抗拒屈服于健康的呼召，暂时投向休憩与隐居的怀抱。事实上，在海滩上待了一个星期，我只会偶尔想起那幅画作，而不久以前它还显得和生命一样至关重要。我早已不再习惯性地苦恼于色彩和装饰的千百种繁复组合，也不再担忧和怀疑我是否有能力在现实中描绘出心中的场景，任由自己的技法将构思出的模糊概念变成仔细绘制的图画。然而后来在那片孤寂海滩上闯进我脑海的念头，只可能来自那些苦恼、担忧和怀疑背后的心结。因为我向来是一名探寻者、一名梦想家和一名沉浸在探寻和梦想之中的思考者。谁敢说如此天性不会激活我休眠的感官，让我看到不为人知的世界和生物呢？

尽管我很想说出究竟见到了什么，我却知道有千万种令人发疯的限制束缚着我。就像飘进幽深梦境时一闪而过的幻象，比起将其融入现实进行衡量，用内心之眼见到的事物在如此形式中对我们来说总是更加鲜活和意味深长。若是想以文字来叙述梦境，色彩就会消失殆尽。我们用来书写的墨水似乎蕴含着过多的现实因素，因此会冲淡梦境，我们会意识到终究无法将那段不可思议的记忆形诸词色。就仿佛我们内在的自我挣脱了白昼和客观现实的约束，在被囚禁的情绪之中尽情狂欢，但是假如尝试诠释这些情绪，它们就会转瞬即逝地熄灭。在梦境和幻象里有着人类最伟大的创造，因为它们不必背负线条或色调的镣铐。被遗忘的景象——比童年那金色世界还要更难以捉摸的国度——跳出来统治沉睡中的意识，直到清醒将其驱散。它们之中或许有一些触及了我们所渴求的光辉与向往之物，隐约揭示了揣测中应当存在但从未对我们展现过真容的无上美丽之物，它们之于我们就如同圣杯之于中世纪的圣徒。想依靠艺术来塑造这些事物，想在暗影与蛛网缠结的国度里求得一些朦胧的成果，你需要高超的技巧和同等水平的记忆力。因为尽管我们每个人都会做梦，能抓住其蝉翼但又不撕破它的人却寥寥无几。

我的叙述并不具备如此的技巧。倘若我能做到，也只能向你揭示我隐约感知到的微末事实，就好像一个人窥视没有光线的场域，瞥见被黑暗遮蔽了所有行动的一些身影。我的壁画很快就会如计划的那样与许多其他作品一起出现在建筑物中，我在这幅壁画里同样竭力捕捉这个难以捉摸的暗影世界的一丝痕迹，产出之物或许胜过了我已经取得的成就。我留在埃尔斯顿是为了等待那幅壁画的评判结果，久违的闲散日子给我带来了新的视角，我发现——除了创作者的火眼金睛总会看到的种种缺陷——我确实想方设法用线条和色彩重现了从无尽的想象世界攫取来的一些碎片。这个过程极为艰难，耗尽了我的全部力量，损害了我的健康，因而我才会在等待期间来到这片海滩。

由于希望完全不受打扰，我租下了离埃尔斯顿村庄有一段距离的一幢小房屋（屋主因此喜出望外）。现在正处于旺季的后半段，村庄里挤满了行将散去的喧闹游客，对我来说毫无吸引力可言。屋子没有刷油漆，外加被海风侵蚀泛黑，它连村庄的附属物都算不上，只是如停滞座钟的钟摆一般被甩在海滩上，孤零零地矗立在野草丛生的沙石山丘顶端。它像一头孤独的温血动物，面向大海蹲在那里，肮脏得不透光的窗户瞪视着荒僻的土地、天空以及广袤的大海。假如事实本身就已经足够离奇，在叙述中夹杂太多想象就没什么益处，反而会夸大事实，生造出不必要的情景。但见到这幢小房屋的时候，我只觉得它很孤独，和我本人一样，它也意识到了自身在汪洋大海面前的无意义本质。

我在八月末住进此处，比预想中早来了一天，遇到一辆货车和两名工人正卸下屋主提供的家具。我当时并不知道自己会待多久，送家具的货车离开后，我放下简单的行李，锁上房门（在租来的房间里住了几个月，终于拥有一幢房屋让我感到像个国王），走下杂草丛生的山丘，来到海滩上。房屋很方正，只有一个大房间，没什么可探索的。四面各有两扇窗户，光照充足。面向大海的那面墙上像是事后忽然想起来般硬塞了一扇门。房屋修建于十年前左右，但由于远离埃尔斯顿村庄，即便在热闹的夏季也很难租出去。屋子里没有壁炉，总是空荡荡、孤零零地从十月闲置到仲春。尽管它在埃尔斯顿以南还不到一英里处，但显得颇为荒凉，因为海岸线有一道弯，从村庄方向看过来，只能见到葱翠的沙丘。

等我安顿好，第一天已经过去了一半，剩下的时间我用来享受阳光和来来去去的海浪——它们的静谧和壮丽让绘制壁画显得那么遥远和令人厌烦。然而这完全是长时间关注一整套习惯和行为之后的自然反应。工作已经完成，假期正式开始。这个事实暂时还没什么实感，但已经在我抵达的那天下午显露于周围的所有事物之上了，尤其是一成不变的环境终于彻底不同。明艳的阳光照着变幻莫测的波涛——由神秘力量推动的波浪曲线点缀着仿佛莱茵石的光点——营造出某种效果。水彩画家也许能够捕捉到海滩上落在大海与沙地相接之处的耀眼光芒的坚实质感。虽然大海有着自己的色调，但无与伦比的光华难以置信地完全慑服了它。附近一个人都没有，我独自欣赏着这一幕奇观，舞台上没有任何外来物体干扰我的视线。我的各种感官以不同方式受到触动，有时候咆哮的大海类似于灿烂的光线，熠熠生辉的是波涛而非太阳，这些事物每一样都那么生机勃勃和引人注目，来自它们的印象混杂在一起。说来奇怪，无论是那天下午还是以后的每一天下午，我始终没见到有人在我那幢方形小屋附近洗海水浴，尽管弧形海岸线上有着宽阔的沙滩，比村庄附近满是闲杂人等的沙滩更加怡人。我猜一方面是因为距离，另一方面是小镇以南没有其他房屋。为何存在一段未经开发的海滩，我无从想象，因为北面的海岸线上散落着许多房屋，用无神的眼睛凝望大海。

我游泳一直游到下午将尽，小憩片刻后步行前往小镇。进入镇区时，黑暗隐没了大海的身影，我在昏暗路灯下见到的芸芸众生甚至没有意识到有一个被阴影包裹的庞然巨物就潜伏在咫尺之外。街上有涂脂抹粉、身穿俗丽衣服的女人，有不复年轻的厌倦男人——这些愚钝的行尸走肉，栖息在海渊的唇边，没有看见也不愿去看头顶上和四周的奇景，那是不计其数的辉煌星辰和浩瀚无边的夜晚海洋。我沿着夜幕下的海滨走回那幢寒酸的小屋，手电筒的光束照向无法穿透的赤裸虚空。天上没有月亮，光束如火柴棍一般横跨不安分的潮水筑起的浪墙。我将微不足道的光束投在这个国度之上，它本身已经无比广袤，但仍仅仅是尘世深渊的黑暗边界而已，我认识到自己渺小得不可想象，加上潮水的哗啦哗啦声响，某种难以形容的情绪油然而生。那夜幕遮蔽的深渊啊，永不间断地发出遥远而愠怒的呢喃声音，而黑暗中的船只在我看不见的地方孑然而行。

我来到坡顶的住处，意识到从村庄回来的这一英里步行途中没有遇到任何人，但某种模糊的印象让我觉得孤寂大海的魂灵始终陪伴着我。我觉得它人格化为一个没有向我展现身影的形体，悄无声息地在我的感知范围之外行动，宛如守候在没有灯光的布景背后的演员，等待着很快就要召唤他们上场的台词，到时候脚灯会突然亮起，他们会在我们的眼前行走和说话。我将这种幻想赶出脑海，摸出钥匙进入小屋，光秃秃的墙壁忽然给我以安全的感觉。

我的小屋完全脱离村庄，仿佛它沿着海岸线漫游至此却无法返回了。每天晚上吃过饭后回到这里，我不会听见任何烦人的喧闹声响。我通常只在埃尔斯顿的街道上待很短一段时间，但有时也会散着步到了那里进去转转。塞满了度假城镇的古董店和华而不实的剧院在这里同样不计其数，但我从不走进那些店铺，只有餐厅对我来说还算有点用处。真是令人惊诧，人们竟然会找到那么多无聊的事情来消磨时间。

最初一连好几天都阳光普照。我很早起床，望着灰蒙蒙的天空被日出的承诺点亮，站在那里见证预言的实现。破晓时分很冷，比起让白昼的每个小时都亮如正午的璀璨阳光来说，此刻的色彩还很黯淡。第一天的磅礴阳光委实灿烂，接下来的每一天都仿佛时间之书里的金黄纸页。我注意到过于强烈的阳光让沙滩上的很多人感到不悦，然而那正是我寻求的目标。暗无天日地辛苦劳作几个月之后，置身于简单事物（风、阳光和水）主宰之处而产生的倦怠状态对我造成了显著的影响。我渴望让如此的疗愈过程延续下去，因此把全部空闲时间都花在户外的阳光之下。这么做使我的心境变得淡漠而顺从，对吞噬一切的黑夜产生了某种安全感。黑暗与死亡有着类似之处，正如光明之于生命。百万年前的我们与大海母亲更加亲近，日后会演化成人类的动物没精打采地躺在阳光照耀下的浅水里，通过如此的传承关系，就像那些尚未踏上潮湿土地的早期半哺乳类动物一样，我们在疲惫时依然会投向那些原始的事物，浸泡在它们催人入睡的安全感之中。

波浪的单调性质使我心神安宁，除了见证大海的无数种情绪，我没有其他事情可做。大海片刻不停地变化着——色彩和形态在水面掠过，就像熟悉的面容上的微妙表情。通过并非完全已知的感官，它们同时映入我们的心海。大海不平静的时候，她想起曾经越过无底深渊的古老船舶，我们心中悄无声息地泛起对某条早已消失的地平线的向往。然而随着她的遗忘，我们也会遗忘。尽管我们从小就认识了她，但陌生的氛围永远笼罩着她，就仿佛她是一道门户，背后是某个潜行于宇宙之中的存在，因为过于庞大而不具备形态。早晨的海洋闪闪发亮，反射着青白色的薄雾，钻石般的浮沫在表面扩散，如同一个人沉思怪异事物时的眼神。她编织出精致而复杂的大网，色彩斑斓的鱼类飞驰其间，你会觉得那是个懒散的庞然巨物，很快就会从古老得无法追溯的深渊中起身，大踏步走上陆地。

我惬意地度过了好几天，很高兴选择了这幢孤独的房屋。它像一头小兽，蹲伏于磨圆的沙土悬崖之上。这种生活充满了愉快而漫无目标的乐趣，我开始沿着潮水的边缘（海浪会留下不规则的湿润轮廓线，转瞬即逝的泡沫勾画出它的边界）长距离行走。有时候我会找到偶然被大海抛上沙滩的奇特贝壳。我那幢寒酸小屋俯瞰的海岸向内弯曲，从海中被冲上岸的东西庞杂得令人惊讶，我猜洋流在村庄的沙滩分岔后最终会抵达这个位置。总而言之，只要我的衣服上有口袋，里面就会装满形形色色的漂流物，其中大部分我会在捡起来后一两个小时就扔掉，心想真不知道为什么会揣在身上。然而有一次我发现了一小块骨头，无法辨认它的性质，只知道肯定不属于鱼类。我留下了它。另外还有一颗大金属珠，上面精细的雕纹非同寻常。它描绘的是一只像鱼类的生物，背景花纹是海草，而非通常的花卉或几何图案，尽管被海浪冲刷了许多年，但纹路依然清晰。我从未见过与此类似的东西，推测它大概是埃尔斯顿前些年的流行饰物，因为这样的风潮总是去去来来。

住了一个星期左右，天气开始逐渐变化。天色转暗过程中的每个阶段之后都紧跟着另一个更加昏暗的阶段，到最后，笼罩着我的整个天空仿佛从白昼变成了夜晚。比起我用眼睛见到的事物，它在我意识中留下的一连串印象反而更加明显，因为小屋孤零零地矗立在灰色的天空下，狂风不时裹挟着湿气从海上刮来。长时间的阴云密布取代了太阳，灰色云雾层层叠叠，阳光被截断在不可知的厚度之外。太阳大概还是和以往一样绽放光芒，但光线无法刺穿那铺天盖地的面纱。海滩会连续几个小时沦为无色牢笼里的囚徒，就仿佛夜晚的某些事物渗透进了白昼的时光。

海风让人精神抖擞，飘忽不定的风向在洋面上卷出一个个小漩涡，海水变得越来越凉，我无法再像以前那样一直待在水里，于是养成了长时间健走的习惯，在无法游泳的时候保持我好不容易才养成的锻炼习惯。这样的健走比先前的散步覆盖了更广阔的海滨区域，由于海滩在俗丽的村庄之外绵延数英里之远，夜幕降临时我时常发现自己孤零零地站在漫无边际的沙地上。每次发生这种事情，我就急匆匆地沿着涛声中的海岸线疾行，免得进入内陆区域迷路。有时候健走结束得太晚（越往后越频繁），回到那幢蹲伏的小屋时，我会觉得它像是村庄的前锋，极不安稳地待在狂风侵蚀的悬崖上，黑黢黢的身影背后是海边日落的病态天色，比起充足阳光照耀下的样子，它显得分外孤独。在我想象力的作用下，它像一张含着疑问的沉默面容，转向我，期待我采取某些行动。如我所说，这里很荒凉，刚开始我因此感到高兴。然而落日留下仿佛血迹的残影，沉重的黑暗如无定形的墨汁一般逐渐扩散，在这种短暂的傍晚时刻，某种奇异的事物笼罩了小屋：一只精怪，一种情绪，一个印象，来自呼啸的狂风，有着庞然威压的天空，忽然变得陌生的沙滩上流淌着逐渐阴沉的海浪。虽说没有确切的理由，但每当这种时刻，我就会感到不安，尽管孤僻的天性使得我早就习惯了此处古老的寂静和大自然古老的声音。这种忧虑没有长时间地纠缠我，我也无法明确说出它们究竟是什么，现在想来，大概是海洋那无所不包的孤独逐渐影响了我的意识，有某些活动或知觉在阻止我完全独处的隐约感受（但也仅限于此），让这种孤独显得略微有点可怕。

小镇黄色路灯下的喧闹街道和不真实得古怪的活跃状态似乎非常遥远，每次去镇上吃晚饭的时候（我不信任完全由我蹩脚的厨艺炮制出来的餐食），我都变得越来越毫无理由地惶恐不安，希望能在夜色深沉前回到小屋，但我还是经常在十点左右才进家门。

你会说这样的行为不合逻辑。既然我以如此幼稚的方式恐惧黑暗，那就应该彻底避开它。你会问既然那里的孤独让我感到忧郁，为什么不干脆一走了之。我无法回答这些问题，只能说无论我感到多么不安，无论是在阳光渐暗的短暂时刻，还是在夹杂盐粒的刺人寒风或仿佛庞然衣衫般在我身旁风化崩裂的黑暗大海的包裹之中，那种不安都有一半来自我本来的内心，它只会短暂地现身，并不对我造成长时间的影响。阳光犹如钻石光芒的白昼重新到来，顽皮的浪花汇成蓝色的尖峰拍打温暖的海滩，黑暗情绪的记忆不真实得难以置信，但仅仅一两个小时后，我会再次感受到那些情绪，陷入绝望的晦暗领土。

内心的情感也许仅仅反映了大海的情绪，因为尽管我们的见闻有一部分被思想的解读染上了颜色，但我们有更多的感情只由外部的物质力量塑造。大海能够将我们与她的诸多情绪捆绑在一起，用浪尖上的一道阴影或一缕光线这么微妙的符号对我们悄声诉说，以如此方式表达她的哀怨或欣喜。她总是在怀念古老的事物，尽管我们很可能无法理解，但她还是将这些记忆赐予我们，希望我们能分享快乐或痛苦。由于我放下了工作，不见我认识的任何人，因此或许能察觉到她用色彩表达的神秘寓意，而其他人肯定会视而不见。那一整个夏末，海洋主宰着我的生活。她要我把生命奉献给她，换取她带给我的疗愈。

那年在海滩上有人淹死，这是我完全出于偶然听说的（我们对与己无关和非亲眼所见的死亡就是如此冷漠）。我知道事情的经过令人生厌。遇难者——其中有几位是水性超乎常人的泳客——有时会在多日以后才被发现，水底骇人的报复力量毁坏了他们腐烂的尸体，仿佛大海将他们拖进深不见底的巢穴，在黑暗中碾磨撕裂，直到确认他们再也派不上任何用场，这才把支离破碎的尸首推上海岸。似乎没有人知道这些死亡事件的原因。惨剧过于频繁，在胆怯者心中激起恐慌，因为埃尔斯顿的回头浪并不猛烈，也因为这里以鲨鱼从不光顾而著称。我不知道尸体身上是否存在遭受袭击的痕迹，然而来自没有光线、停滞不动之处的死神在海浪间流窜和袭击独行的游客，由此带来人们熟悉且不喜欢的那种恐惧。我们必须尽快为这样的死亡事件找到罪魁祸首，即便鲨鱼并不在埃尔斯顿出没。鲨鱼仅仅构成一个值得怀疑的原因，据我所知也从未证实过它们的出现，在这个度假季剩余的日子里继续下海的泳客主要警惕的是多变的潮水，而非或许存在的海兽。

秋天确实已经不远，有些人以此为借口离开死神狩猎的大海，向听不见波涛声的内陆土地寻求安全。八月结束后，我在海滩上待了许多天。

从新一个月的四号开始，暴雨隐然威胁本地。六号，我在潮湿的海风中出发去健走，天空中排布着看不清形状的乌云，它们没有色彩，低垂于铅灰色的躁动大海之上。风没有任何特定的方向，而是不安分地扰动着，造成了即将天翻地覆的感觉——大自然孕育的这个生命很可能就是难产多时的暴雨。我在埃尔斯顿用过午餐，尽管天空仿佛庞然巨篮正在合拢的盖子，我依然冒险沿着海滩前行，远离了镇子和消失在视线外的小屋。笼罩天地的灰色里增添了腐肉般紫色的斑点——色彩阴郁，但出奇璀璨——这时我发现自己离任何一个遮风挡雨之处都有数英里之远，但并不觉得这有什么重要的。尽管天色暗沉，还夹杂着仿佛不祥之兆的点点辉光，我却处于一种堪与辉光相比拟的奇特的超脱情绪之中，这种情绪如闪电般划过忽然对曾经模糊的形状和意义变得警惕和敏感的身体。一段朦胧的记忆悄然浮现：眼前景象与我小时候听到一个故事时幻想的景象有着相似之处。在那个被我遗忘多年的故事里，有个峭壁林立的海底王国，鱼形怪物在那里生活，它们的黑胡子国王深爱着一个金发女人，她年轻时就和这个黑色怪物立下婚约，怪物头戴主教般的法冠，面容仿佛枯瘦的猿猴。我幻想的景象只留下了一角：没有色彩、仿佛天空的海水映衬着王国的水下峭壁。尽管故事的大部分情节已抛诸脑后，但此刻见到的峭壁与天空的类似对比让我出乎意料地想起了它。幻想出类似此刻景象的那一年早已消逝，只余下一些散乱印象的碎片。故事的某些段落或许潜藏在令人烦恼的记忆片段背后，被一些本身几乎毫无价值的景象唤醒，对我的感官展现出特定的意义。在稍纵即逝的瞬间感知（条件比客体本身更具意义）之中，我们往往会捕捉到孤立的景象或布局——微不足道的一幅小风景，午后道路拐弯处一个女人的裙子，早晨苍白的天空下一棵挑衅岁月的坚韧树木——它们蕴含着某些珍贵的事物，我们必须铭刻在心的美好性质。然而以后再看见相同的景象或布局，或者从另一个视角见到，我们会发现它在我们眼中已经失去了价值和意义。也许这是因为我们见到的事物并不拥有那种难以捉摸的特质，只是让意识想起了依然迷失在记忆之外的其他什么东西。我们的困惑意识啊，它无法完全掌握一闪而过的情绪的起因，只能抱住激发情绪的客体，发现那里没什么值得大惊小怪的事物，就会感到吃惊。我见到发紫的云层时就是这样。它们有着修道院塔楼在暮霭中的庄严和神秘，但面貌也酷似古老童话中的水底悬崖。我忽然想到这幅遗忘多年的图像，望着细碎的肮脏泡沫和仿佛用黑色裂纹玻璃浇铸而成的海浪，内心不禁期待会看见那个猿猴面孔的可怖身影，它头戴铜绿覆盖的古老法冠，从被遗忘海沟中的王国向着犹如天空的海浪而去。

我没有见到这样的怪物走出想象国度，但随着寒风转向，像飒飒作响的利刃般划破苍穹，我在汇聚成朦胧一片的阴云和海水之中只能见到一个灰色物体，像一块漂流木一样被浪花投来投去。它与我隔着相当远的一段距离，没多久就消失了，因此未必是木头，也可能是一头鼠海豚跃出不平静的海面。

我很快意识到自己花了太多的时间凝视即将来临的风暴，因为壮观的景象而联想起我早年的幻想。冰冷的雨点开始砸落，对这个钟点来说过于黑暗的天色因而变得愈加阴沉。我在灰色的沙滩上疾行，感觉到冰冷的水滴打在背上，衣物一转眼就被浇了个透湿。刚开始我还跑了一阵，企图逃离从不可见的天空垂下的由无色水滴连成的长链，但很快意识到无论如何也不可能干着身子抵达任何地方，于是放慢步伐，就像在晴朗天空下散步那样回家。尽管没什么理由要紧赶慢赶，但也不至于像平时一样悠闲，任由湿衣服冷冰冰地贴在身上。黑暗越来越浓重，海风也越来越大，我难以自制地颤抖起来。尽管滂沱大雨带来了种种不便，但纠缠成团的紫色乌云和我身体在刺激下做出的反应中也潜藏着某种兴奋。埃尔斯顿海滩仿佛一条灰色的回廊，我在其中艰难跋涉，情绪一半是因抗争大雨而起的雀跃欢腾（雨水顺着我的身体流淌，充满了鞋子和衣袋），另一半是对那病态的庄严天空的奇异赞赏。天空扇动黑色的翅膀，盘旋于变幻不定的永恒大海之上。我比预计中更早地见到了蹲伏的小屋，它的身影出现在遮天蔽日的翻腾暴雨中，砂石悬崖上的所有野草都伴随着狂风摇曳，像是愿意将自己连根拔起般跳进风中飞向远方。大海和天空完全没有变化，一路陪伴着我的景象依然如故，只是多出来了一幢小屋，而它隆起的屋顶似乎被狂风暴雨压弯了脊梁。我跑上不安稳的门前台阶，进入干燥的房间，脱离了啃咬着我的寒风，潜意识里吃了一惊，导致我愣神了几秒钟，雨水像小河般从我的每一寸身体流淌而下。

屋子的正面有两扇窗，左右各一，几乎正对着大海。暴雨和即将到来的夜晚联手，几乎把大海遮得严严实实。我从这两扇窗户向外看，同时从方便衣架和堆满东西无法坐人的椅子上取下五花八门的衣服穿上。强烈得超乎自然的暮色借着暴雨的掩护在某个不知名的时刻悄然降临，从四面八方包围了我。在雨中的灰色沙滩上待了多久，此刻究竟是几点几分，我一概不知。搜寻片刻后，我找到了怀表——幸好忘了带在身上，因此没有像衣服一样被淋湿。昏暗的光线中，表针若隐若现，只比周围的数字稍微显眼一丁点，我只能猜测此刻是什么钟点。过了一会儿，我的视线刺穿朦胧夜色（室内比模糊的窗户外更加阴沉），看清了现在是六点四十五分。

我进屋的时候，沙滩上空无一人。自然而然地，我认为那天晚上不可能见到任何人下海游泳。然而当我再次望向窗外，却有几个肯定是人影的东西点缀在暗如煤烟的风雨夜色之中。我数了数，有三条人影在以某种难以理解的方式移动，靠近屋子的地方还有另外一条——未必是人，也可能是被海浪推上岸的木头，因为波涛正在凶猛地拍打沙滩。我震惊异常，思考这些勇敢的人为什么要在如此暴风雨中留在室外，随即想到他们或许和我一样，无意中被暴雨困住，只好向挟着雨点的狂风投降。文明人的好客精神一时间胜过了我对独处的热爱，出门站在狭小的门廊上（代价是又淋湿一身衣服，因为大雨欣喜而狂暴地扑向了我），朝那些人挥手打招呼。然而不知道他们是没有看见还是不明白我的意思，并没有做出回应的手势。他们朦朦胧胧地站在夜幕中，像是略感惊讶，又像在等待我的进一步行动。他们的姿态蕴含着某种神秘莫测的茫然，可能代表一切也可能什么都不代表，小屋在病态的日落时分也会呈现出这种样子。我突然感觉到这些一动不动的身影潜藏着一种险恶的特质，使得他们选择这么一个暴雨之夜停留在渺无人踪的沙滩上。我立刻关上了房门，内心涌动的恼怒情绪徒劳无功地掩饰着更深层的恐惧感，这种强烈的恐惧感是从我意识深处的阴森角落涌出来的。片刻之后，我走到窗口，外面除了不祥的夜色什么都看不见了。我隐约间有点困惑，更有些害怕——就像一个人很快就要被迫走过一条黑暗的街道，虽然此刻还没见到值得畏惧的东西，但他担心自己可能会遇到什么——我认为我很可能没见到任何东西，只是被昏暗的天色欺骗了眼睛。

那天夜里，这幢小屋的与世隔绝气氛分外强烈，尽管我知道北边刚好脱离视线的海滩上，数百幢房屋耸立在风雨和黑暗之中，积水的街道犹如擦亮的玻璃反射着模糊的黄色灯光，就像油腻腻的森林水塘倒映着哥布林的眼睛。然而我无法见到它们，在这样的坏天气里甚至无法到达那里（因为没有汽车或其他交通工具，除非在暗影憧憧的黑暗中步行，否则就无法离开这幢蹲伏的小屋），我突如其来地意识到，事实上只有雨雾中的沉郁大海陪伴着我，它在我看不见和不知道的地方起起落落。大海的声音变成了某种沙哑的呻吟声，就像一个人受了伤，在尝试起身前先勉强挪动身体。

我用一盏脏兮兮的灯驱逐无处不在的晦暗——夜色爬进我的窗户，坐在角落里不怀好意地睨视着我，就像一头耐心的野兽——我不打算冒着风雨去镇上，于是自己做饭。上床的时候，夜似乎已经非常深了，然而实际上还不到九点。黑暗来得早而鬼祟，在我停留于此的剩余时间里，始终难以捉摸地纠缠着我见到的每一幕景象和每一个动静。某种事物从黑夜中钻了出来——这种事物永远无法被确定，搅动我内心某种休眠的感官。我就像一只小动物，时刻警惕着敌人发出的飒飒声响。

狂风吹了几个小时，倾盆大雨无休止地拍打将我与它隔开的薄弱墙壁。大海的呢喃给我以平静的感觉，我想象无定形的巨浪在缺乏生气的呜咽风声中彼此推挤，将含盐的苦涩海水泼洒在沙滩上。然而我在这单调而无休止的自然声响中找到了一个催眠的音符，过了一段时间，这个声音引着我陷入与夜晚一样缺乏色彩的灰色沉眠。大海继续它疯狂的独白，风是它的喃喃絮语，但无意识的高墙隔绝了这些声音，夜晚的海洋一时间被驱逐出了我沉睡的心灵。

黎明带来了虚弱的太阳——当地球老去，假如还有人类存在，他们见到的就会是这样的太阳：这颗太阳比已经穿上寿衣的垂死天空更加疲惫。它是从前自我的微弱回响，我醒来的时候，阿波罗正在奋力刺穿参差不齐、变幻不定的云团，时而将一抹淡金色的光芒如涟漪般洒在房间西北面的墙上，时而变得暗淡，直到仅仅是一个发光的圆球，就像被遗忘在天国草坪上的难以想象的玩具。过了一段时间，风雨（大概持续了一整夜）终于冲刷干净了剩下的那点紫色阴云，昨晚它就像古老童话中的洋底峭壁。时间像作弊般跳过了日落和日出，那一天与前一天合二为一，仿佛两者之间的暴雨没有将漫长的黑暗带进这个世界，而是膨胀与缓和成了一个漫长的下午。太阳得到了勇气，奋尽全力驱散衰败的云雾——云雾已经瓦解得像是肮脏的窗玻璃——终于将它逐出了自己的领地。污染天空的丝丝缕缕渐渐撤退，淡蓝色的白昼步步紧逼，围困着我的孤独蜷缩进角落里观察着我，但它没有彻底消失，而是蹲伏在那儿默默等待。

太阳恢复了亘古不变的灿烂，重新照得波浪泛起点点粼光，蓝色的水花在沙滩上嬉戏，人类诞生前它们就是这样，待到人类在时间的坟墓中被遗忘，尽管再也不会有人欣赏，但它们依然会在那里欢快地蹦跳。这些靠不住的保证影响了我，就像一个人相信了敌人脸上的友善微笑。我向外推开房门——倾泻而入的阳光中，它是一块黑斑——我看见雨水冲走了海滩上的全部印记，就仿佛在我之前从未有人打扰过这片平坦的沙地。长时间不安的压抑过后，精神陡然变得畅快，我感觉——以完全顺从的方式，没有任何自我意志——我本人的记忆也被清洗得干干净净，一生积累的不信任、怀疑和恶疾般的恐惧不翼而飞，就像水位特别高的海潮卷起水边的污垢，将它们带出你的视线。空气中有一股盐渍青草的味道，就像旧书发霉的纸页，混杂着炽热阳光晒着内陆草场而散发出的甜香，气味像提神饮料般钻进我的身体，渗透和滋润我的血管，将它们难以捉摸的本质直接输送给我，让我头晕目眩地悬浮于漫无目标的清风之中。太阳与这些事物合谋，像昨夜的大雨一样洒落在我身上，仿佛千亿根耀眼的矛枪从天而降。太阳仿佛也想帮助隐藏背景中的可疑存在，后者在我的视线外潜行，只有我意识边缘偶尔传来的飒飒声响、茫然身影凝望虚无海洋的模样才会暴露它的踪迹。太阳，一个刺眼的球体，孤零零地游荡在永恒的涡流之中；阳光照耀我扬起的面庞，就像成群结队的金色飞蛾。太阳，沸腾的白热火焰圣杯，神圣而无法被理解，向我泄露一个秘密，却隐瞒了一千个应许的幻象。太阳确实能够昭示其他世界的景致，既可靠又迷离，假如我知道前往彼岸的道路，很可能会踏上那奇异的狂喜旅途。这些事物来自我们本身的天性，因为生命从不展现她的秘密，哪怕仅仅是一个瞬间，唯有通过我们自己对那些含有暗示的景象的理解，根据被蓄意诱发出的情绪，才会觅得喜乐或晦暗的心境。但我们每时每刻都只能且必须屈从于她的欺骗，暂时相信这次我们也许能找到被她隐藏的欢欣。就这样，在惶惑黑夜（它邪恶的暗示比人身威胁更加让我不安）之后的一个早晨，带着清新甜香的微风在我耳畔低语，讲述与地球只有微弱关系的古老秘密，讲述由于我或许能够亲身体验一二而变得更加强烈的欢愉。太阳、清风和它们带来的气味向我诉说诸神的庆典，诸神的感官比人类敏感百万倍，他们的喜乐也微妙和绵长百万倍。太阳和清风在暗示，假如我能全心全意投向它们璀璨的欺骗性力量，这些事物就可以属于我。而太阳，一位踞伏的神祇，赤裸着他的天国血肉，犹如过于强盛、肉眼不能直视的神秘炉火，在我刚刚经受磨砺的情绪映照下几乎显得圣洁。太阳那缥缈的光芒仿佛雷鸣，万物都必须愕然敬拜。在茂密丛林中疾驰的猎豹也必须暂时驻足，凝望穿透叶片的散射光束，受太阳哺育的一切生物都必须赞颂它借着如此白昼而传达的光辉信息。等太阳在永恒时间的尽头消失，地球将迷失于无尽虚空的黑暗之中。那个早晨，我在其中分享生命的烈火，从贪婪岁月的巨口中抢来片刻欢愉。那个早晨，难以描述的不可能以名称定义的奇异事物的诱惑在骚动。

我走向村庄，思考着早该好好冲洗一下的村庄在大雨后会是什么样子。我看见前方大约二十英尺处有个一只手似的小东西，缠绕着它的湿气在阳光照耀下闪烁微光，如黄色陈年佳酿般浸泡着它，沙地上的泡沫刚好碰到它。我见到它确实是一块腐烂的肉体，震惊和厌恶在我被惊呆的意识中油然而生，胜过了刚产生的满足情绪，催生出一种骇然的怀疑——难道真的是一只手吗？鱼或一条鱼的残尸当然不可能呈现出这个形状，况且我觉得分辨出了泡得软烂的手指。我不想触碰这么肮脏的东西，用脚把它翻过来，它却粘在了我的皮鞋上，以腐烂之物的握力死死地抓住皮鞋。这东西已经几乎脱了形状，但依然像极了我害怕它或许是的东西。我把它推进一道沸腾大浪那欣然帮忙的怀抱中，波涛以散漫的大海边缘少有的敏捷动作将它带出我的视野。

也许我该上报这一发现，然而它的性质过于暧昧，我无法采取符合理性的行动。由于栖息在海中的畸形生物已经啃掉了它的一部分，它恐怕不足以构成可辨认的证据，揭示出一桩不为人所知但有可能已经发生的悲剧。我自然而然地想到了不计其数的溺亡者，还有不利身心的其他一些事物，其中有一部分只是可能性而已。无论被风暴抛上海岸的碎块是什么，它属于鱼类还是类似人类的什么动物，我在此之前都从未向别人提起过，毕竟也没有任何证据能证明它不仅仅是被腐烂扭曲成那个形状而已。

我走向小镇，心情烦闷，因为美丽的洁净海滩上出现了那样一个东西，尽管这是死神那淡漠本质可怖的典型表现，它会把腐烂与美丽混在一起，说不定还更加偏爱前者呢。我在埃尔斯顿没听说最近有人溺亡或在海上遭遇其他不幸，在停留期间阅读的唯一一份当地报纸也没提到这种事情。

很难用文字描述接下来几天我所处于的精神状态。我向来容易屈服于病态的情绪，内心阴沉的苦痛可能由外来因素诱发，也可能从灵魂深渊迸发而出，折磨我的那种情绪不是恐惧或绝望，甚至与这两者毫无相似之处，而是对生命的骇人短暂和潜藏污秽的某种感知——这种情绪一部分来自我对我的内在本质的反思，一部分来自或许曾经是手、被啃咬过的腐烂物体所诱发的阴郁心境。在那些日子里，我的脑海充斥着暗影笼罩的悬崖和憧憧涌动的黑影，就像童话故事使我想起的不为人知的古老国度。在幻灭带来的短暂痛苦之中，我感受到了这个浩瀚宇宙的庞然与黑暗，我存在的那些日子，人类存在的那些日子，比起粉碎的星辰来说不值一提。在这个宇宙里，所有的挣扎都是徒劳，连哀悼的情绪本身也毫无用处。我曾经将时间花在诸如恢复健康、喜乐和肉体愉悦之类的事情上，现在（就好像上周的那些日子属于一个彻底终结的年代）却陷入怠惰的状态，就像一个已经不在乎生死的人。对无法逃避的厄运的可悲而疲惫的恐惧吞噬了我，我感觉这种情绪会变成彻底的憎恨，憎恨对象是窥伺凡间的群星和期待着将我的尸骨裹挟其中的黑色庞然巨浪——漠然而令人惊骇的庄严的夜晚海洋的报复。

大海的黑暗和动荡中有某种东西刺穿了我的心，使我生活在无法归因、难以觉察的折磨之中，这种折磨就像吸血恶魔，起源不明，怪异而缺乏动机，但依然无比强烈。变幻无常的紫色云团、奇特的银色金属珠、逝而复生的黏滞泡沫、眼神空洞的孤寂小屋和傀儡般的庸俗小镇，这些事物铺陈于我的眼前。我不再去镇上，因为它似乎只是对生命的滑稽模仿。它和我本人的灵魂一样，呆立在包裹一切的黑暗大海面前——大海在我眼中逐渐变得可憎。在这些影像的中央，栖息着一个腐败而溃烂的物体，人类躯体的轮廓还依稀可辨，你不太会怀疑它曾经是什么东西。

这些匆匆写下的文字永远无法描述那种骇人的孤寂（我甚至不敢奢望能够平息它，它藏得太深，简直镶嵌在了我的心脏里），它潜行于我体内，喃喃诉说兜着圈鬼祟摸近的可怖而未知的那些事物。这不是疯病，而是过于清晰、毫无遮掩地感知到了超越这个脆弱存在的黑暗，照亮那里的太阳瞬息生灭，不比我们的太阳更加牢靠：这是对虚无的领悟，极少有人能够体验，而且体验后就再也无法接触周围的生灵。我认识到无论怎么折腾，无论用我灵魂残余的全部力量如何战斗，也不可能从怀着恶意的宇宙那里赢得哪怕一英寸的土地，或者生命的主宰托付给我的哪怕仅仅一个瞬间。我害怕死亡，同样害怕生命，我背负无可名状的恐惧，但不愿怀着它从这里退场，我等待着在意识高墙外的无垠区域活动的终极恐怖之物。

就这样，秋天找到了我，我从大海得到的东西又迷失在了大海里。海滩上的秋天是个阴沉的季节，缺少红叶或其他习以为常的标志。令人畏惧的大海不会改变，会改变的只有人。大海里只有冰寒彻骨。我不再愿意下水——柩衣般的天空变得愈加阴沉，就仿佛漫长冬季的大雪正等待着落在惨淡的波涛上。雪一旦开始飘洒就不会停止，会在白色、黄色或猩红色的太阳下永远飘洒，也会在最后那颗只屈从于颓败黑夜的红色小圆球下永远飘洒。曾经友善的大海对我吐出意味深长的水泡，用奇异的眼神注视我。但究竟是如此景象反映了我内心的郁结而变得阴森，还是周围的事物导致了我内心的消沉，我无从分辨。阴影既笼罩着海滩也笼罩着我，就像一只鸟悄无声息地从空中飞过——谁都不可能预料到鸟用眼睛盯着我们，直到地上的景象复制了天空中的景象，我们突然抬起头，才会看见先前从未看见的东西在头顶上盘旋。

那是九月末的一天，镇上的娱乐场所早已歇业，疯狂和轻浮曾经在那里主宰被恐惧折磨的空虚生灵，愚钝的傀儡在那里表演夏季的滑稽戏。傀儡被扔到一旁，最后时刻挤出来的笑容或愁容还戴在脸上，全镇只剩下了不到一百人。林立于海岸边那些华而不实、用灰泥装饰门脸的建筑物总算可以不受打扰地在寒风中崩裂剥落。随着时间越来越接近我提到的那一天，犹如阴间破晓的灰色魔光逐渐笼罩我的内心，我觉得某种黑暗的巫术将在其中完成。对如此巫术的恐惧当然比不上我持续不变的可怖猜疑——有某种畸形巨怪潜伏于世界这个舞台背后的隐约感觉——与其说它是真实存在的恐惧，不如说它是一种推测：我无休止地等待着似乎越来越近的那个恐怖日子。允许我重复一遍，那是九月末的一天，但具体是二十二号还是二十三号我不太确定。在回忆那些不完整的前后经过时——普通人无论如何都不该被这样的事情折磨，之所以这么说，都是因为它们所蕴含的该遭天罚的暗示（仅仅是暗示而已）——诸如此类的细节逃离了我的脑海。由于一种本能的精神忧惧，我知道这个时间——如此认知来自灵魂深处，我难以解释。白昼的每一分每一秒我都在期待夜晚，大概是因为焦躁不安，白昼就像水面涟漪反射的浮光掠影般一闪而过，一天之中发生的所有事情我都毫无印象。

从那场不祥的暴风雨将阴影投射在海滩上以来已经过了很久，在毫无切实理由的犹豫之后，我下定决心要离开埃尔斯顿，因为气候变得寒冷，而先前的愉快情绪也不可能再回来了。我收到一封电报（在西联办公室放了两天后工作人员才找到我，因为没几个人知道我叫什么），电报称我的设计已被接受，在竞赛中胜过了其他对手，于是我定下离开的日期。换了今年的早些时候，这个消息也许会让我心潮澎湃，现在我却以奇异的淡漠态度接受了它。它似乎完全独立于我周围这个不真实的环境，与我本人同样没什么关系，就仿佛它发生在一个我不认识的人身上，而我出于意外知道了他的消息。即便如此，它依然促使我结束度假的计划，离开海边的这幢小屋。

我在此处的停留还剩下四个夜晚的那天，最后的那些事件发生了，其含义更多地隐藏在环绕它们的阴森而险恶的印象背后，而不是明显威胁人身安全的事物之中。当时黑夜已经笼罩了埃尔斯顿和海滩，一堆脏碟子既代表我最近的餐食，也是我不够勤快的证据。黑暗来临的时候，我刚好坐在面对大海的窗户前抽烟，黑暗仿佛液体，逐渐充满天空，带来浮游的月亮，月亮怪诞地越飘越高。平静的大海与闪闪发亮的沙滩界限分明，树木、人类甚至任何形式的生命都毫无踪影。明月高悬，它的视线忽然让我看清了我的周围究竟有多么广阔。只有几颗星辰的光芒照进我眼中，仿佛在用它们的渺小来衬托月轮和无休止躁动的潮水的伟大。

我待在房间里，不敢在这么一个散发着无形的凶险气息的夜晚走向大海，但能听见它在呢喃诉说难以置信的秘密知识。不知从何而来的风吹拂着我，它是某个怪异的悸动生命的呼吸，那个生命是我的一切感受和怀疑的化身，在天空的深渊之中或沉默的海浪底下搅动。这个神秘之物在何处从古老而恐怖的沉睡中苏醒，我不得而知，但我就仿佛站在某个迷失于梦境的人身旁，知道后者很快就会醒来，我蜷缩在窗前，拿着几乎烧到尽头的香烟，面对升起的月亮。

天空中的光芒照在那毫无波澜的景致上，外面渐渐变得愈发明亮，而我像是越来越受到某种因素的强迫，期待着目睹随后会发生的事情。暗影被彻底驱离了海滩，我觉得它们带走了会在即将发生的事情中庇护我的意识的东西。还留在海滩上的事物非黑即白：无情的灿烂光芒之下，依然盘踞着成团的黑暗。无边无际的舞台上，清晰得可怖的月轮（无论过去如何，现在都已经没有生命了，背负着非人类生灵的冰冷坟茔，同样冰冷地走过比人类更加古老的尘封岁月的废墟）和大海（也许骚动着某些不为人知的生命和禁忌的知觉）与我对峙。我起身关上窗户，部分因为内心的催促，但我觉得主要是为了暂时转移意识的流向。我站在闭合的窗格前，此时没有声音传入我的耳朵。几分钟就像一个永恒。我在等待不可言说的生命给出启示，就像我恐惧的心和窗外毫无动静的景致。先前我把灯放在房间西侧角落里的箱子上，但月光更明亮，偏蓝的光束侵入了灯光暗淡的地方。沉寂月轮的古老光芒落在海滩上，万古以来始终如此，我在等待，期许和焦虑折磨着我，期许因为迟迟无法实现而变得加倍猛烈，焦虑是因为不确定即将到来的是何等怪异的结局。

蹲伏的小屋外面，白色的月光照亮了几个模糊的幽影，它们如鬼魂般虚幻的动作似乎在嘲弄我的盲目，正如我无法听见的声音在奚落我饥渴的听觉。我一动不动地呆站了无数个瞬间，就仿佛时间女神和她敲响的大钟都被扫进了虚无。但另一方面，也并不存在我应该恐惧的东西：月光雕凿出的幽影不自然地没有轮廓，没有在我的眼前遮蔽任何事物。夜晚寂静无声——尽管关着窗户，但我依然知道——所有星辰都哀伤地挂在侧耳倾听的庄严天幕上。我当时的任何动作或者此刻的任何文字都不可能揭示出我所处的困境，说清我被恐惧慑服的大脑如何受困于无论经受何种折磨都不敢打破沉默的血肉躯体。我仿佛在等待死神，确信无论如何都不可能驱走威胁我灵魂的危险之后，我拿着已经被遗忘的香烟蹲伏下去。寂静的世界在廉价而肮脏的窗户外熠熠生辉，我到来前就搁在房间一角的一对肮脏船桨陪着我的灵魂一起守夜。油灯一直烧着，散发出尸体般色泽的恶心光芒。我时不时地看它一眼，绝望地用它为我分心，我见到无数气泡在装满煤油的基座里鼓起和消失。说来奇怪，灯芯没有散发任何热量，忽然间我意识到这个夜晚同样既不温暖也不寒冷，而是奇异地缺少温度，就仿佛所有物理力量都暂时停止作用，构成稳定存在的全部法则都土崩瓦解。

不多时，一道涟漪将银色的海水送到岸边，听不见的波涛回荡在我恐惧的心灵中。水里有个东西在碎浪之外浮出海面。那个身影也许是一条狗、一个人或更奇异的什么东西。它不可能知道我在看，或者根本不在乎，但它像一条形态扭曲的怪鱼，游过倒映星辰的海面，然后潜入水下。过了一会儿，它再次出现，这次离岸边更近，我看见它肩上扛着某些东西。这时我知道了，它不可能是其他动物，肯定是人类或类似人类的东西，但从黑暗的海洋向着陆地而来。它游泳的动作轻松得可怕。

我恐惧而消极地望着它，目不转睛的视线就像一个人在等另一个人死去，知道自己无能为力。游泳者靠近了岸边，但向南的海滩距离很长，因此我无法分辨它的外形或面部特征。它奇异地迈开大步，动作敏捷，溅起反射月光的泡沫水花，走出大海，消失在了内陆方向的沙丘之间。

前几个瞬间刚刚消散的恐惧此刻突然复活，重新占据我的心灵。假如我敞着窗户，若是有东西从窗户进来，我觉得那样会非常恐怖，因此不敢开窗。房间里密不透风，但刺人的寒意还是笼罩了我。

我已经看不见那个身影了，然而我觉得它在附近的暗影中徘徊，或者隔着一扇我看不见的窗户骇人地窥视我。于是我恳切而疯狂地转动视线，望向每一扇窗户，担忧我会真的瞥见侵入者注视我的面容，但又无法让自己停止这令人毛骨悚然的查探。尽管我观察了好几个小时，但海滩上似乎没有出现其他的东西。

那个夜晚就这么过去了，异常的感觉随之开始消退——这种异常的感觉像酒杯里的邪恶啤酒，令人屏息地在一个瞬间内涨到杯口边缘，又难以捉摸地停顿下来，然后逐渐回落，带走了它所承载的未知消息。它就像允诺要揭示可怖而辉煌的记忆的群星，哄骗我们顶礼膜拜，但从不泄露任何内情。一个古老的秘密冒险接近人类出没之处，慎重地潜行于认知的边缘以外，而我令人恐惧地与它擦身而过。然而最终我还是一无所获，仅仅瞥见了一眼那诡诈的东西。无知犹如层层面纱，遮蔽了我这一眼的视线。那个游泳者向着海岸而来，而非进入大海，假如我过于靠近它，我甚至无法想象展露身姿的将是什么事物。假如啤酒漫过了酒杯边缘，真相如美酒的瀑布般倾泻而出，我无法想象将会发生什么事情。夜晚的海洋遮掩了它哺育的一切。我不该知道更多的真相。

时至今日，我依然不明白自己为何会如此迷恋大海。但另一方面，恐怕谁也无法解答这种疑问——它们的存在就是在蔑视所有解释。有很多人不喜欢大海和拍打金色沙滩的波浪，其中不乏智者，他们认为我们这些喜爱古老和无底深渊的神秘的人很奇怪。然而对我来说，大海的所有情绪中都有某种无法摆脱、不可思议的魅力。它飘散在如惨白尸体的忧郁月光下翻腾的银色水沫之中；它笼罩在永世拍打裸露海岸的沉默波涛之上；它存在于除游弋于暗夜深渊的未知身影之外再无生命存在之时。每当我目睹令人敬畏的巨浪以无穷力量奔涌，就会激起我心中类似于恐惧的狂喜。我必须在它的伟岸前认识到自己的渺小，才不至于憎恨那聚结的水流和它们压倒一切的美丽。

广袤而孤独的海洋啊，万物由它而来，也将回归它的怀抱。在时间那不为人知的深渊尽头，地球上将没有任何生物，也不存在任何活动，只有永恒不变的大海除外。它将拍打黑暗的岸边，雷鸣般地激起水沫，但垂死的世界上将不再有人看见虚弱的冰冷月光在打旋的潮水和粗粝的沙滩上嬉戏。深渊的边缘将只有凝滞的浮沫，聚集在曾经栖息于水中的生物残余的外壳和骸骨周围。沉寂而松弛的巨物将在空荡荡的海岸边辗转和翻滚，它们迟缓的生命已经断绝。随后一切将归于黑暗，最终连照在遥远波浪上的白色月光都会熄灭。万物不复存在，无论是在阴沉的海面之上还是之下。但即便是最后的那个千年，还有其后的岁月，大海依然将在凄凉的暗夜中鸣响和激荡。

[全书完]

H.P. 洛夫克拉夫特

Howard Phillips Lovecraft
（1890 — 1937）

1890 年出生于普罗维登斯安格尔街194 号。

3 岁时父亲因精神崩溃被送进医院，五年后去世。

14 岁时祖父去世，家道中落，他一度打算自杀。

18 岁时深受精神崩溃的折磨，未及毕业便退学。

29 岁时母亲也精神失常，两年后死于手术。

34 岁时结婚，但婚后生活并不幸福。妻子的帽子商店破产，身体健康恶化。他因此陷入痛苦与孤独，五年后离婚。

一贫如洗的他回到家乡普罗维登斯，将所有精力倾注于写作。然而直到46 岁被诊断出肠癌，他的60 部中短篇小说终究因为内容过于超前，未能为他带来名利回报。次年，他在疼痛与孤独的阴影中死去。

今天，洛夫克拉夫特和他笔下的克苏鲁神话，被认为是20 世纪影响力最大的古典恐怖小说体系，业已成为无数电影、游戏、文学作品的灵感之源。

姚向辉，又名 BY，克苏鲁资深信徒，四处“发糖”。

克苏鲁神话 IV

产品经理 | 吴　涛　　书籍设计 | 星　野　　后期制作 | 白咏明
执行印制 | 梁拥军　　封面插图 | 郭　建　　营销经理 | 黄卓瑶

图书在版编目(CIP)数据

克苏鲁神话. IV / (美) H.P.洛夫克拉夫特著 ; 姚向辉译. -- 上海 : 上海文艺出版社, 2021
ISBN 978-7-5321-7978-7

Ⅰ. ①克… Ⅱ. ①H… ②姚… Ⅲ. ①神话-作品集-美国-现代 Ⅳ. ①I712.73

中国版本图书馆CIP数据核字(2021)第115396号

出版人: 毕 胜
责任编辑: 陈 蔡
特约编辑: 吴 涛
书籍设计: 星 野
封面插画: 郭 建

书 名: 克苏鲁神话 IV
作 者: [美] H.P. 洛夫克拉夫特
出 版: 上海世纪出版集团 上海文艺出版社
地 址: 上海绍兴路7号 200020
发 行: 果麦文化传媒股份有限公司
印 刷: 河北鹏润印刷有限公司
开 本: 880mm×1230mm 1/32
印 张: 9
字 数: 172千字
印 次: 2021年8月第1版 2021年8月第1次印刷
印 数: 1—50,000
ISBN: 978-7-5321-7978-7 / I · 6326
定 价: 88.00元

如发现印装质量问题，影响阅读，请联系021—64386496调换。

Leased Wire
Associated Press
Roswell
GRAND
Claims Army
RAAF